BASTEI
LÜBBE

Von Clare Darcy sind bisher bei BASTEI-LÜBBE erschienen:

11504 Lydia – das Mädchen aus Louisiana
11521 Cecily und der Herzensbrecher
11539 Pamela und der eigenwillige Lord
11558 Georgina und das widerspenstige Glück

CLARE DARCY

Letty und der Spieler in Wien

Aus dem Englischen von Monika Hahn

BASTEI LÜBBE

BASTEI-LÜBBE-TASCHENBUCH
Band 11 600

Titel der Originalausgabe: LETTY

Lizenzausgabe: Gustav Lübbe Verlag GmbH,
Bergisch Gladbach
Printed Juli 1990
Einbandgestaltung: Adolf Bachmann
Titelfoto: THREE LIONS
Satz: Kremer-Druck GmbH, Lindlar
ISBN 3-404-11600-3

Der Preis dieses Bandes versteht sich einschließlich
der gesetzlichen Mehrwertsteuer

1

Das große Stadthaus im Palladio-Stil von Lord Aubrey am Grosvenor Square war in London wohlbekannt, da es das imposanteste der stattlichen Herrenhäuser war, in dem sich die Gesellschaftsgrößen im Frühling versammelten, um den Beginn der Saison zu feiern. Die Eingangshalle, von einer Kopie des Apolls von Belvedere unter einer Halbkugel beherrscht, zählte mit Recht zu den prachtvollsten Räumen von ganz England. Der ehrfürchtige Besucher gelangte dann zu einer Reihe eindrucksvoller Empfangszimmer, die von Adam für den Vater des derzeitigen Lords entworfen wurden, einen hochangesehenen Diplomaten im Dienst des verstorbenen Königs. Der überwältigende Gesamteindruck wurde durch den strengen, an Rom orientierten Geschmack des derzeitigen, schon ältlichen Besitzers noch gesteigert.

Harry Tyne konnte man im herkömmlichen Sinn des Wortes nicht als Besucher bezeichnen. Da er einen Großteil seiner Kindheit innerhalb dieses beeindrukkenden Gemäuers verbracht hatte, war er nicht im mindesten ehrfürchtig gestimmt, als er die flachen marmornen Stufen zum ersten Stockwerk hinaufhastete. Er pfiff sogar vor sich hin, eine wahre Ungeheuerlichkeit angesichts der vornehmen Umgebung. Immerhin wurde Lord Aubrey dadurch schon vor dem Auftauchen seines

Großneffen in der Bibliothek vorgewarnt, daß er sich auf einen unwillkommenen Gast einzustellen hatte.
»Du lieber Himmer! Ausgerechnet Harry!« stöhnte Seine Lordschaft, der bei der Lektüre eines Buches gestört wurde. Sein Gesicht rötete sich vor Ärger, und seine borstigen Brauen zogen sich finster über den durchdringenden grünen Augen zusammen. »Nettleship!« rief er gleich darauf laut.
Es war tatsächlich Harry, der einen Augenblick später ins Zimmer geschlendert kam und die Tür hinter sich schloß, um zu verhindern, daß Lord Aubreys Hilferuf nach seinem Butler bis zu den Ohren dieses würdevollen Faktotums im Erdgeschoß drang.
»Guten Abend, Großonkel«, grüßte er höflich mit jenem kühlen Lächeln, dessen Unverschämtheit viele Männer zu seinen Feinden machte, das aber andererseits unzählige Frauenherzen in mehreren europäischen Hauptstädten erobert hatte. »Anscheinend komme ich für Sie völlig unerwartet. Rufen Sie nicht nach Nettleship, denn Sie wollen ihm ja doch nur die Hölle heiß machen, weil er mich nicht abgewiesen hat. Lassen Sie Ihre schlechte Laue lieber an mir aus.«
»Du hast auch nichts Besseres verdient!« fuhr ihn Lord Aubrey an, während er aufzustehen versuchte. Ein stechender Schmerz in seinem gichtigen Fuß, den er auf einen Schemel gestützt hatte, ließ ihn jedoch hilflos in den Sessel zurücksinken. Harry kam näher und stellte sich vor ihn. Seine kalten grauen Augen wirkten etwas freundlicher, als sie das hagere, wütende Gesicht seines Großonkels musterten. Äußerlich gab es kaum Anzeichen für ihre Blutsverwandtschaft, mit Ausnahme der recht ähnlichen Augen und der Tatsache, daß beide Männer überdurchschnittlich groß waren. Seine Lordschaft war allerdings von eher magerer Gestalt und

hatte mit seinem Aussehen nie viel Staat machen können.

Harry besaß dagegen eine prachtvolle Figur und war früher fast so schön wie Apoll gewesen. Inzwischen hatten sein angeborener Zynismus und einige harte Jahre sein Gesicht etwas gezeichnet. Doch noch immer verfügte er über derart viel Charme, daß selbst Leute, die ihn anfänglich ablehnten, schließlich zu seinen Bewunderern wurden.

Sein Großonkel musterte ihn geringschätzig, war aber auch nicht völlig immun gegen diesen ganz besonderen Charme. »Nettleship hat von mir die strikte Anordnung, dich auf keinen Fall vorzulassen. Was für ein Mißgeschick hast du ihm denn diesmal geschildert, um ihn zu überreden, dich entgegen meinen Anweisungen einzulassen?«

»Ich habe ihm gar nichts erzählt, Großonkel«, widersprach Harry und machte es sich in einem Sessel gegenüber Seiner Lordschaft gemütlich. »Nettleship mag mich noch von früher her.« Harry machte eine flüchtige Bestandsaufnahme seiner äußeren Erscheinung. Sein Rock, die Stiefel und die Unaussprechlichen waren elegant und hochmodisch. Allerdings könnte ein scharfes Auge vielleicht bemerken, daß nicht die kundige Hand eines Kammerdieners die glänzenden Schaftstiefel geschwärzt oder den von Weston geschneiderten Rock aus feinstem Tuch gebürstet hatte. »Finden Sie nicht, daß ich prächtig herausstaffiert bin?« erkundigte er sich mit ironischem Lächeln. »Ich schmeichle mir, nach der neuesten Londoner Mode gekleidet zu sein, obwohl ich gerade erst aus Konstantinopel zurückkomme.«

Seine Lordschaft schnaubte verächtlich. »Von dir ist nichts anderes zu erwarten, selbst wenn du dafür deine letzte Silbermünze ausgeben mußt«, sagte er gänzlich unbeeindruckt. »Zweifellos wirst du auch eine gute Figur machen, wenn du an den Galgen kommst, falls es das Unglück so will. Aber das spielt alles keine Rolle, sofern du nicht bis über die Ohren verschuldet bist und mich als letzte Zuflucht ansiehst.«

Harry lächelte auch weiterhin. »Als letzte Zuflucht ...«, wiederholte er leise. »Ja, und zwar als allerletzte, Großonkel. Ich kenne Sie sogar noch besser, als Sie mich kennen, und nur deshalb kann ich hier sitzen und mir über die Erfolgschancen dieser letzten Zuflucht mit einer gewissen philosophischen Gelassenheit Gedanken machen. Was schätzen Sie? Vielleicht fünfzig zu eins, hm?«

»Hundert zu eins!« entgegnete Seine Lordschaft scharf. »Besser gesagt, tausend zu eins! Du kriegst von mir keinen Shilling mehr, Harry. Das habe ich dir schon vor drei Jahren klargemacht, als du mir einen Plan aufgetischt hast, wie sich deine Besitztümer in Irland wiedergewinnen lassen, und ich bin heute derselben Ansicht. Du hast früher dank meiner Großzügigkeit wie ein junger Prinz gelebt, aber damit hatte es ein Ende, als du unseren Namen in Verruf brachtest. Ich kann nicht verhindern, daß du nach meinem Tod den Titel erbst – schlimm genug –, aber ich kann dich davon abhalten, das Vermögen der Tynes durchzubringen.«

»Das Vermögen der Tynes?« Harrys Gesicht hatte sich etwas verdüstert, doch sein Lächeln wirkte so spöttisch wie zuvor. »Sie müßten es eigentlich anders ausdrükken, Großonkel. Ihr hochverehrter Papa war schlau genug, die Tochter seines Weinhändlers zur zweiten Frau zu nehmen. Oh, ich gebe zu, daß dieser Weinhändler immerhin Millionär war, aber das macht aus seinen Millionen noch lange kein Tyne-Vermögen. Oder sind Sie da anderer Ansicht?«

Es war Herbst und schon so spät in der Nacht, daß die Straßen wie ausgestorben wirkten. Kerzen erhellten den Raum, in dem sich die beiden Männer gegenübersaßen; der jüngere unerschütterlich lächelnd, der ältere starr vor Mißbilligung und Verachtung. Es war kein anderer Laut zu hören als das behagliche Knistern des Feuers und das Ticken der französischen Uhr auf dem hohen Kaminsims aus Marmor.

Lord Aubrey sah einen breitschultrigen jungen Mann – allerdings kein Jüngling mehr, sondern schon an die Dreißig – vor sich, dessen sportlich gestählter Körper in dem modisch engsitzenden Rock und den Kniehosen gut zur Geltung kam. Die schmalen grauen Augen in dem gutgeschnittenen Gesicht ließen an einen Scharfschützen denken. Kluge Augen, die jene arrogante Lässigkeit des Benehmens Lügen strafte, die seinen älteren Verwandten so verärgerte, daß er bei den nächsten Worten die Stimme erhob. »Auf jeden Fall handelt es sich um ein Kapital, das im Augenblick unter meiner Kontrolle ist. Wenn ich mal das Zeitliche segne, ist dein Onkel Marius dafür verantwortlich, der für sich sicher ein ebenso harter Brocken sein wird wie ich, wenn es um das Familienvermögen geht.«

Harry kniff die Augen zusammen. Er hatte bis zu diesem Punkt seine gute Laune beibehalten, obwohl ihm Lord Aubrey einen eisigen Empfang bereitet hatte. Doch nun war es damit vorbei, obwohl er noch genauso entspannt wie zuvor in dem tiefen Ledersessel saß.

»Ja, da haben Sie recht«, stimmte er leichthin zu. »Es wäre so, als wollte man mit nassen Kohlen ein Feuer anfachen, wenn man versucht, Onkel Marius zu irgend etwas zu überreden, das ist mir völlig klar, Großonkel. Er beherrscht das selbst viel zu gut, um darauf noch reinzufallen.

Die leise Verachtung, die in Harrys Worten mitschwang, trieb Lord Aubrey die Zornesröte ins Gesicht.
»Dein Onkel ist ein Ehrenmann, laß dir das gesagt sein. Dir steht es schlecht an, dir am allerwenigsten, seinen Charakter zu schmälern.«
Harry zog die schwarzen Brauen hoch. »Ganz im Gegenteil«, erwiderte er gleichmütig und verbarg gekonnt seinen Grimm. »Ich bin der Meinung, daß es gerade mir gut ansteht, mir am meisten von allen, den Charakter Ihres hochgeschätzten Neffen Marius zu schmähen, Großonkel. Da wir über dieses Thema bei anderen Gelegenheiten jedoch schon mehr als genug diskutiert haben und da ich nichts beweisen kann, wie Sie mir gerade so deutlich zu verstehen gaben, lassen wir es lieber auf sich beruhen. Wir sollten uns vielmehr mit etwas anderem befassen, das für uns beide lohnender sein könnte.«
Seine Lordschaft reagierte mit ärgerlichem Schulterzukken, was Harry nicht daran hinderte, mit unbekümmerter Miene weiterzureden. »Es ist Ihnen sicher klar, daß Wien für Männer mit meiner Begabung goldene Möglichkeiten bietet ...«
Er kam nicht weiter, da sein Großonkel ihn mit einer höhnischen Wiederholung seiner Worte unterbrach. »Männer mit deiner Begabung! Du, ein gewöhnlicher Spieler ...«
»Aber nein, doch nicht gewöhnlich, Großonkel! Glauben Sie mir, es muß schon ein sehr außergewöhnlicher Spieler sein, der es am grünen Tisch mit den Berühmtesten ihres Fachs aus Europa und dem Orient aufnehmen kann und als Gewinner daraus hervorgeht.«
»Du bist für eine Karriere in der Armee erzogen worden, mein Herr!« Lord Aubreys Zorn durchbrach nun den Firnis aus Verachtung und Hochmut, der ihn bis-

lang notdürftig verdeckt hatte. Stimme und Hände zitterten unkontrolliert, als er wieder Anstalten machte, sich zu erheben. »Ein ehrenhafter Beruf, den ich vielleicht nicht unbedingt für einen jungen Mann ausgesucht hätte, der eines Tages die Verantwortung für meinen Titel und meine Ländereien übernehmen sollte, aber du schienst ja ganz versessen auf die Armee zu sein. Bestimmt hättest du eine steile Karriere gemacht. Aber du hast dir wegen deiner verdammten Spielleidenschaft alle Chancen verdorben.«

»Jeder Gentleman kann seiner Spielleidenschaft frönen, Großonkel …«

»Aber nur, wenn es sich um ehrliches Spiel handelt«, unterbrach ihn Lord Aubrey hitzig. »Er beschmutzt nicht seinen eigenen Namen und den seiner Familie durch unsaubere Machenschaften, die eines Gauners und Falschspielers würdig sind. Nein, versuch es nicht abzustreiten«, fuhr er Harry heftig an, als dieser den Mund öffnete. »Du hast mir deine Version der Geschichte schon mal erzählt, mein Herr, und sie überzeugt mich keineswegs. Selbst dein berüchtigter Charme kann nicht über die Tatsache hinwegtäuschen, daß du gezinkte Karten hattest und den jungen Lord Carlisle damit ruiniertest. Deine eigenen Freunde und Kumpane haben es zugegeben.«

Lord Aubrey hatte es endlich geschafft, sich zu erheben. Gestützt auf eine Armlehne stand er Harry mit wütendem und gleichzeitig kummervollem Gesicht gegenüber. »Du warst früher mein Augapfel, Harry, und ich hätte dir meine kostbarsten Besitztümer gegeben. Du hättest nur darum bitten müssen. Doch du hast mir meine Fürsorge und Liebe vor die Füße geworfen, als du deine Ehre vergessen hast. Nun kann ich dich ebensowenig brauchen wie jeden beliebigen Gauner oder

Dieb, der mir vorgeführt wird, damit ich ihn für seine Unredlichkeit bestrafe. Du bist ein Betrüger und Halunke, mein Herr, und ich will dich in meinem Haus nicht mehr sehen.«

Harry war gleichfalls aufgestanden. Trotz des rötlichen Widerscheins der Flammen wirkte er nun bleich, doch um seine Mundwinkel spielte immer noch das spöttische Lächeln.

»Das war keine freundliche Einladung, Großonkel«, sagte er ruhig. »Ich sehe schon, daß ich meine Chancen überbewertet habe. Selbst tausend zu eins scheint noch zu optimistisch zu sein. Sie sind offensichtlich fest entschlossen, mich nicht anzuhören ...!«

»Ich habe es ja längst gehört!« Lord Aubrey ließ Harry nicht ausreden. »Ich soll dir glauben, daß du unschuldig bist, gegen alle Beweise, gegen die Aussagen deiner engsten Freunde ...« Er machte eine unwillige Handbewegung. »Nein, ein solcher Dummkopf bin ich nun auch wieder nicht! Geh ruhig nach Wien und versuch dein Glück. Von mir aus kannst du die goldene Horde von reichen Wilden schröpfen, die Metternich aus ganz Europa um sich versammelt hat. Aber ohne mein Geld! Ich will nichts mit dir zu tun haben, weder jetzt noch in Zukunft!«

Harry machte eine leichte Verbeugung. In seinen grauen Augen glomm ein Licht, an dem seine Bekannten sofort erkannt hätten, wie zornig er war, doch seine Stimme klang unverändert und ironisch. »Sehr offene Worte, Großonkel. Nicht viele Männer würden es wagen, so mit mir zu reden ...«

»Nun brüste dich bloß noch mit deinen Heldentaten auf dem Feld der Ehre ... Ehre!« wiederholte Seine Lordschaft verachtungsvoll. »Dir fehlt es nicht an Mut, das hat kein Mensch je bemängelt. Du bist in Europa bekannt wie ein bunter Hund ...«

Lord Aubrey sank in den Lehnstuhl zurück, da Erschöpfung und Schmerzen die Oberhand über seinen Ärger gewannen. »Wenn ich jünger wäre …«, stieß er keuchend hervor.
Harry riß die Hand hoch, die fatalistische Geste eines Fechters, der getroffen worden war. »Keine Sorge. Ich werde nicht länger bleiben, als ich erwünscht bin. Mein Glück habe ich versucht, doch es scheint mir heute nicht hold zu sein. Also werde ich Sie nicht länger mit meiner Gegenwart belästigen.« Einen Moment lang musterte er das Gesicht seines Großonkels, und so etwas wie liebevoller Spott malte sich auf seinen Zügen. »Sie sind zu rasch bereit, das Schlechteste von mir anzunehmen, Großonkel. Vielleicht deshalb, weil wir uns früher so gern hatten. Aber ich verzeihe Ihnen …»
»Das ist ja die Höhe! Du verzeihst mir …« Lord Aubrey richtete sich empört im Sessel auf, doch Harry war schon an der Zimmertür. Seine Lordschaft hörte leichte Schritte die Treppe hinuntereilen und dann das Schließen der schweren Haustür. Draußen grollte Donner vom Südufer der Themse herüber. Vermutlich würde schon bald ein Gewitter losbrechen.

2

Harry Tyne verließ mit finsterem Gesicht das Haus seines Großonkels und schlenderte ziellos über den Grosvenor Square. Er erweckte den Eindruck eines Mannes, der nirgendwo erwartet wird, nichts zu tun hat und dem unbegrenzte Zeit zur Verfügung steht. Da es sehr spät war, begegnete er in den dunklen Straßen keiner Menschenseele und wurde bei seinen unerfreulichen

Gedankengängen nur durch gelegentliches Hufgetrappel und Räderrollen gestört, wenn eine Kutsche vorfuhr.
Seine Gedankengänge konnten gar nicht anders als unerfreulich sein, denn Harry hatte eine Pechsträhne hinter sich, so daß er buchstäblich nur noch einige Münzen in der Tasche hatte. Zudem war ihm völlig schleierhaft, wo er in dieser Nacht schlafen sollte. Harry Tyne hatte als Captain tatsächlich wie ein Prinz gelebt, woran er soeben von Lord Aubrey erinnert worden war. Seit seinem spektakulären Ausscheiden aus der Armee war es ihm immer gelungen, sich allein durchs Leben zu schlagen, und zwar in großem Stil. Daher hatte er eine ausgesprochene Abneigung dagegen, sein Unglück an die große Glocke zu hängen, indem er sich hilfesuchend an Freunde wandte.
Diese Abneigung hatte er an diesem Tag notgedrungen überwunden, doch ohne Erfolg: Ein leichtsinniger junger Marquis und der unternehmenslustige Sohn eines reichen Bierbrauers waren in Leicestershire auf der Jagd; ein angesehener alter Politiker war in Harrowgate zur Kur; ein adliger Militärattaché an der Russischen Botschaft war wie sein zaristischer Dienstherr nach Wien gereist, um an dem dortigen großen Kongreß teilzunehmen.
Dort wäre auch Harry am allerliebsten gewesen, denn aus ganz England, Europa und einer beträchtlichen Anzahl exotischer Länder hatte es die Crème de la crème der Reichen und Mächtigen magnetische nach Wien gezogen. Die wichtigsten Monarchen Europas samt ihren Ministern, Diplomaten, Adjudanten und Sekretären in wahren Hundertschaften waren bereits in Wien eingetroffen, um über das Schicksal des Kontinents zu beratschlagen, nachdem nun endlich der korsische Empor-

kömmling, der so lange Unruhe gestiftet hatte, in sicherer Verbannung auf Elba saß. In ihrem Kielwasser waren nicht weniger als hunderttausend Besucher nach Wien geströmt, an ihrer Spitze zweihundert Mitglieder von Königshäusern. Nacht für Nacht wurden angeblich vierzig Tafeln in der Hoburg gedeckt, um die illustren Gäste des Kaisers zu bewirten. Täglich warteten in den Stallungen des Palastes vierzehnhundert Pferde und Hunderte von Kutschen, um die Gäste zu Bällen, Jagden, sonstigen Festlichkeiten, Theateraufführungen und Konzerten zu befördern, die der Kaiser und seine schöne junge Gemahlin gaben.
Im Prater, in den öffentlichen Tanzlokalen und den kleinen Cafés vor den Stadtmauern tanzte ganz Wien und seine Gäste Walzer. Man trank Unmengen von starkem Bier und ließ sich köstliches Veilchen- und Zimteis schmecken, das bei der sommerlichen Wärme dieses herrlichen Herbstes besonders gut mundete. Außerdem war jeder nur zu bereit, Goldmünzen in die gierigen Hände der Spieler, Unterhaltungskünstler oder eleganten (und weniger eleganten) Kokotten gleiten zu lassen, die, von starker Gewinnsucht getrieben, die Stadt überfluteten, um ihre bescheidene Rolle in dem grandiosen Spektakel zu spielen.
Aber wie konnte ein Mann mit ein paar lumpigen Münzen in der Tasche bei diesem lukrativen Unternehmen mitmachen? Diese Frage stellte sich Harry, als er um eine Ecke bog, vergaß sie jedoch sofort, da er ums Haar mit einer zierlichen Gestalt zusammengestoßen wäre, die, aus der entgegengesetzten Richtung kommend, um die gleiche Ecke hastete. Ein großer Mantelsack fiel mit dumpfem Laut aufs Pflaster, und ein Gegenstand, der an einen zugedeckten Vogelkäfig erinnerte, schwankte bedenklich hin und her.

»Verdammt!« rief Harry, und im gleichen Augenblick ließ sich eine weibliche Stimme indigniert vernehmen. »Oh! Passen Sie doch auf, wo Sie hinlaufen.«

Harry bückte sich ganz automatisch, um den Mantelsack aufzuheben. Er blickte hoch, doch von dem Gesicht, das zu der Stimme gehörte, war unter der Kapuze eines dunklen Capes kaum etwas zu erkennen.

»Entschuldigung«, sagte Harry kurz angebunden. Er war nicht in Stimmung, sich einem frechen Dienstmädchen gegenüber höflich zu verhalten. »Aber warum zum Teufel paßt du nicht auf, wo du hinläufst, Mädchen?«

Er reichte ihr den Mantelsack. Dabei glitt ihr die Kapuze vom Kopf, und Harry sah sich zu seinem Erstaunen einem der zauberhaftesten weiblichen Wesen gegenüber, das er je gesehen hatte. Die Gesichtszüge waren allerdings nicht von klassischer Schönheit, denn weit auseinanderliegende klare Augen beherrschten das Gesicht, und die kühn gezeichneten Lippen waren das Gegenteil von einem süßen Engelsmündchen. Die stolze Kopfhaltung und der schlanke Hals erinnerten in ihrer kühlen Vollkommenheit an eine ägyptische Prinzessin auf einem Tempelfries. Unter den schweren Falten des Umhangs war ein schmaler knabenhafter Körper zu ahnen. Harry schätzte, daß das Mädchen nicht älter als siebzehn und keinesfalls eine Dienerin sein konnte. Er war vielmehr überzeugt davon, daß sie aus vornehmer Familie stammte und eine gute Erziehung genossen hatte.

Diese Überzeugung und der Anblick des Mantelsacks, des Vogelkäfigs und des verhüllenden Capes führte bei Harry zu einer raschen Schlußfolgerung. »Sie sind von zu Hause weggelaufen«, konstatierte er mit mildem Interesse.

Ein leichtes Achselzucken bestätigte seine Vermutung, doch die junge Dame schien nicht im mindesten verstört zu sein, weil ihr Geheimnis entdeckt worden war.
»Ich wüßte nicht, was Sie das angeht, Sir«, sagte sie in strengem Ton, als er ihr den Mantelsack reichte. »Außerdem möchte ich Ihnen dringend raten, nicht so geistesabwesend durch Londons Straßen zu rennen. Sonst werden Sie garantiert einen Unfall erleiden und vielleicht noch eine unschuldige Person hineinverwikkeln.«
Sie wollte gerade an ihm vorbeigehen, als ihr offensichtlich ein neuer Gedanke kam. »Falls Sie den Wunsch haben sollten, es wiedergutzumachen, daß Sie mich beinahe umgerannt hätten, dann können Sie dies jetzt tun, indem Sie mir die Richtung zum Hafen zeigen. Ich hatte es für die einfachste Sache der Welt gehalten, dorthin zu gelangen, doch ich scheine mich verlaufen zu haben.«
Sie hatte nach Harrys Empfinden die berückendste Stimme, die er je gehört hatte und auf jene Bezeichnung »silbrig« zutraf, die Dichter so gerne verwenden, die Harry aber bisher, trotz vielfältiger Erfahrungen, nie für angebracht gehalten hatte. Da er den Vorschlag des Mädchens für höchst bedenklich hielt, klang seine Erwiderung reichlich barsch. »Zum Hafen? Was zum Teufel haben Sie dort zu suchen, noch dazu so spät in der Nacht?«
»Ich kann mir denken, daß es Sie etwas ungewöhnlich anmutet«, gab sie mit kühler Arroganz zurück. Ihre hochmütige Art wirkte jedoch so wenig überzeugend, daß Harry sich an eine unerfahrene junge Schauspielerin erinnert fühlte, der man unverhofft die Rolle einer lebensmüden Gesellschaftslöwin übertragen hatte. »Aber ich bin der Meinung«, fuhr sie fort, »daß

auch dies Sie nichts angeht, n'est-ce-pas? Seien Sie also so freundlich und geben mir die Richtung an ...«

»Ich werde freundlicherweise nichts dergleichen tun. Guter Gott, man würde Sie ausrauben oder sonstwas mit Ihnen anstellen, falls ich Sie dorthin lasse. Ich wiederhole – was zum Teufel haben Sie dort mitten in der Nacht zu suchen? Falls Sie vorhaben, mit einem jungen Mann durchzubrennen, dann kann ich nur sagen, daß er nicht ganz bei Trost ist, wenn er von Ihnen verlangt, sich mit ihm an einem solchen Ort zu treffen.«

Das zierliche Persönchen richtete sich stolz auf. »Ich habe nicht vor, mit einem jungen Mann durchzubrennen, wie Sie es so undelikat ausdrücken, Sir. Ich will nur Freunde besuchen.«

»Freunde?« Harrys Ton war so skeptisch, daß ihn die haselnußbraunen Augen mißbilligend anblitzten.

»Ja, Freunde«, wiederholte sie. »Es handelt sich um meine alte Kinderfrau«, erklärte sie und gab unvermittelt ihre kühle Arroganz auf, da sie nicht zu diesem Gesprächsthema paßte, und wurde statt dessen vertraulicher. »Sie ist nun mit einem Flußschiffer verheiratet und hat mich erst letzte Woche besucht. Sie war höchst entrüstet darüber, daß man mich zwingen will, Mr. Sludge zu heiraten, einen Hilfspfarrer in mittleren Jahren, der nicht das geringste mit mir im Sinn hätte, wenn seine Beförderung nicht davon abhinge. Deshalb bin ich sicher, daß meine Kinderfrau mich gern bei sich auf dem Schleppkahn aufnimmt, bis etwas anderes arrangiert werden kann. Sie erzählte mir, daß es zumindest in der Kajüte sehr ordentlich und sauber ist. Außerdem soll ihr Mann ein sehr umgänglicher Mensch sein.«

Harry fühlte sich von all diesen Informationen förmlich bombadiert. Seine nächste Frage richtete sich gezielt auf den Kernpunkt der Geschichte, nämlich darauf, wieso sie gezwungen sein sollte, den mehr als zurückhaltenden, ältlichen Mr. Sludge zu ehelichen.

»Weil meine Großtante tot ist«, erwiderte die junge Dame und setzte den Mantelsack mit der Miene eines Menschen ab, der sich darauf einstellt, mit Engelsgeduld einen begriffsstutzigen Gesprächspartner aufzuklären. »Sie starb im letzten Monat, und natürlich kann ich ihrer Nichte nicht so nützlich sein, da sie erstens jung und zweitens eine Gesellschaftsgröße ist und sich folglich nichts daraus macht, wenn man ihr stundenlang vorliest und ihre Stirn mit Lavendelwasser betupft, wie es die alte Gräfin so geliebt hat. Deshalb ist sie der Meinung, daß ich eine passende Partie machen muß. Aber ich empfinde Mr. Sludge keineswegs als passende Partie. Man stelle sich bloß vor, daß ganze Leben als eine Mrs. Sludge verbringen zu müssen. Deshalb bin ich von zu Hause weggelaufen und will zu Nora. Werden Sie mir jetzt endlich zeigen, wie ich zum Hafenviertel komme?«

Harry schüttelte den Kopf. »Die Antwort lautet immer noch ›nein‹. Übrigens würde man Sie dort schon bald aufstöbern.«

»Bestimmt nicht, denn ich schrieb einen Brief, in dem ich ankündigte, daß ich aus Verzweiflung in die Themse gehe«, widersprach sie prompt und schaute ihn hoffnungsvoll an. Als sie jedoch keinerlei Anzeichen von Nachgiebigkeit bei ihm entdeckte, straffte sie kriegerisch die Schultern. »Na schön, da Sie mir offenbar nicht helfen wollen, kann ich nur hoffen, daß Sie nicht der einzige sind, den ich noch treffen werde, wenn ich jetzt weitergehe.«

»Wenn Sie zu dieser späten Stunde ohne Begleitung unterwegs sind, werden Sie vermutlich einer ganzen Menge von Leuten begegnen, meistens allerdings üblen Gesellen«, erwiderte Harry unverblümt. »Wenn Sie auch nur ein Spatzenhirn hätten, würden Sie das selbst wissen.« Sie trat empört einen Schritt vor. »Nein, spielen Sie sich jetzt bloß nicht auf! Großer Gott! Wenn Sie in London aufgewachsen sind ...«

»Das bin ich aber nicht! Ich sah London zum erstenmal vor achtzehn Monaten, als ich nach dem Tod meiner Mama hierherkam, und ich habe absolut nichts kennengelernt, da meine Großtante nie ausging. Lediglich einmal durfte ich mit den Kindern zu Weihnachten Astleys Amphitheater besuchen. Aber das fällt wohl kaum ins Gewicht, wenn es um Weltläufigkeit geht, oder?«

Harry stimmte ihr notgedrungen zu. Er befand sich in einer verzwickten Lage und betrachtete grübelnd die verhüllte Gestalt vor sich. Einerseits dachte er gar nicht daran, das Mädchen zum Hafenviertel gehen zu lassen, andererseits war es ihm als unbehausten Junggesellen, der noch dazu kein Geld hatte, unmöglich, ihr eine bessere Alternative zu bieten. Es lag wieder an diesem verflixten Pech, das ihn schon seit Wochen verfolgte, daß er durch einen Fast-Zusammenstoß im Dunkeln in fremde Angelegenheiten hineingezogen worden war. Er hatte gute Lust – so redete er sich selbst ein –, die ganze Angelegenheit zu verdrängen und wieder seinen eigenen, nicht vorhandenden Verpflichtungen nachzugehen.

Leider wußte er sehr wohl, daß ihm sein Naturell nicht erlaubte, so etwas zu tun. Wenn es irgendwo Komplikationen gab, dann stürzte sich Harry Tyne garantiert hinein, denn er war leichtsinnig, kaum von Skrupeln geplagt und immer von einem ruhigen Leben gelangweilt. Auf der Suche nach der Lösung für ein scheinbar unlösbares Problem stellte er seine nächste Frage. »Weiß diese Nora, daß Sie zu ihr kommen?«

»Nein, natürlich nicht. Schließlich hat sich die Angelegenheit mit Mr. Sludge erst nach ihrem Besuch bei mir so zugespitzt.«

Harry gab nicht so leicht auf. »Sind Sie wenigstens sicher, daß dieser Schleppkahn immer noch hier in London vor Anker liegt?«

»Nein. Aber vor einer Woche ...«

»Vor einer Woche! Ha!«

»Sie ... Sie glauben also, daß er nicht mehr hier ist?«

Harry nickte. »Viel wahrscheinlicher ist er schon hundert Meilen weit weg. Das beste ist es wohl, mein Kind, daß Sie so schnell wie möglich nach Hause zurücklaufen, den Abschiedsbrief zerreißen und Mr. Sludge heiraten ...«

»Das werde ich garantiert nicht tun! Es ist ein ausgesprochen erbärmlicher Vorschlag, den Sie mir da machen. Man kann schließlich immer noch irgendwo eine Stellung finden ...«

»Mitten in der Nacht?«

Harry war nicht gerade für seine Engelsgeduld bekannt und wollte folglich mit bissigen Worten die Schrecken schildern, denen sich eine junge Frau ausgesetzt sähe, die töricht genug war, ausgerechnet in London zu so später Stunde ihr Glück zu versuchen. Da näherte sich eine Kutsche und kam direkt neben ihnen zu einem etwas abrupten Halt.

»Harry?« erklang eine sanfte tremolierende Männerstimme, und gleich darauf tauchte ein grauhaariger Kopf im Kutschenfenster auf. »Harry, mon cher! Bist du's? Vraiment.«

Auf einen entsprechenden Befehl derselben milden, angenehmen Stimme wurde das Treppchen von einem der beiden livrierten Diener heruntergeklappt, die hinten auf der Kutsche standen. Gleich darauf entstieg ihr ein alter Herr in eleganter Abendkleidung.

»Harry, mon vieux!« rief er und ließ seinen Worten eine Umarmung folgen, die sehr an kontinentale Sitten erinnerte. »Niemanden würde ich lieber sehen als dich. Aber ich ahnte gar nicht, daß du in London bist.«
Harry erwiderte die Umarmung des alten Herrn mit größter Herzlichkeit und erklärte, daß er erst zwei Tage zuvor aus Konstantinopel gekommen sei.
»Nein, wirklich«, rief er dann und hielt seinen Freund auf Armeslänge von sich ab, um die modische Raffinesse seiner Kniehosen und seidenen Strümpfe, des seidengefütterten Mantels und des kunstvoll ziselierten Lorgnons zu begutachten, daß ihm um den Hals baumelte. »Max, du hast dich ja völlig verwandelt, seit ich dich das letzte Mal sah. Auf welche Goldmine bist du denn gestoßen?«
Der alte Herr machte eine entschuldigende Handbewegung. »Keine Goldmine, wo denkst du hin, mon cher ... nur ein törichtes Grüppchen eurer englischen Mylords, die liebend gern riskant spielen, aber nicht schlau genug dafür sind. Erinnerst du dich noch an Lissabon?«
Harry lachte. »Und wie. Mein Gott, das ist schon wieder drei Jahre her. Aber du scheinst deine Geschicklichkeit nicht verlernt zu haben, hm?«
Sein Freund schüttelte den Kopf. Er war so alt, daß all seine Bewegungen bedachtsam und traumwandlerisch wirkten, als lebe er in irgendeiner merkwürdigen Dimension außerhalb der Alltagswelt. Aber seine Stimme und seine immer noch leuchtenden blauen Augen verrieten lebendiges Interesse und straften den Eindruck Lügen.
»Ich bin zwar ein sehr alter Mann, mon enfant«, sagte er ohne Koketterie, »doch dies hier« – er deutete auf seine Stirn – »ist noch so jung wie eh und je. Aber du machst mich gar nicht mit deiner reizenden Begleiterin

bekannt«, fuhrt er fort und wandte sich höflich zu der schlanken, dunkel verhüllten Frauengestalt, die dem Gespräch mit beträchtlichem Interesse gelauscht hatte. »Willst du uns bitte vorstellen, mon cher.«

»Das würde ich liebend gern«, erwiderte Harry mit einem kurzen Seitenblick auf die Unbekannte, »aber ich weiß dummerweise ihren Namen nicht. Wir haben uns nämlich ganz zufällig getroffen. Sie ist von zu Hause weggelaufen und möchte, daß ich ihr den richtigen Weg zum Hafenviertel weise, wo vor einer Woche ein Schleppkahn zu finden war, auf dem ihre alte Kinderfrau haust.« Der alte Herr schaute die junge Lady voller Mitgefühl an. »Aha, ich verstehe, Mademoiselle. Zwar weiß ich nicht, auf welche Weise ich Ihnen helfen kann, aber glauben Sie mir, wenn ich Ihnen sage, daß ich, Max von Bergheim, Ihnen vollkommen zur Verfügung stehe.«

Harry wußte wohl, daß Max von Bergheim, unter welchem Namen er in jeder europäischen Hauptstadt bekannt war, eigentlich Anspruch auf einen weitaus höheren Titel hatte, den er jedoch vor sehr langer Zeit aufgegeben hatte. Selbst für seine Vertrauten war er inzwischen nur noch »der alte Baron«. Harry sah mit einer gewissen Belustigung, daß die junge Lady bereits in seinen Bann gezogen wurde. Alle jungen Damen, die der Baron traf, vertrauten sich ihm an, was sicher nicht zuletzt darauf zurückzuführen war, daß Max von Bergheim in früheren Jahren unzählige Liebesaffären mit schönen Frauen im aufwendigen und gleichzeitig romantischen Stil des 18. Jahrhunderts hatte. Noch heute seufzten jene Damen (die noch übrig waren) wehmütig lächelnd, wenn sie in seinen verblichenen Briefen und alten Musenalmanachen voll mit geschmackvollen Komplimenten und klassischen Zitaten blätterten. Sein legendärer Charme wirkte offenbar immer noch, denn die unbekannte junge Dame lächelte den alten Baron freundlich an und erklärte, daß sie Letty Montressor heiße. Dann schilderte sie ihm ihre Lage viel ausführlicher, als sie es bei Harry für nötig befunden hatte.

»Sie begreifen also«, sagte sie zu guter Letzt, »daß ich wirklich nicht nach Hause zurück kann – zudem es ja gar nicht mein wahres Zuhause ist. Übrigens sind im Augenblick nur die Dienstboten da, und die haben den Befehl, mich morgen nach Bournemouth zu bringen, damit ich Mr. Sludges Mutter kennenlernen kann, die dort lebt. Bei ihr soll dann bleiben, bis ich heirate. Aber ich will nicht heiraten! Weder Mr. Sludges noch einen anderen!« rief sie temperamentvoll.

Der alte Baron ergriff spontan ihre Hände. »Schon gut, schon gut«, murmelte er besänftigend. »Natürlich brauchen Sie niemanden zu heiraten, mein Kind. Sie gleichen einer Blüte, einer Schneeflocke, so kühl und rein. Es wäre ein Verbrechen. Wir müssen uns etwa ausdenken ...«

Sie schaute ihn mit neuerwachter Hoffnung an. »Oh, ich bin sicher, daß Ihnen etwas einfällt. Ich kann übrigens sehr gut nähen und bin daran gewöhnt, Gebrechliche zu pflegen. Ach, da fällt mir noch was ein. Sogar die alte Gräfin hat behauptet, daß ich mit meiner Stimme ein Vermögen machen könnte, wenn ich nicht zu vornehm erzogen worden wäre, um auch nur daran zu denken, öffentlich aufzutreten. Aber ich mache mir nichts aus meiner vornehmen Erziehung, denn sie nützt überhaupt nichts, wenn man sich sein Brot verdienen will. Wollen Sie, daß ich Ihnen etwas vorsinge?« erkundigte sie sich dann, einem plötzlichen Einfall folgend. Obwohl Harry sich die brüske Frage nicht verkneifen konnte, ob sie ihnen die Nachtwächter auf den

Hals holen wolle, nickte der alte Baron. »Aber gern, mein Kind«, stimmte er leutselig zu.
Miß Montressor ignorierte gleichfalls Harrys Einwand, stellte den Vogelkäfig ab, faltete die Hände und begann zu singen. Bevor die erste Strophe in der dunklen gewittrigen Nacht verklungen war, hatte Harry all seine Einwände vergessen. Es war ein simples schottisches Volkslied von unglücklich Liebenden, doch Miß Montressors Stimme – himmlisch klar und rein und dem mühelosen Jubilieren eines Vogels vergleichbar – machte daraus ein wundersames Kunstwerk. Es war fast so, als ob dieses zarte Persönchen in der dunklen Londoner Straße einen Zauber verhängen könnte, der so stark war, daß ihn auch ein mächtiger Schwarzmagier nicht übertreffen würde. Die beiden Männer hörten schweigend bis zum Ende zu. Der ältere war so bewegt wie seit langem nicht, weil er all jene Gefühle fast vergessen hatte, die dieses schlichte Lied in ihm wiedererweckte. Sogar der Kutscher und die Lakaien hatten plötzlich feuchte Augen. Nur Harry Tyne lauschte mit dem kühl kalkulierenden Frohlocken eines Spielers, dem das Schicksal unverhofft ein gutes Blatt beschert hat. Sobald die letzten Töne verklungen waren, begann er halblaut zu reden: »Bei Gott, Max, hab' ich nicht vorhin von Goldminen gesprochen? Was hältst du von dieser hier? Sobald ich dich heute abend erblickte, dachte ich an Wien, und nun weiß ich ganz genau, daß wir sofort hinfahren müssen. Hunderttausend Tölpel warten doch nur darauf, daß wir sie ausnehmen, mon vieux, und hier haben wir genau den richtigen Lockvogel gefunden, dem sie auf den Leim gehen werden.«
Miß Montressor sah etwas verwirrt aus. Kutscher und Lakaien schämten sich ihres unprofessionellen Verhaltens und setzten wieder ihre unbewegten Mienen auf.

Der alte Baron wischte sich ganz offen mit dem Taschentuch über die Augen und warf Harry dann einen vorwurfsvollen Blick zu.
»Du bist herzlos, mein Junge. Mademoiselle hat engelsgleich für uns gesungen, und du denkst an Geld ...«
Harry zuckte mit den breiten Schultern. »Mein lieber Max, wenn man kein Geld hat, ist es leider ganz unmöglich, an irgend etwas anderes zu denken. Mademoiselle singt tatsächlich wie eine Lerche, aber wie soll ausgerechnet ich mich an ihrem Gesang erfreuen, der ich selbst ganz am Ende bin? Wenn du uns drei aber nach Wien schaffst, alter Freund, und mir den richtigen Käfig für diese Lerche ermöglichst, dann garantiere ich dir einen solchen Schatz an Guineen und Gulden, daß keiner von uns je wieder bedürftig sein wird.«
Der alte Baron schüttelte den Kopf. »Du bist herzlos, Harry«, wiederholte er betrübt. »Aber du hast Köpfchen, ja, das hast du wirklich«, fügte er mit einem kleinen Augenzwinkern hinzu. »Selbst die Catalini wird nicht konkurrieren können, wenn diese Stimme hier in den europäischen Salons erklingt, so wie auch die Kunst es nicht mit der Natur aufnehmen kann ...«
»Du verstehst also, was ich meine?« unterbrach ihn Harry rasch. »Wunderbar. Ein Gesangslehrer, ein geschickter Schneider und jemand, der ihr Manieren von engelhafter Bescheidenheit beibringt und das schnippische Wesen abgewöhnt ...«
»Falls Sie mich damit meinen«, fuhr Miß Montressor wütend dazwischen, »so muß ich Sie korrigieren. Ich bin nicht schnippisch, Sir. Falls ich es ausnahmsweise doch sein sollte, dann nur deshalb, weil Sie so unverschämt sind.«
»Ob ich nun unverschämt bin oder nicht, tut nichts zur Sache. Keiner von uns gewinnt dadurch auch nur einen

Penny. Aber Sie, Miß Schnippisch, werden das Wesen eines gefügigen jungen Mädchens annehmen, und wenn ich es Ihnen einprügeln muß.« Er wandte sich wieder an den alten Baron. »Wo sollen wir sie heute nacht unterbringen? Um den Schein zu wahren, wäre es wohl am besten, wenn wir sie zu deiner Großnichte küren, die gerade vom Land gekommen ist. Irgendeine Entschuldigung wird uns schon einfallen, warum sie zu so ungebührlich später Stunde plötzlich auftaucht.«

Der Baron hielt protestierend die Hand hoch. »Harry, halt! Du bist voreilig. Wir können diese junge Dame doch nicht ihren Verwandten entführen, noch dazu ohne ihre Einwilligung.«

»Oh, ich würde nichts lieber tun, als bei Ihnen zu bleiben, Sir«, sagte Letty ernsthaft. »Außerdem sind es gar keine echten Verwandten, sondern sie gehören zur alten Gräfin, und zwar nicht von der mütterlichen Seite, so daß wir überhaupt nicht verwandt sind. Ich versichere Ihnen, daß sie überaus froh sein werden, endlich die Verantwortung für mich los zu sein.«

Max von Bergheim nickte mitfühlend. »Armes Kind. Wenn es sich so verhält, dann sind Sie wirklich besser bei uns aufgehoben. Natürlich ist ein Spielsalon, wie elegant er auch sein mag, nicht gerade die richtige Umgebung, um ein junges Mädchen in die Gesellschaft einzuführen und eine passende Partie für sie zu arrangieren, aber es geschehen ja oft die unglaublichsten Dinge. Sie sind bei mir in guter Obhut, ma fille. Wer weiß? Vielleicht werden Sie eines Tages sogar eine Duchesse ...«

»Aber nicht, bevor sie uns nicht zu Reichtum verholfen hat, Max. Beim Zeus, wenn ich mir überlege, wie sich in einer halben Stunde das Glück für mich gewendet hat! Vor kurzem erst war ich in tiefer Verzweiflung, wie unsere Miß Lerche es so treffend ausgedrückt hat ...«

Diesmal ließ der Baron ihn nicht ausreden. »Mademoiselle Lerche!« rief er begeistert. »Genau der richtige Name für unser Vögelchen! Mein Kind, Sie werden inkognito nach Wien reisen, und wir lassen Miß Lettice Montressor zur Freude der schändlichen Verwandtschaft auf dem Boden der Themse liegen. James«, wandte er sich an einen der Lakaien. »Bringen Sie Mademoiselles Mantelsack zu einer einsamen Stelle am Flußufer und deponieren Sie ihn dort.« Dann schaute er Letty fragend an. »Den Vogelkäfig wollen Sie vermutlich behalten, oder?«

»Aber natürlich. Schließlich sitzt Alexander drin, mein Kanarienvogel«, erwiderte Miß Montressor indigniert. »Eigentlich gehörte er der alten Gräfin, doch nach ihrem Tod wollte ihn keiner haben ...«

»Wenn wir in Wien ankommen, müssen Sie ihn gegen eine Lerche eintauschen«, sagte Harry und schob sie unnachgiebig samt Vogelkäfig in Richtung Kutsche. Auf seine gefühllose Äußerung reagierte Miß Montressor mit einer derart heftigen Liebeserklärung an den zugedeckten Alexander, daß Harry sich notgedrungen einverstanden erklärte, die Angelegenheit noch ausführlich zu besprechen, sobald sie alle im Hotel des Barons untergebracht wären.

3

Eine Woche später – eine Woche, in der Miß Montressor mehr Erstaunliches und Aufregendes erlebte als in ihrem ganzen kurzen Leben davor – saß sie mit dem alten Baron und Harry Tyne in einer eleganten Reisekusche, die von vier Postpferden so rasch gezogen wurde, wie

es der schlechte Zustand der Straßen erlaubte. Sie hatten die niedrigen bewaldeten Anhöhen westlich von Wien verlassen und näherten sich den Außenbezirken der Hauptstadt. Bald tauchte das hohe Dach des Stephansdoms auf, dessen gewaltiger, gitterförmig verzierter Turm das Straßengewirr überragte. Die Stadt war von hohen Ziegelmauern umgeben, einer Hinterlassenschaft der hundertjährigen Auseinandersetzungen mit den Türken. Die Kutsche fuhr durch das Josephstadter Tor. Nun würde es nicht mehr lange dauern, konstatierte der reisemüde alte Baron zufrieden, bis sie in einem der feinsten Wiener Hotels namens »Kaiserin von Österreich« anlangten, in dem er trotz der allgemeinen Überfüllung noch Zimmer bekommen hatte.
Für Letty Montressor, deren bisherige Kenntnis von der Großstadt auf das gesittete Leben und Treiben beschränkt gewesen war, das sie vom Haus der alten Gräfin am Berkeley Square aus beobachten konnte, waren die engen, gewundenen Straßen Wiens äußerst interessant. Ein Vielvölkergemisch – Mitglieder der Herrnhuter Brüdergemeinde, Händler aus Triest, Griechen aus den adriatischen Provinzen, galizische Juden, italienische Adelige und ungarische Magnaten – drängte sich Schulter an Schulter in einer aufregenden Mélange aus Farbe und Bewegung. Viele Besucher dieser altehrwürdigen Stadt an der Donau waren von ihr enttäuscht, nicht zuletzt wegen der engen Straßen und Plätze, wo die hochaufragenden alten Häuser den Passanten Licht und Luft raubten.
Letty war begeistert, als eine Kolonne der berühmten ungarischen Husaren in roten Uniformen, Umhängen aus Tigerfell und Zobelmützen mit weißen Reiherfedern vorbeipreschte. Fasziniert bewunderte sie die Staatskarosse eines Prinzen auf dem Weg zum kaiserli-

chen Palast, gezogen von sechs Rappen, die stolz und widerspenstig ihre mit Kokarden geschmückten Köpfe warfen. Vor ihnen ritten vier Wachen in goldbetreßten Uniformen, zwei Lakaien in türkischem Gewand liefen nebenher und trugen Stöcke mit Silberknauf, und zehn livrierte Diener marschierten in ihren weißen Seidenstrümpfen und Halbschuhen durch den Straßenschmutz. Astleys Amphitheater verlor endgültig den ersten Platz in Lettys Rangliste aufregender und glanzvoller Ereignisse, denn die Stadt Wien war nun ihr Favorit. Die komfortablen Räumlichkeiten, in denen sich die drei Reisenden schon bald befanden, standen ihnen durch die Zuvorkommenheit eines gewissen Sascha zur Verfügung, wie Letty herausfand. Kurz nach ihrer Ankunft im Hotel »Kaiserin von Österreich« machte er ihnen bereits seine Aufwartung und wurde von Harry und dem alten Baron als guter Freund willkommen geheißen. Als er Letty vorgestellt wurde, verbeugte er sich mit äußerster Förmlichkeit und begutachtete sie dann stirnrunzelnd von Kopf bis Fuß, ja, er ging sogar um sie herum, damit er sich ein vollständiges Bild machen konnte. Diese Inspektion führte zu dem kurzen Kommentar, daß sie passabel sei. »Passabel! Mein lieber Sascha ...«, protestierte Max von Bergheim, doch das Wesen namens Sasche stützte das Kinn in die Hand und betrachtete Letty weiterhin unverwandt. Den Einspruch des Barons ignorierte er vollkommen. Dieser Sascha war ein kleinwüchsiger, dunkler Mann unbestimmten Alters mit dem disziplinierten, ungemein beweglichen Körpers eines Tänzers. Letty entdeckte rasch, daß sich sein Gesicht so blitzschnell veränderte, als ob er in unentwegter Folge Masken darüberstülpte, die unter anderem Nachdenklichkeit, Zufriedenheit und kindliche Freude ausdrückten.

Sie erfuhr ebenso rasch, daß er Gesangslehrer, talentierter Tänzer und »Mädchen für alles« war, ein Mann aus dem Niemandsland – es gab allerdings auch das Gerücht, er stamme aus einem Elendsviertel in Marseille –, der zum Vertrauten von Herzögen und Generälen wurde, da er jedermanns Geheimnisse kannte, aber diskret genug war, sie nur ganz wenigen Menschen zu enthüllen, denen er loyal ergeben war. Offensichtlich zählten der alte Baron und Harry zu dieser Kategorie. Die beiden zögerten auch nicht, ihn in jedes Detail ihres Plans einzuweihen, der darauf abzielte, das vergnügungssüchtige Wien kräftig zu schröpfen; ein Plan, auf den sie ihn offensichtlich schon vor ihrer Ankunft brieflich vorbereitet hatten. Ein Spielsalon von der elegantesten, privatesten, exklusivsten Sorte sollte eröffnet werden, ein Etablissement, zu dem nur die créme der Wiener Gesellschaft und deren Gäste Zutritt erhalten würden. Was die Annehmlichkeiten der Küche, der Getränke und der Ausstattung betraf, sollte man hier dieselbe Qualität vorfinden wie bei sich zu Hause. Was aber würde die illustren Gäste dazu bringen, diesen Spielsalon allen anderen vorzuziehen, die es bereits in Wien gab? Eine Stimme, die selbst der skeptische Sascha als ein Geschenk des Himmels bezeichnete und die das ganze musikbegeisterte Wien anlocken würde.

»Aber, aber ...«, dämpfte Sascha gleich darauf sein Lob. »Ihr Auftreten, tja, es ist mehr als beklagenswert, und ihre Figur ... ach, sie hat ja gar keine! Wir müssen sofort nach Madame Haussmann schicken. Schlichter weißer Musselin umschmiegt selbst die heikelste Gestalt, wenn dazu noch Madame ihre ganze Kunst walten läßt. Weiße Seidenslipper, das versteht sich von selbst, und das Haar ...« Er runzelt die Stirn, zerrte unbarmherzig Nadeln und Kämmer heraus, bis es in sanften üppigen Wo-

gen bis zu Lettys Taille hinabfloß. »Genauso«, sagte er in entschiedenem Ton. »Vielleicht noch ein Blumenkranz ... ein Jammer, daß sie keine Blondine ist.«
Die milde, etwas bebende Stimme des alten Barons erwähnte, daß zumindest in England nun die Brünetten mehr in Mode wären.
»Ach, die Engländer.« Sascha wischte sie mit einer verächtlichen Handbewegung beiseite. »Geizkragen, allesamt. Englisches Gold wird wohl kaum deine Taschen füllen, mein Lieber. Wenn man überlegt, daß Mylady Castlereagh auf einem unserer Maskenbälle in einem selbstgeschneiderten Kostüm erschien! Mais vraiment! Sie kam als vestalische Jungfrau. Glaubst du mir etwa nicht?« wandte er sich an den Baron, da dieser in stummem Protest die Hand hob. »Oh; ich kann euch noch andere Geschichten erzählen. Sie sind kaum zu glauben, die folies und die singeries, die hier an der Tagesordnung sind.«
Während der ganzen Zeit umrunderte er Letty und ermahnte sie in beiläufigen Ton, die Schultern zu straffen und den Kopf in anmutiger Schüchternheit leicht zu senken, die Ellbogen nach innen zu kehren, die Schuhspitzen dagegen nach außen.
Dazwischen gab er eine ganze Sammlung von Anekdoten über bekannte Leute in Wien zum besten. Viele seiner Geschichten waren skandalös, die meisten waren amüsant, und alle entsprachen peinlich genau den Tatsachen.
Wußten sie schon, daß der nicht mehr junge Kronprinz von Württemberg versucht hatte, seine Ehe mit der Kronprinzessin annullieren zu lassen, damit er die stupsnasige, exzentrische Schwester des Zaren, die Großherzogin-Witwe Katharina, heiraten konnte? War ihnen etwa das Gerücht bekannt, daß sich der Zar für

seine morgendliche Toilette täglich einen Eisblock in seine Suite in der Hofburg bringen ließ? Achttausend Kerzen wurden in den Kristallüstern der Reithalle angezündet, wenn der Kaiser dort einen Ball gab. Hatten sie schon gehört, daß eine junge Gräfin dem englischen Gesandten, Lord Steward, eine kräftige Ohrfeige gab, weil er sich ihr gegenüber Freiheiten herausgenommen hatte, als sie im Theater eine überfüllte Treppe hinunterstiegen? War ihnen klar, daß die Kaiserin Maria Ludovica höchstpersönlich intervenieren mußte, um den jungen Grafen Wrbna zu veranlassen, sich seinen heißgeliebten Husarenschnurrbart abzurasieren, damit er in einem tableau vivant als Apoll auftreten konnte?
»Weißt du eigentlich, mein Lieber«, wandte er sich diesmal ganz persönlich an Harry, »daß dein hochgeschätzter Onkel, der überaus tugendhafte und korrekte General Sir Marius Tyne, es geschafft hat, der Favorit der berühmten Kokotte Mademoiselle Forel zu werden? Diese Lady ist für die Wiener Gesellschaft das, was anscheinend eure Miß Harriette Wilson für London ist. Um seinen Sieg zu festigen, nimmt der General mit Lord Castlereagh und dessen Frau jeden Morgen Unterricht im Walzertanzen ...«
Der Baron unterbrach ihn mit ungewöhnlich scharfer Stimme. »Sir Marius ist hier?« Er warf Harry einen entsetzten Blick zu. »Das ist schlecht, sogar sehr schlecht.«
»Das finde ich auch«, stimmte Sascha zu und schaute gleichfalls Harry an, der sich jedoch keinerlei Interesse an der soeben gehörten Nachricht anmerken ließ. Er lag vielmehr immer noch in lässiger Haltung in einem eleganten Fauteuil, die Beine hatte er weit von sich gestreckt, die Hände tief in den Hosentaschen vergraben.
»Der General soll ein enger Freund der kaiserlichen Familie sein«, teilte Sascha mit. »Er spielt im Familien-

quartett das Cello, wie man mir glaubwürdig berichtete, wenn Prinz Metternich, dem normalerweise diese Ehre zuteil wird, anderweitig beansprucht ist. Außerdem hilft er dem Kaiser in dessen Werkstatt bei der Anfertigung von Lackkäfigen für die exotischen Vögel, die Seine Majestät in Gewächshäusern züchtet.«

Diese letzte Aussage bewirkte endlich, daß Harry leicht die Augenbrauen hochzog. »Du erzählst hier ja eine wahre Schauergeschichte«, meinte er ironisch lächelnd. »Musik, Tanz, eine Geliebte und auch noch Vögel! Mein Onkel hat große Fortschritte gemacht, seit mir das letze Mal das Vergnügen zuteil wurde, ihn zu sehen.«

Sascha zuckte vielsagend die Achseln. »Mein Lieber, du kennst doch diesen Typ. Wenn es für seine Karriere nötig wäre, vor Beginn einer Vorstellung im Kärtnertortheater eine halbe Stunde lang auf dem Kopf zu stehen, dann würde er es tun und dabei natürlich höchste Würde bewahren. Für dich ist jedoch von größter Wichtigkeit, mein Freund, daß der Kaiser auf ihn hört, was wiederum bedeutet, der Polizeichef hört ebenfalls auf ihn, und was das bedeutet, kannst du dir denken. Auf ein Wort von ihm werden deine Pharotische aufgelöst, und du findest dich mitsamt dem Baron und Mademoiselle Singvogel in einer geschlossenen Kutsche auf dem Weg zur Grenze wieder.«

Um Zustimmung heischend schaute er den Baron an, der trübselig nickte. »Tja, mon cher, das ist leider wahr und natürlich sehr unangenehm. Was meinst du, Harry?«

»Unangenehm, aber nur von geringer Bedeutung«, erwiderte Harry wegwerfend. »Mein Onkel gibt sich seit jenem ›bedauerlichen Zufall in Spanien‹, wie er sich anscheinend gern ausdrückt, die größte Mühe, der Welt klarzumachen, daß er mir gegenüber immer noch die freundlichsten Gefühle hegt, obwohl ich mich so sträflich danebenbenommen habe. Es gibt nämlich Leute, die vielleicht nicht zögern würden, darauf hinzuweisen, daß er derjenige war, der von meinem Niedergang profitiert hat.«

»Gut gekontert«, lobte ihn Sascha. »Du machst mir wieder Mut. Monsieur le Général hat tatsächlich den Ruf, ein äußerst vernünftiger Mann zu sein. Deshalb hat er bei seinem Eroberungsfeldzug einen Überraschungssieg bei der Forel davongetragen. Sie gehört genausowenig wie eure Miß Wilson zu den Vögelchen, die man durch großsprecherisches Gehabe zähmen kann. Aber es heißt, daß sie neuerdings mit einem prachtvollen Diamantenschmuck paradiert und ohne Zaudern zugibt, ihn der Großzügigkeit des Generals zu verdanken. Man muß sich daher nicht wundern, daß sie den mit blauem Samt ausgeschlagenen Landauer und die vier Falben – das Äußerste, das sich der junge Graf Babnitz leisten konnte – als Lappalie abtat und sich einverstanden erklärte, zumindest offiziell die Gesellschaft des Generals jeder anderen vorzuziehen.«

An dieser Stelle mischte sich Harry ein, der wie eine sittenstrenge Witwe reagierte, was Letty betraf, und gebot mit einem Machtwort weiteren skandalösen Bemerkungen Einhalt. Er befahl Sascha, sofort mit der ersten Gesangsstunde zu beginnen, und verließ in Begleitung des Barons das Zimmer.

Sascha schaute ihm mit völlig entgeistertem Gesicht nach. »Nein! Und das ausgerechnet von Harry! Das ist die Höhe«, rief er. »Soll ich dem etwa entnehmen, daß er sich in Ihrer Gegenwart nie eine Anzüglichkeit zuschulden kommen läßt?«

»Ja, so ist es«, erwiderte Letty prompt. »Jedenfalls, wenn

er daran denkt. Manchmal vergißt er es allerdings. Er behauptet, daß ich unbedingt den Anschein größter Unschuld erwecken muß und deshalb natürlich keine unschicklichen Wörter lernen oder Skandalgeschichten lauschen darf. Das ist völliger Unsinn, wie ich ihm schon zu erklären versuchte, da die alte Gräfin von morgens bis abends nur die Klatschgeschichten erzählte, so daß ich durchaus über alle möglichen ungehörigen Dinge Bescheid weiß, die Leute tun. Ist Harry eigentlich ein unschicklicher Mensch? Es siehst fast so aus, doch man darf die Menschen ja schließlich nicht nur nach dem äußeren Anschein beurteilen.«
Sascha stimmte aus voller Brust zu. Der größte Schurke von ganz Wien, fügte er hinzu, in dem es im Augenblick von Schurken aus allen Europas geradezu wimmele, sei ein kleiner Mann mit unschuldigem Kindergesicht und einer angenehm zarten Stimme.
»Was Harry angeht, kommt es mir nicht zu, seine Angelegenheiten mit Ihnen zu besprechen«, sagte Sascha dann ernst. »Also los, Mademoiselle, wir fangen mit Atemübungen an.«
»Der Baron hat das gleiche gesagt«, meinte Letty und ignorierte völlig Saschas Aufforderung zu Atemübungen. »Aber er hat mir wenigstens alles mögliche über Harrys Karriere in Spanien erzählt, bevor er notgedrungen den Militärdienst aufgab. Übrigens behauptet er, daß Harrys erzwungener Abschied aus der Armee höchst ungerecht war und von irgendeinem tückischen Gegner inszeniert wurde. Nach Meinung des Barons ist Harry zwar hitzig und leichtsinnig, war aber nie ein Intrigant oder gar unehrenhaft. Ich glaube, daß der Baron Harry sehr gern mag, obwohl er immer wieder den Kopf über ihn schüttelt und mich vor ihm warnt. Ich soll mich auf keinen Fall in ihn verlieben ...«

»Ausgezeichneter Ratschlag«, stimmte Sascha zu. »Und nun, Mademoiselle, das Atmen ...«
»Was auch höchst unwahrscheinlich ist«, fuhr Letty unbeirrt fort, »da er mich fast immer ruppig behandelt und sich nicht die leiseste Mühe gibt, sich bei mir beliebt zu machen.«
Sascha funkelte sie unter zusammengezogenen Brauen an. »Die Atemübungen, Mademoiselle«, sagte er drohend.
»Allerdings sieht er ja sehr gut aus ...«
»Zum letztenmal – die Atemübungen!«
»Also gut.« Letty ergab sich in das Unvermeidliche.
Sascha erwies sich in der nächsten Zeit als anspruchsvoller und strenger Lehrmeister. Den lieben langen Tag – Harry und der Baron waren inzwischen damit beschäftigt, die elegante Villa zu verschönen und auszustatten, die Sascha für sie gemietet hatte – wurde Letty von Sascha unerbittlicher gedrillt als je ein Rekrut in des Kaisers Armee. Auf die Gesangsstunden folgte Tanzunterricht, auf den Tanzunterricht folgten stundenlange Anproben der schlichten und doch raffinierten Gewänder, in denen sie vor der Wiener Gesellschaft auftreten sollte. Dazwischen lernte Letty die korrekten Anredeformen für jede Hoheit, Durchlaucht und Exzellenz von Wien auswendig, vom Zar, dem Kaiser und dem preußischen König bis hinunter zum niedrigsten Militärattaché und Minister.
Tatkräftige Hilfe bei all diesen Plagereien war eine hochgewachsene, knochige, säuerliche Engländerin unbestimmten Alters, die sich des romantischen Namens Parthenope und des üblicheren Nachnamens Clark erfreute und die im Hotel bereits am Morgen nach Lettys Ankunft ihre Aufwartung machte. Sie war ebenfalls auf Sachas Empfehlung hin angestellt worden, um als Lettys

Duenna zu fungieren, eine Aufgabe, für die sie bestens geeignet war, da sie eine ausgezeichnete Erziehung genossen hatte und derart strenge Ansichten über Schicklichkeit hegte, daß selbst Harry zufrieden war. Während ganz Wien sich in den goldenen Tagen dieses prachtvollen Herbstes dem Vergnügen hingab, während Veilchen unzeitgemäß im Prater blühten und die Stadt des Nachts durch tausend Fackeln erglühte, während sich Kutschen in den engen Straßen auf ihrem Weg zu endlosen Bällen und Galadiners drängten – während all dies geschah, polierte Miß Clarks junger Schützling unter strengster Aufsicht seine Kenntnisse des Französischen und des feinen Benehmens auf. Nur wenn Letty ab und zu ans Fenster rannte und hinunterspähte, weil auf der Straße irgendein Lärm auf ungewöhnliche Vorkommnisse schließen ließ, erhaschte sie wenigstens einen flüchtigen Blick auf die Berühmtheiten, deren Namen jeder kannte. Da gab es den gutaussehenden Zar Alexander, der groß und blond war und eine schlanke Taille wie ein Mädchen hatte; den unauffälligen ältlichen Kaiser und seine wunderschöne junge Gemahlin Maria Ludovica; den Prinzen Esterhazy, an der Spitze der Königlich-Ungarischen Garde in einer Uniform, die mit Perlen und Diamanten besetzt war, den Helm mit Federn geschmückt, an den Stiefeln Perlenbehang; und dann den höflich-herablassenden Metternich höchstpersönlich, den Regisseur dieses spektakulären Schauspiels, das ganz Europa als Zuschauer hatte.
»Geduld, Geduld«, tröstete der Baron Letty, wenn sie ihn um Erlaubnis bat, sich wenigstens unter die Menge im Prater mischen zu dürfen, um eines jener überwältigenden Feuerwerke zu bewundern, pyrotechnische Meisterwerke, die alle Flaggen der Nationen, die am Kongreß teilnahmen, oder die Wahrzeichen von Mai-

land, Berlin und Petersburg in wahre Lichtexplosionen an den nächtlichen Himmel malten. »Sie werden noch Zeit genug haben, alles zu sehen, mein Kind, sobald Sie lanciert sind. Sie werden ein sensationeller Erfolg sein. Alle jungen Offiziere werden miteinander wetteifern, wer Sie zu Bällen und Festivitäten begleiten darf. Selbst dem Kaiser werden Sie vorgestellt werden, und dann wird man Sie überall einladen.«

Das klingt ja alles schön und gut, dachte Letty, nur halb getröstet durch diese brillanten Zukunftsaussichten, doch vorläufig gab es nur Sascha und Miß Clark, die gar nicht daran dachten, miteinander zu wetteifern, was Lettys Unterhaltung betraf, sondern es eher darauf anzulegen schienen, ihr das Leben schwerzumachen. Außerdem gab es natürlich noch Harry mit seinem beißenden Humor und seiner Gleichgültigkeit, der eigentlich nur unfreundliche Bemerkungen über ihren Gesang, ihr Benehmen oder ihre äußere Erscheinung machte. Zum Glück war wenigstens der alte Baron nett zu ihr.

»Du bist viel zu streng mit ihr, mon cher«, schalt der Baron Harry mehr als einmal, doch Harry zuckte nur die Achseln und meinte, daß Letty ihnen allen nichts nütze, solange sie kein lupenreiner Diamant sei, worauf der Baron keine passende Erwiderung fand.

»Was sie von Natur aus nämlich nicht ist«, fügte Sascha hinzu, der nur zu bereit war, bei kritischen Betrachtungen ein Wörtchen mitzureden. Daraufhin geriet Letty mit schöner Regelmäßigkeit in Zorn und verkündete ihren Entschluß, nach England zurückzukehren und Nora nebst ihrem Flußschiffer-Ehemann zu suchen, die garantiert freundlicher zu ihr wären …

Während Letty diese Drohung aussprach, wußte sie ganz genau, daß sie nicht die leiseste Absicht hatte, sie in die Tat umzusetzen. Es gab dafür auch einen ganz be-

stimmten Grund. So sehr sie den alten Baron betrüben würde, falls sie ihm ein entsprechendes Geständnis machte, so entsetzt sie selbst darüber war, welchen Streich ihr Herz ihr spielte, es ließ sich leider nicht leugnen, daß sie sich in Harry Tyne verliebt hatte. Sie liebte sein kühnes, gutgeschnittenes Gesicht und seine Haltung, die ihr edler vorkam als die all jener Königlichen Hoheiten, die sie von ihrem Fenster aus erspähte. Sie liebte seine Stimme, die seine verschiedensten Launen widerspiegelte, seine hellwachen grauen Augen, die breiten Schultern und die ausdrucksvollen Hände. Aber am meisten liebte sie ihn wie Desdemona ihren Othello »wegen der Gefahren, die er schon auf sich genommen hatte«, seinen funkelnden Geist, seine Tapferkeit und Findigkeit angesichts gräßlicher Situationen, worüber der Baron und Sascha ab und zu unbedacht in Lettys Gegenwart sprachen. Es war so einfach, aus Harry Tyne einen romantischen Helden zu machen.
Natürlich wußte sie ganz genau, daß sie bei ihm keine entsprechenden Gefühle erwarten durfte. Sie war für ihn nicht mehr als eine eher lästige Bürde, ein eigensinniges, häufig störrisches Kind, für dessen ermüdende Stimmungen er wenig Verständnis und noch weniger Geduld aufbrachte. Letty war es nicht entgangen, daß sich immer wieder aufgeputzte weibliche Wesen im Hotel nach Harry erkundigten. Auf ihre Frage informierte Sascha sie bereitwillig, daß auch adelige Ladies nicht zögerten, den Skandalen, die sie so gern inszenierten, einen weiteren hinzuzufügen, indem sie Harry in ihre Theaterloge einluden oder sich neben ihm in seinem Phaeton thronend im Prater sehen ließen. Die wichtigste unter ihnen war anscheinend Lady Hester Luddington, eine wohlhabende und leichtsinnige junge Witwe, die mit der zauberhaften Gräfin Julia Zichy um den Titel

der schönsten Frau von Wien wetteiferte. Falls man in tödlicher Feindschaft zu einem Menschen entbrennen sollte, den man noch nie gesehen hatte, dann traf dies voll und ganz auf Lettys Gefühle Lady Hester gegenüber zu. Diese Lady Hester war offensichtlich all das, was Letty nicht war: eine Zierde der Gesellschaft, eine Leitfigur der Gruppe von Leuten, die in Wien tonangebend waren, und sie wurde von jedem Gentleman bewundert und von jeder Frau gehaßt, die in ihrer Gegenwart vergeblich die Aufmerksamkeit der anwesenden Herrn zu wecken versuchte.

Letty musterte betrübt das schlichte weiße Musselinkleid, in dem sie vor der Wiener Gesellschaft auftreten sollte. Mutlos fragte sie sich, wie sie mit einer Lady konkurrieren konnte, die es wagte, falls die Laune sie überkam, ein Fest in einem fast durchsichtigen Gazekleid zu besuchen? Darunter trug sie höchstens einen Petticoat, der absichtlich feucht gebügelt worden war, damit er sich jeder Kurve ihres sinnlichen Körpers eng anschmiegte. Lettys Gestalt wies zu ihrem geheimen Kummer überhaupt keine sinnlichen Kurven auf, selbst wenn man ihr gestattet hätte, diese besser zur Schau zu stellen. Was ihre Fähigkeiten betraf, sich witzig und gescheit mit den bedeutenden Persönlichkeiten Wiens unterhalten zu können, wie man es Lady Hester nachsagte, so hatte Harry ihr wiederholt vorgeworfen, keine bessere Konversation zu liefern als ihr Kanarienvogel Alexander. Dabei bemühten sich Sascha und Miß Clark ausdauernd, Letty in der Kunst der Belanglosigkeiten zu unterrichten, mit denen sie die Gäste des Hauses amüsieren sollte.

Ich bin eben ein hoffnungsvoller Fall, sagte Letty sich resigniert. Da sie jedoch erst siebzehn und ein geborener Optimist war, freute sie sich trotzdem – unglückliche Liebe hin, unglückliche Liebe her – auf ihr bevorstehendes gesellschaftliches Debüt.

4

Lettys Debüt fand an einem Abend statt, als der Winter nach diesem langen schönen Herbst doch endlich Ernst machte. Ein jäher Sturm fegte von den Bergen jenseits der Donau und bedeckte die Stadt mit einer glitzernden Schneedecke. Viele Gäste trafen mit Schlitten ein, deren Pferdegespanne Glöckchen trugen, so daß die Straße von lustigem Schellengeklingel erfüllt war und in den schönen, von Kerzen erhellten Zimmern fast Ferienstimmung aufkam. Zierliche Porzellanöfen, die ihrer Form nach an Tintenfässer erinnerten, strahlten behagliche Wärme aus, und an den Doppelfenstern schlossen schwere karmesinrote Vorhänge unter gerafften Schabracken die Winternächte aus. Unzählige Treibhausblumen spiegelten sich in dem hochpolierten Parkett wider und tränkten mit ihrem Duft die eleganten hohen Räume. Die Einrichtung sah nach dem derzeitigen Wiener Stil nur wenig schlichte Möbel aus Kirschbaum, Birnbaum- und ungarischem Eschenholz vor, ein wohltuender Gegensatz zu den überladenen Prunkstücken früherer Zeiten.

Der alte Baron geleitete Letty galant die breite Treppe zu den Räumen im Erdgeschoß hinunter, die vom Gelächter und den lebhaften Unterhaltungen all jener Gäste erfüllt waren, die voller Spannung gekommen waren, um die neueste Vergnügungsstätte von Wien in Augenschein zu nehmen. Der alte Baron war von Letty zu Recht entzückt. Vom bekränzten Scheitel bis zu den

Spitzen der zarten Seidensandaletten glich Letty einem dunkelhaarigen Schneewittchen, einer verzauberten Prinzessin, die auf den erlösenden Kuß wartet. Den Kopf hielt sie leicht geneigt, als lausche sie auf die Schritte eines prinzlichen Retters, und ihre Augen wirkten scheu, glänzten aber dennoch voller jugendlicher Erwartung unter dichten schwarzen Wimpern.
Der Baron fand, daß Sascha und Miß Clark ganze Arbeit geleistet hatten. Mitleid für dieses verletzliche, zauberhafte Wesen erfaßte ihn, als er Letty in den größten Salon führte, wo schon ein schwer glänzender Broadwood-Flügel wartete. Fast ärgerlich konterte er die neugierigen Blicke der eleganten Gesellschaft, die Letty bei ihrem Eintritt durch Lorgnons und Lorgnetten musterte. Ein Lamm inmitten von Wölfen, dachte er grimmig. Wenn sich unter den Wölfen auch Durchlauchten, Königliche Hoheiten, adelige, spielwütige Ladies und Gentlemen aus ganz Europa, schöne, kostspielige Kokotten und blendend aussehende junge Offiziere in roten, blauen oder blütenweißen Uniformen befanden, so war das nur um so schlimmer für das arme Lämmchen …
Er brachte Letty zum Flügel, wo ein bekannter Pianist einige einleitende Akkorde spielt, um für allgemeine Ruhe zu sorgen. Dennoch wurde es nicht still, sondern die Unterhaltung ging weiter, und im entferntesten Winkel eines Salons ließ das schrille Gelächter einer Kokotte darauf schließen, welche Art von Scharmützel dort im Gange war. Der Pianist war ein »alter Hase«, was solche Veranstaltungen betraf. Er verzog verächtlich die Lippen, zuckte die Achseln und begann mit der Einleitung zu Lettys erstem Lied.
Diese Töne klangen ihr wie Grabgeläute in den Ohren. Ihre Knie zitterten, und ihr Herz klopfte so stürmisch,

daß der zarte Musselin über ihrem Busen in Bewegung geriet. Sie sah vor ihren Augen nur noch ein einziges leuchtendes Gewirr aus Kerzenflammen, Juwelen und Uniformen. Die Kokotte kreischte wieder und schlug einem der hübschen Offiziere mit dem Fächer auf die Finger, bevor sie durch den Raum davonrauschte und dadurch allgemeine Beachtung erregte.

»Meine Damen und Herren ...«

Harrys sonore, leicht ironische Stimme drang durch das babylonische Sprachengewirr, und es gelang ihm, die Aufmerksamkeit der versammelten Gäste auf sich zu lenken. Sein gleichmütiger und doch autoritärer Tonfall schien etwas Wichtiges zu verheißen. Hochaufgerichtet stand Harry da, seine breitschultrige Gestalt von bestechender Eleganz im schwarzen Frack, dessen einziger Schmuck eine schwere Uhrkette und das kunstvoll geschlungene weiße Halstuch bildete. Eine fesselnde Erscheinung. Es wurde still.

»Meine Damen und Herren«, wiederholte er und machte dann eine unmerkliche Pause, als wolle er seine Gewalt über die Menge betonen, »ich möchte Ihnen nun die neueste Sensation von Wien vorstellen, eine Stimme aus dem Paradies ... Mademoiselle Lerche.«

Mit einer lässigen Handbewegung forderte er sie auf zu beginnen und mischte sich dann unter die Gäste.

»Ich singe für ihn«, gelobte sich Letty, entzückt über seine überschwengliche Ankündigung. Als der letzte Akkord der Einleitung verklang, erhob sich ihre Stimme rein und klar, zwar von keinem großen Volumen, aber von höchster Schönheit in diesem heißen, überfüllten Raum.

Sie sang keine kunstvollen Arien von Händel oder Gluck. Sascha war klug genug, um zu wissen, daß ihre ungeschulte Stimme der hochgezüchteten Kunstfertigkeit einer Catalini hoffnungslos unterlegen wäre, falls sie sich an komplizierte Koloraturarien heranwagte. Die wundervolle schwermütige Arie der Gräfin aus »Figaros Hochzeit« von Mozart war die einzige wagemutige Exkursion in die hohe Kunst der Oper. Letty übriges Repertoire bestand aus schlichten Volksballaden oder sentimentalen Liedern, die derzeit in den Salons besonders beliebt waren.

Dem Zauber dieser silberhellen Stimme gelang es, die anspruchslosen Melodien mit einem Schmelz zu versehen und dadurch die buntgemischte Gästeschar zu entzücken, die eigentlich nur wegen Harrys Pharotischen in die Villa gekommen war. Wüstlinge, die skrupellos jene unschuldigen Dorfmädchen verführt hätten, die Letty besang, fühlten sich merkwürdig berührt. Glücksspieler und Abenteurer, die ihre Mütter dreißig Jahre lang nicht besucht hatten, sahen plötzlich Szenen ihrer Kindheit vor sich und konnten es kaum ertragen. Adelige Ladies und Kurtisanen schluchzten mit vereinten Kräften. Nach der ersten Liederfolge brachen Begeisterungsstürme los, und nach der zweiten war der Salon fast bis zum Bersten voll mit neuen Zuhörern, die Lettys klare junge Stimme von den Spieltischen aus den Nebenräumen weggelockt hatte. Damen stiegen auf Stühle, um dieses neue Gesangswunder besser sehen zu können, und die Herren der Schöpfung umschwirrten sie, von dem stürmischen Wunsch beseelt, ihre Bekanntschaft zu machen, noch bevor der indignierte Pianist die letzten Akkorde anschlagen konnte.

Der Baron übernahm es, die Gentlemen vorzustellen, und er strahlte vor Vergnügen, weil sich seine Prophezeiung erfüllte, daß sein junger Schützling un succèes éclatan haben würde. Die verwirrte, scheue Letty knickste vor Prinzen, Herzögen und Grafen und wurde mit

Komplimentn überschüttet, war aber viel zu überwältigt, um ihren Triumph voll auskosten zu können. Sie sehnte sich nur danach, dem Rampenlicht zu entfliehen, das für sie so ungewohnt war, doch das kam natürlich so lange nicht in Frage, wie sie der Gegenstand der Bewunderung und der Betrachtung von jedermann war. Zum Glück für ihr seelisches Gleichgewicht lenkte die Ankunft einer so wichtigen Persönlichkeit, daß sie alle unbedeutenderen Hoheiten in den Schatten stellte, die allgemeine Aufmerksamkeit in eine andere Richtung. Bevor die wachsame Miß Clark, die in einiger Entfernung auf ihre Chance wartete, endlich den Drachen spielen zu dürfen, sie irgendwohin bugsieren konnte, schaffte es Letty, durch rote Samtvorhänge in ein kleines und hoffentlich leeres Vorzimmer zu schlüpfen.
Wie sich gleich herausstellte, war dem jedoch nicht so. Eine auffallend blonde junge Lady in tief dekolletiertem rosa Taftgewand stand vor einem Pfeilerspiegel und musterte sich stirnrunzelnd bei dem vergeblichen Versuch, mit einer Nadel ein Nichts von einem Stück Spitze zu befestigen, das ihr Mieder gerade noch daran hinderte, hinunterzurutschen und noch mehr von ihrem runden weißen Busen zu entblößen, als es der kunstfertige Schneider geplant hatte.
Sie wirbelte herum und lächelte, als sie Letty erblickte. »Wundervoll!« rief sie fröhlich. »Sie werden mir bestimmt helfen, ma chérie! Schauen Sie nur, was dieser Schuft von Babnitz mit meinem Kleid angestellt hat. C'est affreux, n'est-ce-pas? Diese Männer ...«
Sie machte eine wegwerfende Handbewegung und hielt Letty mit strahlendem und vertrauensvollem Lächeln die Nadel hin. Letty nahm sie zweifelnd entgegen. »Es ist so übel zerrissen, daß ich nicht weiß, ob ich's ordentlich machen kann ...«

»Dann müssen wir's eben unordentlich tun, n'est-ce-pas?« erwiderte die junge Dame übermütig. »Es spielt ja keine Rolle, solange ich nicht völlig derangiert bin. Vorm Morgengrauen werde ich meinem feinen Grafen den Preis für das Kleid abgeknöpft haben, und zwar garantiert. Keine Angst!« Sie musterte Lettys Gesicht mit unverhohlener Neugier. »Sie sind Harrys neueste Eroberung, nicht wahr?« erkundigte sie sich. »Er ist tout généreux, finden Sie nicht auch?«

Letty schaute sie sprachlos an und ließ die Nadel zu Boden fallen. Nun erst kam ihr der Verdacht, daß die junge »Lady«, die sie um Hilfe gebeten hatte, ganz und gar keine Lady war, sondern vielmehr zur Zunft der Kurtisanen gehörte, wie Sascha es frei heraus bezeichnete, also einer jener Paradiesvögel war, für die Wien derzeit ein lukratives Pflaster darstellte. Der Schock über diese Erkenntnis war jedoch harmlos im Vergleich mit der schrecklichen Bemerkung der Blondine, daß Letty wohl Harrys neueste Eroberung sei. Dies ließ wohl unmißverständlich darauf schließen, daß mehrere Paradiesvögel diese Bezeichnung für sich in Anspruch nehmen konnten.

»Ich bin nicht Harrys Eroberung«, protestierte Letty indigniert. »Er ist ... wir sind lediglich Geschäftspartner.«

Ihr Gegenüber nickte, hob die Nadel auf und reichte sie Letty ein zweites Mal. »Genau das hab' ich Babnitz auch gesagt«, meinte sie. »Sie sind überhaupt nicht Harrys Typ.«

Aus irgendeinem Grund fand Letty diese Bemerkung ebenso unerfreulich wie die vorhergehende, schluckte aber ihren Ärger hinunter, da ihre Gesprächspartnerin ungeduldig darauf wartete, daß sie ihre Pflicht als eine Art Aushilfszofe Genüge tat. Ihre Bemühungen, die lose Spitze zu befestigen, wurden durch die Blondine sehr

erschwert, da diese sich dauernd umdrehte, um im Spiegel zu überprüfen, was Letty tat.
»Sie wissen nicht, wer ich bin, nicht wahr?« erkundigte sie sich überraschenderweise, als Letty ihre schwierige Aufgabe bewältigt hatte. »Ich bin Ninette Forel. Wie heißen Sie, ma chère?«
»Ich ... oh, Sie sind Ninette Forel!« sprudelte Letty heraus, als ihr die Bedeutung dieses Namens aufging. Mit großen Augen musterte sie das strahlende rosige Gesicht mit den hohen flämischen Backenknochen und das üppige blonde Haar. »Oh! Sie sind die berühmte ... Sie sind General Sir Marius' ...«
»General Sir Marius Tynes, chère amie? Ja, im Augenblick schon«, stimmte Miß Forel mit einem kleinen Achselzucken zu. »Er ist tout distingúe, n'est-ce-pas? Aber so langweilig, meine Liebe. Mein Gott, wie lang-weilig! Er glaubt doch tatsächlich, mich blendend zu unterhalten, wenn er mir auf dem Cello vorspielt. Mais vraiment! Deshalb bin ich heute nacht mit Babnitz hier, was höchst taktlos von mir ist, aber schließlich kann man auch nicht dauernd taktvoll sein.«
Letty stimmte aus tiefster Seele zu, daß man das wahrlich nicht sein könne.
»Aber wieso ...?« begann Letty ihrerseits höchst taktlos, merkte es aber gerade noch und brach errötend ab.
»Aber wieso habe ich ihm dann erlaubt, mein Liebhaber zu werden?« vollendete Miß Forel ungerührt Lettys angefangenen Satz. Sie wandte sich wieder ihrem Spiegelbild zu und deutete selbstgefällig auf das Diamantencollier, die diamantenen Ohrringe und den Solitär, der an ihrem Finger aufblitzte. »Deshalb ...deshalb ...und deshalb«, erklärte sie vergnügt. »Der Schmuck ist merveilleux, n'est-ce-pas? Ich kann's kaum glauben, daß er mir gehört. Dafür würde ich mich selbst mit dem Teufel

einlassen. Der wäre wenigstens nicht so langweilig«, fügte sie mit perlendem Lachen hinzu.
Letty war sich nicht klar, ob sie von dieser pragmatischen Einstellung zur Beziehung zwischen Mann und Frau schockiert oder beeindruckt sein sollte. Sie wollte gerade eine weitere indiskrete Frage stellen, als sich hinter ihr die roten Samtvorhänge teilten und Harry auftauchte.
»Großer Gott«, sagte er in resigniertem Tonfall, als er die beiden erblickte. »Das hätte ich mir ja denken können. Ein Tête-à-Tête mit der berüchtigsten Kurtisane von Wien! Kommen Sie mit, Sie Kind, und versuchen Sie sich so unschuldig und dumm zu benehmen, wie Sie sind ...«
»Ich bin nicht dumm!« unterbrach ihn Letty wütend, und gleichzeitig mischte sich auch Miß Forel mit lieblichem Lächeln ein, das ihre Worte Lügen strafte: »Was für ein Scheusal du bist, Harry. Ich bin nicht – wie hast du es genannt? – berüchtigt. Ich bin berühmt. Du hast heute abend großen Erfolg, n'est-ce-pas? Ich werde all meinen Freunden sagen, daß sie herkommen sollen, selbst deinem so ungeheuer respektablen Onkel, Sir Marius ...«
»Der kommt bestimmt nicht, mein Wort darauf«, erwiderte Harry kurz. »Nun hör mir gut zu, Ninette. Du hast mit dieser jungen Dame kein Wort gesprochen. Verstanden?«
»Aber ich habe sehr wohl mit ihr geredet«, protestierte Ninette, »und zwar die ganze Zeit über, in der sie mein Kleid ausgebessert hat.«
»Und sie hat auch nicht dein Kleid ausgebessert«, fügte Harry fast drohend hinzu.
Ninette zuckte aufsässig die Achseln, worauf Harry das Englische aufgab und zu rasend schnellem, tempera-

mentvollem Französisch überging, so daß Letty überhaupt nicht folgen konnte. Anscheinend erzielte Harry damit den erhofften Eindruck bei Ninette, denn sie wurde rot, biß sich auf die Lippen, gewann dann allerdings ebenso rasch ihre gute Laune wieder, wie sie ihr abhanden gekommen war, und setzte wieder ihr strahlendes Lächeln auf.

»Na schön, ich werde folgsam sein«, versprach sie. »Du bist ein guter Kerl, Harry, und ich mag dich sehr. Wirst du heute abend nett sein und mich gewinnen lassen?«

»Ich bin nie nett«, erwiderte Harry. »Frag die kleine Miß Lerche. Kommen Sie«, sagte er dann zu Letty, nahm sie beim Arm und hielt ihr den roten Samtvorhang auf. »Ich möchte Sie jetzt einigen respektablen Herrschaften vorstellen.«

»Meiner Meinung nach können sie gar nicht respektabel sein, oder sie kämen nicht hierher«, äußerte Letty rebellisch. »Außerdem werde ich mich mit Mademoiselle Forel immer unterhalten, wenn ich sie treffe. Ich finde sie sehr nett.«

»Das sieht Ihnen ähnlich. Aber ich warne Sie. Wenn Sie sich mit ihr unterhalten, werde ich Sie verprügeln.«

»Das behaupten Sie immer wieder, aber ich glaube nicht, daß Sie's täten.«

»Ach nein! Stellen Sie mich doch auf die Probe!«

Letty warf ihm einen finsteren Blick zu, preßte die Lippen aufeinander und setzte eine gouvernantenhafte Miene auf. »Nein, ich werde nicht mit ihr reden, weil es der alte Baron ungern sähe. Er will, daß ich äußerst respektabel bin, damit er eine blendende Partie für mich arrangieren kann.«

»Viel Glück für euch beide«, sagte Harry so gleichgültig und andererseits skeptisch, daß Letty die Lippen schon wieder aufeinanderpressen mußte.

Dann waren sie wieder im Salon. Da die höchst bedeutende Persönlichkeit gerade ihr Glück an einem der Spieltische versuchte, war der Raum fast leer. Als Harry und Letty zwischen den roten Samtvorhängen auftauchten, eilte ein junger Offizier in der eindrucksvollen roten Uniform der Königlich-Ungarischen Garde zielbewußt auf sie zu. Er machte vor Harry die Andeutung einer Verbeugung.

»Monsieur, ich habe die Ehre. Würden Sie so freundlich sein und mich Mademoiselle vorstellen.«

Als Letty aufblickte, sah sie einen der hübschesten jungen Männer vor sich, die ihr je begegnet waren. Er war hochgewachsen, hellhäutig und blauäugig. Seine Gesichtszüge waren von klassischem Ebenmaß, und seine breitschultrige, schmalhüftige Figur kam aufs beste zur Geltung durch die enganliegende, leuchtendrote Uniform, deren Umhang aus Tierfell achtlos über eine Schulter geworfen war. Wenn Letty in ihrem weißen Kleid einer Schneeprinzessin glich, die auf den Prinzen wartet, der sie zum Leben und zur Liebe erwecken würde, dann mußte eigentlich jeder unbeteiligte Beobachter diesem jungen Mann die Rolle des Prinzen zubilligen.

»Mademoiselle Lerche, Graf Radoczy«, sagte Harry kurz, worauf der junge Offizier sofort Lettys Hand an die Lippen hob. »Das ist doch nicht Ihr richtiger Name, Mademoiselle? Es wäre mir eine besondere Ehre zu wissen ... Sie sind Baron von Bergheims Nichte, wenn ich nicht irre.«

»Ja«, stimmte Letty zögernd zu, die angesichts dieser blendenden Erscheinung gerade noch genug Geistesgegenwart besaß, um Harry einen fragenden Blick zuzuwerfen, da er schließlich als erster diese Version in Umlauf gebracht hatte, um der Neugier von Wichtig-

tuern Einhalt zu gebieten. Er schien mit ihrer Bestätigung auch durchaus zufrieden zu sein.
Radoczy bemerkte diesen Blickwechsel nicht, da er viel zu sehr mit seinen eigenen Absichten beschäftigt war, um bei anderen Ähnliches zu argwöhnen. Als Angehöriger einer der ersten Familien des Reiches und als Besitzer eines angenehmen Äußeren und eines großen Vermögens war es für ihn ein leichtes gewesen, schon in frühen Jahren eine Reihe von amourösen Abenteuern hinter sich zu bringen. Er hatte dies mit genügend Verschwiegenheit getan, um sich bei mütterlichen Ehestifterinnen nicht alle Chancen zu verderben, hatte sich aber andererseits unter seinesgleichen einen beträchtlichen Ruf erworben. In den seriösen Zirkeln des kaiserlichen Hofs hatte man ihn deshalb vor dem Kongreß als einen jener gefährlichen jungen Offiziere eingeschätzt, nach denen junge Damen nur zu gerne sehnsüchtig schmachteten. In der neuen Hektik der Kongreßstadt Wien war sein Ruf jedoch etwas verblaßt, da mehrere glanzvolle Besucher für Aufsehen und Aufregung sorgten. Folglich war er fest entschlossen, etwas zu unternehmen, auf daß sein Ruhm erneut hell erglänzte.
Dieses »etwas« hatte er an diesem Abend in Letty gefunden. Falls sie sich als Wiens neueste Sensation entpuppen sollte, wäre es für ihn ein wahres Ruhmesblatt, wenn er sie als seine Eroberung vorweisen könnte. Er plante bereits eine Attacke, die Harry, hätte er Radoczys Gedanke lesen können, amüsiert und gleichzeitig geärgert hätte. Nun war Harry natürlich schlau genug, seine »Mademoiselle Lerche« mit dem jungen Grafen im Tigerfell nicht allein zu lassen. Mit hochgezogenen Augenbrauen signalisierte er der ewig wachsamen Miß Clark, aus ihrer Ecke hervorzukommen, was diese auch

mit würdevoller Hast tat, um ihren jungen Schützling unter die Fittiche zu nehmen.
Als Harry sich wieder seinen dringlichen Geschäften zuwandte, überlegte er zufrieden, daß Miß Parthenope Clark bestens geeignet war, selbst die Absichten eines so romantischen Draufgängers aus ungarischem Adel, wie Graf Radoczy es war, zu durchkreuzen. Diese Überlegung erwies sich als völlig richtig. Die temperamentvolle Einladung des Grafen an »Mademoiselle von Bergheim«, mit ihm eine Schlittenfahrt durch die wundervoll winterliche Hügellandschaft hinter Wien zu unternehmen, wurde von Lettys Duenna mit einem mißbilligenden Schnauben abgetan. Als äußerste Konzession wurden dem Grafen einige konventionelle Tänze zugestanden, falls er Letty eine Einladung zu einem jener Bälle verschaffen würde, die zur Zeit von der guten Gesellschaft Wiens unaufhörlich veranstaltet wurden. Die unschicklichen Walzer, der dernier cri, wurde nicht einmal erwähnt. Der bekanntliche Wagemut des Grafen versagte unter Miß Clarks eisigen Blicken, so daß er sich jede diesbezügliche Erwähnung verkniff.
Es gelang ihm aber immerhin, »Mademoiselle von Bergheim« mit bedeutungsvollem Unterton zu versichern, daß er vorhabe, sie sogar zu mehreren Bällen einzuladen; eine Aussicht, die Letty trotz ihrer loyalen, wenn auch unerwiderten Liebe zu Harry als äußerst verlockend empfand. Sie war von dem Grafen nicht begeistert, da ihr sein Auftreten zu lässig und selbstsicher vorkam, obwohl er sich bestimmt Mühe gab, besondere Feurigkeit zu demonstrieren. Wenn man jedoch in seinem bisherigen Leben auf männliche Bewunderung so völlig hatte verzichten müssen wie Letty, dann ist jeder Bewunderer besser als nichts. Harry wäre erstaunt gewesen, hätte er erfahren, wie kühl die kleine Miß Mon-

tressor diesen Märchenprinzen einschätzte, der gekommen war, um sie aus ihrem jungfräulichen Schlummer zu wecken. Aber Harry wußte ja auch nicht, daß die kleine Miß Montressor ausgerechnet ihn liebte.
Der alte Baron wußte oder vermutete es zumindest dank seiner umfassenden Kenntnis des schönen Geschlechts. Mit großem Gleichmut beobachtete er die Versuche des Grafen Radoczy wie auch einiger anderer junger und nicht ganz so junger Gentlemen, sich bei Wiens neuester Berühmtheit einzuschmeicheln. Er verfügte über weit mehr Gleichmut als Miß Clark, die er schließlich höflich aber bestimmt von ihrer Aufsichtspflicht über Letty entband. Baron von Bergheim setzte sich etwas abseits in einen Sessel und sah lächelnd zu, wie Letty auf einem zierlichen Satinsofa inmitten ihrer Bewunderer hofhielt. Doch sein Gesicht verzog sich angewidert, als er hinter sich eine Stimme sagen hörte:
»Sie ist sehr schön, Monsieur, und hat eine wahre Engelsstimme. Erweisen Sie mir die Ehre, mich ihr vorzustellen.«
Er drehte sich langsam um und sah vor sich – er hatte nichts anderes erwartet – einen kleinen Mann mit verlebtem Kindergesicht, aus dem zwei traurig dunkle Augen wie Rosinen aus einem Brotpudding hervorlugten.
»Was tun Sie denn hier, Grün?« sagte der Baron in wenig einladendem Tonfall.
»In Wien?« Der kleine Mann spreizte beredt die Hände. »Mein lieber Baron, ich bin wie alle Welt natürlich hergekommen, um mir das Spektakel anzusehen. Könige, Generäle, Staatsmänner – für einen armen Mann wie mich eine ganz besondere Gelegenheit ...«
»Eine ganz besondere Gelegenheit für Gaunereien, ja, daran gibt es keinen Zweifel«, erwiderte der Baron und musterte Grün zornig, was völlig untypisch für ihn war.

»Aber ich wollte ja gar nicht wissen, was Sie in Wien tun, sondern was Sie hier, in diesem Haus zu suchen haben. Wer hat Sie eingelassen? Sie haben doch sicher keine Einladung.«
»Nein, damit kann ich leider nicht dienen«, gab Grün hastig mit wehklagender Stimme zu. »Aber wenn man im Gefolge einer wichtigen Persönlichkeit auftaucht, wird man nicht gefragt.«
Der alte Baron betrachtete ihn mit offenem Widerwillen. »Also haben Sie es mal wieder geschafft, sich wie ein Blutegel festzusaugen. Ich dachte eigentlich, daß es inzwischen niemanden mehr in Europa gibt, der Sie nicht schon kennt.«
Grün zuckte ungerührt die Achseln. »Es ist nur eine kleine wichtige Persönlichkeit«, erklärte er mit scheuem Lächeln. »Außerdem zahlt er sehr schlecht, das können Sie mir glauben. Monsieur le Baron, ich frage Sie noch einmal, ob Sie mich nicht der jungen Dame vorstellen wollen.«
»Viel eher weise ich Ihnen die Tür«, erwiderte der Baron mit ungewohntem Nachdruck. »Damit spare ich Harry die Mühe ...«
»Aber Harry wird es gar nicht mögen, wenn Sie mich hinauswerfen«, protestierte Grün etwas gekränkt, aber keineswegs beleidigt. »Ich bin nämlich in erster Linie hergekommen, um mit Harry über etwas Geschäftliches zu sprechen ...«
»Etwas Geschäftliches? Harry macht keine Geschäfte mit Ihnen«, widersprach der Baron.
»Oh, aber garantiert! Es wird für ihn nämlich von großem Vorteil sein.« Grün beugte sich zum Baron hinunter und begann, vertraulich zu flüstern. »Ich habe Informationen ...« Hastig warf er einen Blick in die Runde, um sich zu versichern, daß die allgemeine Auf-

merksamkeit immer noch auf Letty konzentriert war. »Sehr, sehr wertvolle Informationen.«
Der Baron betrachtete ihn auch weiterhin mit so etwas wie Ekel. »Grün, ich werde Ihnen jetzt einen Rat geben«, sagte er nach einem Weilchen. »Machen Sie Harry keine Vorschläge. Sie hatten schon einmal Gelegenheit, ihm einen großen Dienst zu erweisen, oder es zumindest zu versuchen, aber Ihr Wort war auch vor acht Jahren kaum mehr wert als heute. Damals haben Sie die Gelegenheit nicht ergriffen, und jetzt wollen Sie allen Ernstes zu Harry gehen und ihm erklären, Sie seien bereit – natürlich nur für eine gewisse Summe –, öffentlich zu beschwören, daß er unschuldig durch falsches Zeugnis zu Fall kam. Pfui!« Er machte eine ungeduldige Handbewegung. »Ihr Wort ist nichts wert, Grün. Harry weiß wie jeder andere, daß es dem gehört, der das meiste bietet.«
Grün begann aufs neue zu protestieren, doch der Baron erhob sich vom Sessel und ging zu dem Sofa hinüber, auf dem Letty saß, ohne weiter auf Grün zu achten. Letty schaute fragend zu ihm hoch, und er betrachtete voller Zuneigung ihr erhitztes Gesichtchen und die strahlenden Augen, die ihren Triumph widerspiegelten.
»Kommen Sie, ma chère«, forderte er sie auf. »Es ist höchste Zeit. Es gibt schließlich noch andere Nächte ...«
Seine nächsten Worte wurden vom lauten Protest der Anwesenden übertönt, doch über allem ließ sich eine klare weibliche Stimme vernehmen.
»Liebster Baron! Sie können sie doch nicht gerade dann wegbringen, wenn ich ankomme. Gönnen Sie mir wenigstens einen Blick auf sie. Mein Gott, sie muß der reinste Engel sein, wenn auch nur die Hälfte von dem stimmt, was man so hört.«
Letty blickte rasch hoch und sah eine große dunkelhaa-

rige junge Dame in weißem Satin mit kostbarem Schmuck vor sich, die den Eindruck erweckte, als käme sie gerade aus der kaiserlichen Loge in der Oper – was übrigens stimmte. Sie trug etwas bei sich, das ein weißer Fellmuff zu sein schien. Erst als die seidige Wuschelmasse sich bewegte und zwei neugierig dunkle Augen und eine winzige rosa Zunge zum Vorschein kamen, merkte Letty, daß es sich um einen Hund handelte. Instinktiv wußte sie, daß das ihre Rivalin war, und tatsächlich nannte der Baron gleich darauf den Namen Lady Hester Ludington.

»Guten Abend«, sagte Lady Hester und musterte sie ganz unverhohlen.

Als Letty in ihren oft geübten Knicks sank, überlegte sie, daß Lady Hester eine recht ungewöhnliche Erscheinung war. Ihre klar geschnittenen Gesichtszüge waren kühner angelegt, als es der Durchschnittsgeschmack bei einer Frau guthieß. Das rabenschwarze volle Haare war streng aus der breiten weißen Stirn zurückgekämmt und entsprach damit ganz und gar nicht der derzeitigen Vorliebe für unzählige Locken und Löckchen. Lady Hester war zwar rasant und aufregend, im eigentlichen Sinn des Wortes aber nicht schön. Letty fühlte sich durch diese Erkenntnis jedoch nicht weniger mutlos und unterlegen, als sie sich immer gefühlt hatte, wenn Lady Hesters Name nur erwähnt worden war. Ganz im Gegenteil! Letty bemerkte nämlich, daß all die Gentlemen, die einen Augenblick zuvor nur Augen für sie gehabt hatten, nun Lady Hester anschauten, und zwar mit noch mehr Bewunderung und Interesse.

»Charmant«, äußerte Lady Hester. Als Letty ihren Knicks mit Anstand hinter sich gebracht hatte, legte Lady Hester ihr einen Finger unters Kinn, um ihr Gesicht besser betrachten zu können. »Wirklich charmant. Sie ist also

Ihre Nichte oder Großnichte, mein lieber Baron? Wo haben Sie sie die ganze Zeit über versteckt? Sicher in einer Klosterschule. Sie sieht nämlich viel zu unschuldig für ... all dies hier aus.«
Sie schaute sich vielsagend in dem luxuriös ausgestatteten Salon um, dessen Wände mit gefältetem rotem Satin drabiert waren. Bevor der Baron etwas erwidern konnte, wurde Lady Hesters Aufmerksamkeit durch Harry abgelenkt, der gerade im Durchgang zum Nebengang aufgetaucht war und sich mit jemandem unterhielt, der nicht zu sehen war.
»Harry!« rief sie, worauf er sich abrupt umdrehte.
»Harry, mein Lieber!« Sie rauschte in einem Wirbel aus flatternden Röcken, glitzernden Juwelen und kläffendem Schoßhund quer durch den Raum zu ihm. »Wo haben Sie dieses Juwel gefunden? Seit Tagen schwirren die Gerüchte, und es hat ganz den Anschein, daß sie mal nicht übertrieben sind. Sie werden tollen Erfolg haben, da sind sich alle einig. Ich habe meinen guten Ruf gefährdet, indem ich hierherkam, doch ich mußte dieses Schmuckstück mit eigenen Augen sehen ...«
»Ihr guter Ruf, Lady Hester?« erkundigte sich Harry, der zu ihr getreten war. Sein Gesicht war ernst, doch in seinen Augen blitzte ein ironischer Funke. »Sollte es wirklich noch irgendeine Art von prekärer Situation geben, mit der er nicht schon konfrontiert gewesen wäre, die er nicht siegreich überstanden hätte?«
Lady Hester brach in helles Lachen aus, und Letty ergriff die Gelegenheit zur Flucht. Sie wollte nicht weiter Augenzeuge dieser Begegnung sein. Mit hocherhobenem Kopf überlegte sie, daß der junge Graf Radoczy eigentlich wesentlich besser aussah als Harry. Und dieser Ausbund an männlichen Tugenden hatte es geschafft, ihr unter Miß Clarks Argusaugen zuzuflüstern, daß er sie

für die schönste und begehrenswerteste Frau halte, die er je kennengelernt habe. In der leeren Eingangshalle blieb sie vor einem vergoldeten Pfeilerspiegel stehen, um sich halb zweifelnd, halb entzückt zu betrachten, da sie sich mit dem hauchdünnen Musselinkleid und dem Blütenkranz auf dem dunklen Haar ganz fremdartig vorkam.
»Mademoiselle von Bergheim?« ließ sich hinter ihr plötzlich eine drängende Stimme vernehmen.
Letty wirbelte herum. Ein kleiner rundlicher Mann in eleganter Abendkleidung, aufdringlich nach Steeks Lavendelwasser duftend, kam auf sie zugeeilt.
»Mademoiselle von Bergheim! Einen winzigen Augenblick, bitte. Darf ich einen winzigen Augenblick mit Ihnen sprechen?«
Sie schaute ihn fragen an, als er leicht keuchend bei ihr anlangt.
»Ja?«
»Nur einen winzigen Augenblick, wenn Sie die Güte haben wollen.«
Der kleine Mann machte eine Pause, um wieder zu Atem zu kommen. »Es handelt sich um Harry ... Monsieur Tyne«, erklärte er und schaute sie eindringlich mit seinen traurigen dunklen Augen an. »Würden Sie vielleicht so freundlich sein, ihm eine Nachricht zu übermitteln?«
»Natürlich, nichts spricht dagegen. Aber Sie können sich auch selbst an ihn wenden, denn er unterhält sich gerade mit Lady Hester Luddington im Salon.«
»Ja, ja, ich weiß.« Die dunklen Augen blickten noch kummervoller drein. »Aber ich habe Angst davor, mit ihm zu reden. Der alte Baron behauptet, daß er mich rauswerfen läßt, und das könnte durchaus stimmen. Bei Harry kann man nie wissen ...«

»Nein, das kann man wirklich nicht«, stimmte Letty mitfühlend zu. »Er ist reichlich unberechenbar. Aber wieso wird er Sie rauswerfen lassen? Kann er Sie etwa nicht leiden?«
Ihr Gegenüber sagte mit Nachdruck, daß dies geradezu eine Untertreibung sei.
»Lassen Sie mich etwas über Harry sagen«, fügte er gleich darauf hinzu. »Er ist ein großzügiger Mensch, jawohl. Ein großzügiger Mensch. Er ist wahrlich kein Geizkragen wie einige andere, die ich nicht nennen möchte. Ich meine damit die Leute, die ihr Geld nicht einmal für einen verdienstvollen Zweck hergeben wollen.«
Letty betrachtete ihn mit einem gewissen Mißtrauen. »Sind Sie dieser sogenannte verdienstvolle Zweck?« erkundigte sie sich. »Meiner Meinung nach sehen Sie nicht sehr verdienstvoll aus, und schon gar nicht bedürftig«, fügte sie hinzu, als sie seine geradezu lächerlich elegante Erscheinung musterte, die mit Uhrketten, Ziernadeln und Ringen überladen war.
Der kleine Mann war tiefgekränkt. »Gnädiges Fräulein, ich bin völlig mittellos, das Opfer gröbster Undankbarkeit! Falls Harry mir nicht zur Hilfe kommt, bin ich ruiniert!«
»Ach, wirklich?« fragte Letty hochinteressiert. »Ich habe noch nie jemanden getroffen, der wirklich ruiniert war. Sascha behauptet ständig, daß Harry es bald sein wird, wenn er weiterhin Geld für dieses Haus ausgibt, doch Harry hört überhaupt nicht auf ihn. Übrigens glaube ich kaum, daß Harry Geld hat. Es gehört alles dem alten Baron. Warum bitten Sie den nicht, Ihnen zu helfen?« Der kleine Mann wischte ihren Vorschlag beiseite. »Harry wird bald im Geld schwimmen«, sagte er im Brustton der Überzeugung. »Sie, Mademoiselle, Sie mit Ihrer En-

gelsstimme werden es ihm verschaffen. Liebt er Sie?« fragte er dann unvermittelt.
»Mich? Nein.«
Ihr Gesprächspartner schüttelte traurig den Kopf. »C'est dommage. Wie schade. Wenn er Sie lieben würde, dann könnte er Ihnen sicher nicht abschlagen, mir zu helfen, wenn Sie ihn darum bitten.«
Letty war etwas aus der Fassung gebracht, da sie so vehement abgestritten hatte, daß Harry sie liebte, obwohl doch kühle Gleichgültigkeit viel vorteilhafter für sie gewesen wäre. Deshalb sagte sie etwas spitz, daß sie nicht wisse, wieso sie Harry um Hilfe bitten solle, ganz egal, ob er nun in sie verliebt sei oder nicht.
Der kleine Mann trat einen Schritt näher und flüsterte ihr ins Ohr. »Weil ich Informationen habe, Mademoiselle. Informationen von unschätzbarem Wert für Harry. Doch nicht nur Informationen, sondern auch Beweise.« Er warf einen furchtsamen Blick auf den Portier, der soeben die Tür geöffnet hatte, um eine neue Gästeschar und gleichzeitig frische Winterluft einzulassen. »Richten Sie Harry dies aus, Mademoiselle«, sagte er drängend. »Richten Sie ihm aus, daß ich Beweise habe.«
Letty brannte darauf zu fragen, wofür er denn Beweise hätte, doch der Strom von Neuankömmlingen machte den kleinen Mann ganz offenkundig noch nervöser, als er es schon zuvor gewesen war. Mit einem ängstlichen, wie festgefrorenen Lächeln hastete er zur Tür, wobei er sich wahllos nach rechts und links verbeugte; eine Geste der Höflichkeit, auf die lediglich ein junger englischer Offizier aus der Gruppe der Eintretenden reagierte. »Grün! Was zum Teufel tut der denn in Wien?« rief er aus.
»Höchstwahrscheinlich das, was er immer tut, nämlich Leute schröpfen«, erwiderte ein anderer unbeküm-

mert. Letty stieg mit nachdenklichem Gesicht die Treppe hinauf.
Sie konnte sich ziemlich genau vorstellen, was es bedeutete, Leute zu schröpfen, aber ihrer Meinung nach mußte der kleine Mann verrückt sein, wenn er vorhatte, dies ausgerechnet bei Harry Tyne zu versuchen.

5

»Mr. Grün bat mich gestern abend, Ihnen auszurichten, daß er wertvolle Informationen für Sie habe«, erklärte Letty im Plauderton beim Frühstück.
Harry und der alte Baron wechselten Blicke. Sie hatten angeregt den Erfolg des Eröffnungsabends diskutiert, während Letty sich damit vergnügte, heiße Schokolade zu trinken und die köstlichen Croissants zu knabbern, die der französische Küchenchef gebacken hatte. Nebenbei las sie die Karten und Briefchen der vielen Blumenbuketts, die an diesem Morgen für sie abgegeben worden waren. Der Türklopfer gab nun endlich Ruhe, und Letty fiel plötzlich wieder ihre Unterhaltung mit dem kleinen Mann ein, der ihr eine Botschaft an Harry anvertraut hatte. Baron von Bergheim brach das Schweigen. »Unser Freund scheint nichts unversucht zu lassen«, sagte er. »Wirst du ihn empfangen?«
Harrys ablehnende Antwort fiel mit Lettys nächsten Worten zusammen. »Er behauptet, nicht nur Informationen, sondern Beweise zu haben.«
Harry zuckte nur die Achseln und wandte sich dann wieder der langen Zahlenreihe auf einem Blatt Papier zu, das neben seiner Teller lag. Der Baron zog die Augenbrauen hoch.

»Beweise? Das ist allerdings überraschend«, sagte er. »Überraschend und vielleicht auch ... sehr gefährlich ...«

»Für ihn bestimmt, falls Marius davon erfährt«, meinte Harry. »Aber er wird schon dafür sorgen, daß es nicht soweit kommt.« Ungeduldig schaute er hoch, als der Baron weitersprechen wollte.

»Wahrscheinlich ist es nur ein fauler Zauber, Max, irgendein Schwachsinn, den er in der fälschlichen Hoffnung ausgeheckt hat, ich sei einfältig genug, den Köder zu schlucken.«

Baron von Bergheim nickte zwar zustimmend, wirkte aber immer noch nicht ganz überzeugt. »Vielleicht hat er den Köder gar nicht nach dir ausgeworfen, mon cher«, sagte er nach einer Weile. »Vielleicht ist er hinter Sir Marius her. Diese Beweise – welcher Art sie auch sein mögen – wären für deinen Onkel garantiert ebenso wertvoll wie für dich.«

Harry war nach wie vor in seine Aufstellungen vertieft und erklärte, daß der Baron vermutlich recht habe. So wie er Grün kenne, habe dieser sicher mehrere Eisen im Feuer und plane etwas absolut Gewissenloses, doch all dies lasse ihn, Harry, völlig kalt.

»Mich interessiert viel mehr«, sagte er und wechselte damit geschickt das Thema, »wie wir zu der zweifelhaften Ehre kamen, nicht weniger als drei Beamte der Geheimpolizei gestern nacht zu Gast gehabt zu haben. Sie waren unübersehbar, und das kann uns ausgesprochen schaden. Ich habe nichts gegen die Geheimpolizei, wenn sie freundlicherweise ihrem Namen Ehre macht und geheim bleibt, aber diese Burschen letzte Nacht ...«

Der alte Baron unterbrach ihn lächeln. »Mon cher, wir sind hier in Wien. Der gute Kaiser liebt es nun mal, seine Nase in die Angelegenheiten anderer Leute zu stecken. Hier ist alles sehr gemütlich und bieder, wie du weißt, also kannst du wohl kaum erwarten, daß ein so spektakuläres Etablissement wie das unsrige seiner Aufmerksamkeit entgeht. Sicher liest er heute einen vollständigen Bericht darüber, welche Damen und Herren uns gestern mit ihrem Besuch beehrt haben.«

Harry brach in Gelächter aus. »Damit gerät La Forel ganz schön in die Bredouille«, sagte er. »Was der Kaiser weiß, weiß sicher auch Marius in Kürze. Ich höre förmlich die Strafpredigt, die er ihr halten wird.«

»Sie ist sehr indiskret, aber auch sehr charmant«, meinte der Baron nachsichtigt. »Ich bezweifle, daß ihre kleine Eskapade zu einem ernsthaften Zerwürfnis zwischen ihnen führt.«

Harry nickt. »Nach allem, was ich höre, ist mein fischblütiger Onkel zum erstenmal in seinem Leben ernsthaft verliebt. Aber Spaß beiseite, Max. Kannst du nicht den richtigen Leuten einen Wink geben, daß wir für eine bessere Sorte Polizisten dankbar wären, wenn wir schon unbedingt überwacht werden müssen.«

»Ja, ich werde sehen, was sich tun läßt«, sagte der Baron. »Wir haben hier allerdings ein ganz besonderes Problem, mon cher. Sascha hat es mit seiner sprichwörtlichen Tüchtigkeit geschafft, daß all unsere Dienstboten absolut vertrauenswürdig und verschwiegen sind. Dabei wäre es für die Polizeibehörde viel einfacher, wenn sie sich darauf verlassen könnte, täglich den Berichts eines Lakais, Portiers oder Kutschers zu erhalten.«

»Was, einen Spion im eigenen Haus? Nein, besten Dank!« sagte Harry mit Nachdruck. »Ich wäre ja ein Idiot, wenn ich jemanden auch noch dafür bezahlen würde, daß er mir nachspioniert.«

Letty hatte mit sichtlicher Ungeduld darauf gewartet,

daß die Unterhaltung endlich zu einem Ende käme. Nun erkundigte sie sich, welche Antwort sie Monsieur Grün denn geben solle, wenn sie ihm das nächste Mal begegnete.
»Keine Antwort«, erwiderte Harry scharf. »Sie dürfen überhaupt nicht mehr mit ihm reden! Ist das klar?«
Letty setzte eine rebellische Miene auf. »Erst darf ich nicht mit Mademoiselle Forel sprechen und nun auch nicht mit Monsieur Grün. Mit wem denn dann? Vielleicht mit Lady Hester Luddington? Oder ist sie auch zu skandalumwittert, als daß ich sie kennen dürfte?«
Harry wandte sich wieder seinen Berechnungen zu und riet ihr, ja nicht impertinent zu sein. Baron von Bergheim warf ihr einen verständnissinnigen Blick zu. Letty war durch die vielen Komplimente und Blumen so übermütig geworden, daß sie störrisch daruf beharrte, mit jedem zu sprechen, der ihr behagte. Zum Glück kam gerade in diesem Moment ein Diener mit einem Schreiben herein, das geradezu bedeutungsvoll aussah und von keiner Geringeren als einer Hofdame der Kaiserin Maria Ludovica stammte, die um Lettys Anwesenheit bei einem Ausflug nach Laxenburg bat, der noch am gleichen Nachmittag stattfinden würde. Letty sollte für die kaiserliche Familie und deren Gäste singen.
Der Baron gab ein vergnügtes Kichern von sich. »So rasch! Nein, wirklich, ma chère, Sie werden wie Ihr Landsmann Lord Byron eines Morgens aufwachen und feststellen, daß Sie über Nacht berühmt geworden sind. Es versteht sich ja von selbst, daß Seine Kaiserliche Hoheit nicht als letzter von Wien diese neue Sensation erleben will.«
Er strahlte Letty förmlich an. Sie wiederum hatte sich nach den großartigen Erfolgen der vorherigen Nacht für geradezu abgebrüht gehalten, doch dieser neue Be-

weis für die hervorragende Position, zu der sie sich so unvermutet aufgeschwungen hatte, verschlug ihr fast den Atem. Ihr fiel unter den gegebenen Umständen nichts Besseres ein, als schnurstracks zu Miß Clark zu laufen, um mit ihr das brennende Problem der Kleiderfrage zu diskutieren, ein Problem, dem diese findige Dame durchaus gewachsen war. Für die Fahrt nach Laxenburg empfahl sie ein Kostüm aus königsblauem Samt mit weiß paspelierter Jacke und einer kecken weißen Weste unter der polnischen »Witchoura«, einem weiten pelzbesetzten Mantel mit Kapuze, der als Umhang getragen wurde und dessen Ärmel man einfach herunterhängen ließ. Beim abendlichen Auftritt vor der illustren Zuhörerschaft sollte Letty das weiße Tüllkleid mit dem neumodischen, etwas kürzeren und bauschigeren Rock tragen, der den Blick auf entzückende durchbrochene Seidenstrümpfe freigab.

Der Vormittag verflog in einem Wirbel von Vorbereitungen mit dem Frisiermeister und dem Schneider, Proben mit Sascha und dem gelangweilten Pianisten und letzten Instruktionen von Miß Clark über die Feinheiten der höfischen Etikette. All dies führte dazu, daß Letty kurz vor dem Aufbruch zum zwölf Meilen entfernten Laxenburg völlig durcheinander war und am liebsten zum Dachboden hinaufgelaufen wäre, um sich dort einzusperren und den Schlüssel wegzuwerfen.

Sie war jedoch so gut trainiert, daß sie statt dessen hoheitsvoll und gelassen wie eine Prinzessin die Treppe hinunterschritt. Lediglich das blasse Gesicht verriet ihren inneren Aufruhr.

Ein prächtig Uniformierter wartete unten in der Halle auf sie, und Letty erkannte zu ihrer Freude Graf Radoczy.

Er eilte ihr entgegen. »Wie Sie sehen, habe ich gestern

abend nicht übertrieben, Mademoiselle. Ich habe meinen Einfluß geltend gemacht«, begrüßte er sie mit strahlendem Lächeln und beugte sich über ihre Hand. »Es stört Sie hoffentlich nicht, daß mir die Ehre zuteil wurde, Sie nach Laxenburg zu begleiten?«

»Das soll mich stören? Aber nein«, erwiderte Letty bewegt. Sie war derart erleichtert darüber, die Fahrt nicht in Begleitung eines strengen ältlichen Staatsbeamten machen zu müssen, daß es dem Grafen nicht zu verdenken war, wenn er mit mehr als freundlichem Entgegenkommen auf seine offen bekundete Verehrung rechnete. Natürlich fand dieses Beisammensein nicht ohne angemessenen moralischen Schutz der jungen unschuldigen »Miß Lerche« statt. Eine der kaiserlichen Hofdamen hatte es sich bereits unter den verschwenderisch vielen Felldecken des vergoldeten, mit blauem Samt ausgeschlagenen Schlittens bequem gemacht, der vor dem Haus wartete. Das Geschirr war mit silbernen Glöckchen behängt, und die sechs Rappen trugen Schabrakken aus Tigerfell. Sicher hatte Graf Radoczys Einfluß auch bewirkt, daß sich die Begleitdame als junge, temperamentvolle Gräfin herausstellte, die mit viel Wohlwollen über das heftige Flirten hinwegsah, das der Graf begann, sobald der Kutscher losfuhr. Heftige Flirts waren offenbar an der Tagesordnung, wie Letty feststellte, als sie sich in die heitere Prozession von über dreißig Schlitten einreihten, die der kaiserlichen Equipage das Geleit nach Laxenburg gaben. Sobald das Ziel erreicht war, gesellte sich ein junger deutscher Offizier in roter Gardeuniform der Gräfin zu und schien sich gar nicht daran zu stören, daß ein goldener Ehering an der zarten weißen Hand steckte, die er immer wieder aus dem Schutz eines Zobelmuffs hervorlockte, um sie an seine heißen Lippen zu drücken.

Letty kannte das Wasserschloß Laxenburg noch nicht, das der Kaiser in gotisierendem Baustil auf einer Insel inmitten eines künstlichen Sees hatte errichten lassen. Ausgestattet war es mit kostbaren antiken Möbeln und wertvollen Gemälden. Der alte Baron hatte es Letty bereits beschrieben, so daß sie schon darauf gefaßt war, bezaubert und fasziniert zu sein, doch die Wirklichkeit übertraf ihre kühnsten Erwartungen. Lettys Ausrufe des Entzückens und der Bewunderung unterbrachen jäh die angestrengten Flirtversuche des Grafen Radoczys. Für ihn war es ein altvertrauter Anblick, wie Laxenburg, einem Märchenschloß gleich, mit seinen schneebedeckten Zinnen und Türmen aus dem zugefrorenen See aufragte, so daß er in Lettys Begeisterungsausbruch nicht einstimmen konnte. Er war absolut machtlos und zupfte vor lauter Ungeduld an seinem blonden Husarenbart, als sich Lettys Aufmerksamkeit mit gleichem Überschwang den Darbietungen zuwandet, die für die Gäste vorgesehen waren, sobald sich die Schlitten in einem Halbrund am Ufer des Sees aufgestellt hatten.
Die Lust des jungen Offiziers auf Bälle, Galadiners, Opern, Feuerwerke, »tableaux vivants« und die verschiedensten theatralischen Extravaganzen, die man sich nur denken konnte, war durch die endlosen Wiederholungen ziemlich abgestumpft. Folglich reagierte er keineswegs enthusiastisch auf zwei anmutige holländische Schlittschuhläuferinnen in Milchmädchentracht, die Eistanz vorführten, oder auf einen jungen Engländer, der mit seinen Schlittschuhen die Monogramme der anwesenden Königinnen und Kaiserinnen nachzeichnete. Radozcy wurde vielmehr an jene Langeweile erinnert, unter der er an jenem 5. Dezember litt, wenn er an der Nikolausfeier teilnehmen mußte, die für die vielen kleinen Kinder seiner älteren Schwester veran-

staltet wurde. »Mademoiselle Lerche« war offensichtlich auch noch ein halbes Kind. Er teilte zwar die modische Vorliebe für sehr junge Mädchen, hatte aber doch gehofft, daß ein weibliches Wesen von solcher Prominenz, wie jung es auch sein mochte, mehr »auf Draht war«, als seine Begleiterin zu sein schien.

Letty hatte keine Ahnung von seiner Verstimmung und ließ sich einige Tassen heißer Schokolade schmecken, die den Gästen aus den lustigen kleinen Zelten gebracht wurden, die man am Seeufer errichtet hatte. Ihr Glück war fast vollkommen, doch da gab es die beunruhigende Aussicht, schon bald vor einem Publikum singen zu müssen, in dem es Könige und Königinnen wie Gänseblümchen auf einer Wiese gab. Letty wünschte inständig, daß der alte Baron hier wäre, um sie zu trösten und zu ermutigen. Selbst Saschas mißbilligend verzogenes Gesicht wäre ihr jetzt willkommen gewesen.

Schließlich waren die Darbietungen im Freien beendet, und die Gäste zogen sich in das Schloß zurück. Letty war mit einer äußerst korrekten Zofe allein, die ihr in einem prächtigen Schlafzimmer beim Ankleiden helfen sollte, und kurz darauf servierte ihr ein ebenso korrekter Diener auf einem Tablett das Abendessen, während die Gäste des Kaisers in den unteren Gemächern mit großem Pomp soupierten.

Letty wußte, daß sie Harry, Sascha und den alten Baron auf keinen Fall enttäuschen oder gar blamieren durfte. Also bekämpfte sie ihre Ängste, trank etwas von der heißen Brühe und knabberte an dem Hühnchen herum, bis schließlich an die Tür geklopft wurde. Dieses schicksalhafte Klopfen signalisierte ihr, daß es Zeit war für den großen Auftritt. Obwohl sie fast so blaß wie ihr weißes Tüllkleid war, wirkte sie nach außen hin heiter und gelassen.

Zu ihrer Freude wartete Graf Radoczy vor der Tür und nicht etwa eine furchteinflößende Hofschranze, um sie vor den Kaiser und dessen illustre Gäste zu führen.
»Wie froh bin ich, daß Sie's sind«, sagte sie spontan, was sich als ziemlich unklug erwies, denn seine Reaktion bestand darin, der korrekten Zofe die Tür vor der Nase zuzumachen, Letty in dem stillen prächtigen Korridor zu umarmen und ihr einen leidenschaftlichen Kuß auf die Lippen zu drücken.
»Oh!« stieß Letty halberstickt hervor. Dann entwand sie sich seiner Umarmung und schaute ihn mit zweifelndem Gesicht an. »Ich glaube nicht, daß Sie das hätten tun dürfen«, sagte sie nach einem Moment des Zögerns. »Es entspricht nicht dem, was man mir über die Hofetikette beigebracht hat.«
»Hat's Ihnen nicht gefallen?« erkundigte sich der Graf etwas verblüfft über Lettys originelle Erwiderung auf seinen Kuß, aber im großen und ganzen doch zufrieden mit der erzielten Wirkung.
Letty schüttelte vehement den Kopf. »Ihr Schnurrbart ist reichlich stachelig, und außerdem ist es sicher höchst unschicklich. Sie müssen mir versprechen, es nicht wieder zu tun.«
Der Graf zwirbelte den beanstandeten Schnurrbart und erklärte kühn, sie sei viel zu bezaubernd, als daß er etwas Derartiges versprechen könne.
»Bin ich das wirklich?« fragte Letty, höchst angetan von seiner Behauptung. »Nach allem, was ich gehört und gelesen habe, muß es Männern tatsächlich sehr schwerfallen, hübsche Mädchen nicht zu küssen. Aber versprechen Sie mir wenigstens, daß Sie sich bemühen wollen, ja?«
Der Graf versicherte ihr, sein Bestes zu versuchen, wurde jedoch schon auf der Treppe derart von seinen

Gefühlen überwältigt, daß er nicht anders konnte, als Letty auf ihren zarten Nacken zu küssen, den seidige dunkle Locken umschmeichelten.
In Anwesenheit des Kaisers und seiner Gäste schien der Graf sich wieder voll in der Gewalt zu haben, denn er unterließ jegliche Gefühlsäußerung, als er Letty zu dem großen, mit Leder bezogenen Pianoforte führte. Der Begleiter betrat unauffällig hinten ihnen den Raum, setzte sich und ließ die Finger über die Tasten gleiten. Ein erwartungsvolles Raunen ging durch die Menge, die weitaus illustrer war als jene des Vorabends, und Letty war wie geblendet vom Gefunkel der unschätzbaren Juwelen, dem Schimmern edler Satin- und Samtstoffe und der Vielfalt der Uniformen.
In dieser erlesenen Zuhörerschaft konnte sie nur einen Menschen erkennen, die blasse wunderschöne Kaiserin Maria Ludovica, deren Porträt jedem Wien-Besucher vertraut war. Allerdings ließen ihre Konterfeis die Anzeichen von Krankheit weniger deutlich erkennen. Die Kaiserin lächelte so huldvoll, daß Letty Mut faßte und mit ihrem ersten Lied begann. Schon bald zeigte sich wieder das verblüffende Phänomen, das sie schon am Vortag festgestellt hatte: Die Herren bekamen rote Gesichter, räusperten sich und schienen Schwierigkeiten beim Schlucken zu haben, während die Damen – Königinnen und Kaiserinnen nicht ausgenommen – ganz offen in ihre Taschentücher schluchzten.
»Innocente« und »spirituelle« lautete das allgemeine Urteil über den Gesang, als die letzte Strophe verklungen war. Die Kaiserin nannte Letty »un petit bijou«, und der Kaiser winkte sie zu sich heran, um ihr väterlich die Hand zu tätscheln. Graf Radoczy, von dem alle wußten, daß er diese neueste Sensation von Wien hierher begleitet hatte, und der sich nicht scheute, seine Erobe-

rungsabsichten beiläufig zu erwähnen, wich nicht von ihrer Seite und freute sich über ihren Triumph ebenso sehr wie sie. Als das Orchester eine fröhliche Melodie zu spielen begann, führte er Letty in den Nebenraum zum Tanzen.

Er konnte zwar den ersten Tanz für sich buchen, nicht aber einen weiteren, denn viele der illustren Anwesenden, darunter auch ein Erbprinz und mehrere Hoheiten, forderten Letty auf, so daß sie keinen einzigen Tanz auslassen durfte. Alles kam ihr wie ein Traum vor, einer jener herrlichen, unmöglichen Träume, die sie sich in den langen, öden Stunden ausgedacht hatte, wenn sie Wolle für die alte Gräfin aufwickelte oder in ihrem kleinen Zimmer Wäsche flickte. Sie, Letty Montressor, trug ein schönes, hauchzartes Gewand, Blumen im Haar und Satinslipper an den Füßen und tanzte die Nacht hindurch mit gutaussehenden, romantischen Kavalieren, während sanfte Geigen die aufregenden, verbotenen Walzerrhythmen spielten und Tausende von Kerzen in Kristallüstern ihr hundertfaches Spiegelbild beleuchteten.

Es gab hier zwar nicht ganz so viele Spiegel wie in ihren Träumen, und ihre Tanzpartner – vor allem die hochgestellten Persönlichkeiten – waren nicht alle besonders jung, hübsch oder romantisch, doch die Wirklichkeit hatte ausreichend Ähnlichkeit mit der Traumwelt, um ihr das berauschende Gefühl zu geben, so glücklich wie Aschenputtel zu sein, bevor es Mitternacht schlägt.

Als sie nach dem Tanz in die Nacht hinaustrat, hatte es zu schneien begonnen. Große wirbelnde Flocken ließen sich auf den Pelzdecken nieder, die Radoczy fürsorglich um sie wickelte, bevor er neben ihr und der Gräfin im Schlitten Platz nahm. Die Gräfin war etwas beschwipst und sehr, sehr lustig.

»Was für eine herrliche Nacht! Oh, diese Millionen von Sternen!« rief sie immer wieder, trotz der vernünftigen Erklärung des Grafen, daß es sich um keine Sterne, sondern um Schneeflocken handele. Kurz darauf schlief sie selig ein.
Eine bessere Gelegenheit konnte ein gutaussehender junger Mann ja wohl kaum erwarten, um seine Aufmerksamkeiten einer nicht völlig ablehnenden jungen Dame zu widmen. Letty schwebte immer noch in ihren romantischen Träumen und war folglich imstande, sich bei geschlossenen Augen vorzustellen, daß Harrys Hand – und nicht die des Grafen – ihre eigene unter der Felldecke so warm umfaßt hielt und Harrys Lippen ihre kalte Wange streiften ... Dies war allerdings schon schwieriger, da Harry ja keinen Schnurrbart hatte. Aber selbst im Traum kann man eben nicht alles haben.
»Mon amour, mon petit chou«, flüsterte der Graf heißblütig, und überlegt dabei, welch tolle Geschichte er seinen Freunden beim morgigen Frühstück auftischen konnte. Mit besonderer Befriedigung erfüllte ihn der Gedanke an die Wirkung, die seine Eroberung auf die bisher unanfechtbare Position des Generals Sir Marius Tyne haben würde, der ihn durch einen Akt äußerster Freigebigkeit unfairerweise bei Wiens vorletzter Sensation, Mademoiselle Ninette Forel, ausgestochen hatte.
Letty schwelgte inzwischen immer noch in ihren Traumvorstellungen und überlegte ihrerseits mit einer ebenso großen Befriedigung wie der Graf, daß sie nun endgültig erwachsen sei und es wagen könne, sogar mit Lady Hester Luddington den Kampf um Harrys Gunst aufzunehmen.

6

Aus diesem Traum gab es bei ihrer Rückkehr nach Wien ein jähes Erwachen. Harry war außer sich vor Zorn, was bei ihm bedeutete, daß er schroff, beißend, zynisch und total abgeneigt war, ihr auch nur ein Wort zu ihrer Verteidigung zu gestatten. Sein Zorn war zugegebenermaßen verständlich, denn der Kutscher war durch eine Münze, die ihm Graf Radoczy in die Hand drückte, dazu inspiriert worden, einen großen Umweg zu fahren, so daß Letty, Radoczy und die schlaftrunkene Gräfin reichlich spät zurückkehrten. Viel später als einige andere Gäste, die den Abend mit einem kurzen Besuch in Harrys Etablissement abschließen wollten, wodurch er natürlich erfuhr, daß auch Letty längst hätte dasein müssen. Statt dessen tauchte sie erst gegen 3 Uhr früh auf. Graf Radoczy war zwar ein Hitzkopf, aber nicht so töricht, es auf einen Streit mit einem so gefürchteten Duellanten wie Harry Tyne ankommen zu lassen. Folglich schützte er eilfertig die Entschuldigung vor, die Gräfin nach Hause bringen zu müssen, und war im Nu in der Nacht verschwunden. Letty hätte es ihm nur zu gern nachgemacht, doch ihr blieb nichts anderes übrig, als Harry mit versöhnlichem Lächeln zu erklären, daß sie schrecklich müde sei und sofort zu Bett gehen wollte. Harry erwiderte unerbittlich, daß er das Haus voller Leute hätte, die nur gekommen wären, um sie zu hören – und sie würden sie auch zu hören kriegen, ganz egal, wie müde Letty sein mochte. Seinethalben könne sie mitten im Lied einschlafen, aber singen müsse …

Sie standen in der Halle, als Harry diese unnachgiebige Äußerung tat. Letty straffte die Schultern, um kategorisch zu erklären, daß sie in dieser Nacht keinen einzigen Ton mehr von sich geben würde. Zum Glück öffnete sich in diesem Moment die Haustür, und Mademoiselle Forel kam am Arm eines hochgewachsenen, auf strenge Art gutaussehenden Herrn mittleren Alters in britischer Generalsuniform und Umhang herein. Als er Harry erblickte, hielt er kurz inne, zog sich dann aber mit undurchdringlicher Miene die Handschuhe aus. Er reichte sie dem Portier samt seinem Hut und ließ sich dann von einem Lakaien den Umhang abnehmen.

Harry hatte sich in der Zwischenzeit nicht bewegt und auch kein Wort gesprochen, doch Letty spürte eine unangenehme Spannung in der Luft. Als sie ihn anschaute, entdeckte sie auf seinem Gesicht ein seltsam spöttisches Lächeln, das sie froh sein ließ, nicht in der Haut des Neuankömmlings zu stecken, denn diesem mußte eigentlich recht ungemütlich zumute sein. Als Harry schließlich sprach, war es wie üblich in ironischem Tonfall. »Guten Tag, Marius. Wie ich sehe, ist deine Uniform eine Art Losungswort, das alle Türen öffnet, denn du hast ja wohl kaum eine Einladungskarte, oder?«

Der Portier geriet fast außer Fassung, und der Lakai huschte eilig unter dem Vorwand weg, Mantel und Hut des neuen Gastes zu verstauen, nachdem er einen Blick auf Harry geworfen hatte. General Sir Marius Tyne – kein anderer konnte es sein, da war Letty vollkommen sicher – ging jedoch mit ausgestreckter Hand auf Harry zu und setzte eine tolerante Miene auf.

»Guten Abend, Harry.« Als dieser ihm nicht die Hand gab, redete er in leicht vorwurfsvollem Ton weiter. »Ich hoffte, mein Junge, daß wir nach so vielen Jahren wieder Feunde sein könnten. Es ist doch undenkbar, daß du immer noch die absurde Idee hegst, deine unglückseligen Schwierigkeiten von früher könnten mir zur Last gelegt werden.«

»Ist das wirklich so undenkbar?« erwiderte Harry kalt. »Welchen Grund sollte ich haben, meine Ansicht zu änder, lieber Onkel?«
Sir Marius Tynes schöne dunkle Augen blickten noch etwas vorwurfsvoller. »Harry, Harry, wie oft muß ich dir noch versichern, daß es keinen mehr geschmerzt hat als mich, dich in solchen Schwierigkeiten zu sehen. Frag deinen Großonkel. Er wird dir bestätigen, daß ich ihn anflehte, keine überstürzten Schritte gegen dich zu unternehmen ...«
»Ja, genau das hat er mir bereitwillig erzählt«, gab Harry trocken zu. »Es war ja auch genug für dich, die Rolle des Großmütigen zu spielen, da du sicher sein konntest, daß es dich nichts kostet. Du hast damals übrigens völlig klargestellt, daß du zwar um Milde für mich bittest, weil ich noch so jung und unerfahren bin, mich aber natürlich für schuldig hältst. Tja, ich muß schon zugeben, daß du deine Rolle meisterhaft gespielt hast, Onkel.«
Sir Marius schüttelte kummervoll den Kopf. »Wie falsch du mich doch siehst, Harry. Mich bewegte nur der Wunsch, deine Interessen bei meinem Onkel zu vertreten ...«
»Du hast sie so erfolgreich vertreten, daß er sich seit jener Zeit weigert, mit mir ein Wort zu reden«, gab Harry brüsk zurück. »Ganz zu schweigen von der Tatsache, daß er mich vor die Tür gesetzt hat, so daß ich mich allein durchs Leben schlagen muß, was ich auch einigermaßen schaffe, wie du sehen kannst. Aber ich denke gar nicht daran, mir weiterhin deine Platitüden anzuhören, Marius. Falls du hergekommen bist, um zu spielen, kannst du das gerne tun, aber rechne nicht mit meiner Gesellschaft!« Damit drehte er sich auf dem Absatz um, fühlte sich aber durch einen neuen Gedanken veran-

laßt, doch noch eine sarkastische Bemerkung zu machen. »Ach, da fällt mir etwas ein ... wenn du das Haus inspiziert hast, könntest du vielleicht deinen kaiserlichen Freund auffordern, sein Bataillon von Spitzeln zurückzupfeifen, das er auf uns losgelassen hat. Was glaubt er eigentlich hier zu finden? Internationale Machenschaften interessieren uns nicht; unser Ziel ist es, Geld zu machen.«

Zu Lettys Überraschung nahm Sir Tynes Gesicht bei Harrys Worten jäh einen zwiespältigen Ausdruck an; sie glaubte eine gewisse Erregung und vielleicht sogar – mochte es auch unwahrscheinlich sein – so etwas wie Furcht zu entdecken.

Gleich darauf gewann Sir Tyne seine weltmännische Haltung wieder, als er – womöglich eine Spur zu eifrig – Harry zu beruhigen versuchte. »Mein lieber Junge, natürlich verdächtigt dich kein Mensch. Es ist reine Routine. Allerdings ...« Er brach ab und fuhr dann in betont gleichmütigen Ton fort. »Allerdings wäre es gut, wenn du hier keine Leute von – wie soll ich mich ausdrükken? –, nun ja, von ausgesprochen widerwärtigem Charakter empfangen würdest.«

»Wen hast du im Auge?« erkundigte sich Harry mit hochgezogenen Brauen. »Ich bin sehr interessiert an deinen Ansichten über widerwärtige Charaktere, Marius. Wahrscheinlich bist du auf dem Gebiet ein wahrer Kenner.«

Eine leichte Röte stieg Sir Marius in die sonst eher fahlen Wangen. »Deine Art von Humor finde ich ausgesprochen geschmacklos, Harry«, rügte er ihn kalt. »Ich bezog mich, falls du es genau wissen willst, auf diesen Grün. Ein höchst unzuverlässiger Mensch, den du so wenig wie möglich sehen solltest, wenn du vernünftig bist.«

Harry zog die Brauen noch ein Stückchen höher. »Grün«, wiederholte er gedehnt. »Also darum geht's. Mein lieber Onkel, du scheinst ja ganz schön Bammel vor etwas zu haben, das Grün ausplaudern könnte. Für mich mag es ja von Vorteil sein, ihm zu glauben, aber du bist schief gewickelt, wenn du meinst, irgend jemand sonst täte das auch. Falls deine Spione hinter nichts anderem her sind, dann kannst du ihnen versichern, daß wir Grün bei seinem nächsten unerwünschten Besucht die Tür vor der Nase zumachen. Dies alles, um in Ruhe gelassen zu werden.«
Damit wandte er sich um und ging weg. Sir Marius schaute ihm mit eisiger Mißbilligung nach, hinter der Letty aber auch eine gewisse Erleichterung zu entdekken glaubte.
Mademoiselle Forel hatte sich bisher mit ungewöhnlicher Bescheidenheit im Hintergrund gehalten, doch nun erklärte sie ihrem Begleiter, daß sie an ihrem Kleid etwas in Ordnung bringen müsse, bevor sie die Spielsalons betreten könne. Er solle ruhig schon vorausgehen. Dann zwinkerte sie Letty zu und ging in das kleine Kabinett, das speziell für Damen gedacht war. Letty folgte ihr sofort. Mademoiselle Forel hatte sich bereits an den hübschen zierlichen Frisiertisch gesetzt und betrachtete voller Wohlgefallen ihr Gesicht in einem vergoldeten Wandspiegel.
»Ich sehe heute abend schön aus, n'est-ce pas?« sagte sie übermütig und gab sich einen achtlosen Klaps auf die flachsblonden Locken. »Oh, was sind diese Männer langweilig mit ihren Plänen und Intrigen. Wissen Sie, worum es eigentlich geht? Ich weiß nur, daß Marius halb verrückt vor Angst ist, und das macht ihn noch mühsamer als sonst.«
Letty setzte sich auf einen Sessel aus indischem Atlas-

holz und fragte neugierig, wovor Sir Marius denn solche Angst habe.
»Grün ...Grün ...«, erwiderte Ninette und lächelte immer noch wohlgefällig ihrem Spiegelbild zu. Dann wandte sie sich mit etwas ernsterem Gesicht an Letty. »Natürlich sagt er mir das nicht, aber ich habe viel belauscht. In meiner Situation ist es äußerst wichtig zu wissen, was los ist, n'est-ce-pas?«
»Ja, davon bin ich überzeugt«, stimmte Letty zu und warf damit unbekümmert all ihre Skrupel gegen heimliches Lauschen über Bord. »Aber warum fürchtet er sich denn so vor Grün? Und was hast das alles mit Harry zu tun?«
»Ach, du meine Güte, es handelt sich um irgendeine Unbesonnenheit, die Harry anscheinend vor Jahren beging, als er noch in der Armee war«, erklärte Ninette ohne sonderliches Interesse. »Er hat mit falschen Karten gespielt oder so was Ähnliches ... Ganz unter uns, meine Liebe, glaube ich, daß Marius mehr von der Sache weiß, als ihm guttut. Übrigens schwört Harry, daß er zu Unrecht beschuldigt wurde. Aber so sind ja alle Männer. Wie ermüdend das ist! Wenn ich einen kleinen Fehler mache, gebe ich ihn immer bereitwillig zu, was auf die Dauer alles viel einfacher macht.«
»Ja, aber was hat denn Grün damit zu tun?« fragte Letty etwas ungeduldig, da ihr das Thema zu entgleiten drohte. »Wieso hat Sir Marius Angst vor ihm?«
Ninette zuckte die Achseln. »Keine Ahnung. Aber Sie wissen ja, wie Grün ist. Falls jemand irgendein schmutziges kleines Geheimnis hat, wird Grün es garantiert erschnüffeln. Gefällt Ihnen dieses Kleid? Es hat dreihundert Guineen gekostet. Marius wird toben, wenn er die Rechnung sieht.«
Letty versicherte Ninette, daß ihr Kleid aus zitronengel-

bem Crêpe de Chine mit seinem bauschigen Rock, unter dem ihre schmalen Fesseln in goldgelben, mit roten Rosen bestickten Seidenstrümpfen hervorlugten, eine ganz entzückende Creation sei. Dann wandte sie sich jedoch wieder der Affäre Grün zu.

»Ihrer Meinung nach hat Sir Marius also Angst davor, daß Grün sein Geheimnis an Harry verrät, worauf Harrys guter Ruf in der Gesellschaft wiederhergestellt wäre, Sir Marius hingegen in Ungnade fiele. Ist es das?« fügte sie energisch hinzu, da Ninette den Eindruck zu erwecken begann, sie bereue es, so offen gesprochen zu haben, und wolle die Unterhaltung nun nicht weiter fortsetzen.

»Ich wünschte wirklich, daß man mich in alles einweihte«, rief Letty temperamentvoll. »Sascha macht zwar ständig Andeutungen, will mir aber nie verraten, was nun wirklich geschah, als Harry in der Armee war. Selbst der alte Baron spricht nicht darüber.«

Ninette ließ sich jedoch zu keinen weiteren Indiskretionen hinreißen. »Ma chère, ich gebe Ihnen jetzt einen guten Rat«, sagte sie und warf einen letzten bewundernden Blick auf ihr Spiegelbild, bevor sie sich erhob. »Mischen Sie sich ja nie in Männerangelegenheiten! Sie sind so langweilig, und man setzt sich immer in die Nesseln, wenn man sich einmischt. Glauben Sie mir, die sind alle gleich. Aber jetzt muß ich gehen und mein Glück am Spieltisch versuchen. Ich glaube, heute könnte es klappen. Wer weiß? Vielleicht gewinne ich ein Vermögen, und dann kaufe ich mir einen kleinen Bauernhof, züchte Hühner und Enten und mache Sir Marius eine lange Nase. Bäh!«

Wie ein goldgelber Wirbelwind verließ sie den Raum, und Letty grübelte über die soeben geführte Unterhaltung nach. Zumindest Sir Marius schien der felsenfesten Überzeugung zu sein, daß die Information, die Grün ihr gegenüber angedeutet hatte, von äußerster Wichtigkeit war. Wieso hatte Harry sie so verächtlich abgetan, als Letty ihm davon berichtete? Sir Marius war außerdem bereit, alles nur Erdenkliche zu tun, damit Harry die Information nicht erhielt. Letty war inzwischen völlig sicher, daß Harry zu Unrecht beschuldigt und aus der Armee entlassen worden war. Irgendwie war Sir Marius in die falschen Anschuldigungen gegen Harry verwickelt ... Ein wundervoller Traum begann für sie Gestalt anzunehmen. Harry würde durch ihre Mithilfe rehabilitiert werden und so dankbar und verblüfft über ihren Scharfsinn sein, daß er sich auf der Stelle in sie verliebte – und Lady Hester Luddington wäre passé! Allerdings durfte sie auf keinen Fall vergessen, wie böse sie gerade heute auf Harry war, weil er sie bei ihrer Rückkehr mit Graf Radoczy so schlecht behandelt hatte. Letty war entschlossen, seine Anordnung zu ignorieren, in dieser Nacht noch einmal zu singen. Folglich nahm sie sich vor, unauffällig die Treppe hinauf zu ihrem Zimmer zu entwischen, bevor Harry sie wieder zu fassen bekam. Als sie das Kabinett verließ, stand in nächster Nähe Grün vor ihr, und zwar mit der Miene eines Mannes, der dort auch die ganze Nacht stehenbleiben würde, falls nötig.

Seine kummervollen dunklen Augen leuchteten auf, als er sie aus dem Vorraum treten sah. »Mademoiselle!« rief er und hastete auf sie zu. »Gönnen Sie mir bitte eine winzige Minute. Eine winzige Minute Ihrer Zeit.«

Letty war entzückt, daß sie Grün so rasch wieder begegnete, und erwiderte freundlich, daß sie soviel Zeit für ihn erübrigen könne, wie er nur wolle.

»Worüber möchten Sie mit mir sprechen?« erkundigte sie sich gleich darauf. »Ich richtete Harry aus, was Sie mir aufgetragen hatten, doch er schien kaum daran interessiert zu sein.«

»Weil er mir nicht glaubt. Es ist ein Fluch, als unzuverlässiger Mensch zu gelten, Mademoiselle. Nie wird einem geglaubt, wie wahrheitsliebend man auch sein mag. Und jetzt will ich wirklich die Wahrheit sagen. Aber Sie glauben mir ja auch nicht!« rief er mit verzweifeltem Gesicht. »Harry weigert sich, mich anzuhören; das gleiche gilt für den alten Baron. Ich soll verschwinden, oder man wird mich vor die Tür setzen ...«

»Dann sollten Sie wohl besser gehen, denn Harry macht keine leeren Sprüche. Aber zuvor möchte ich Sie bitten, mir zu verraten, welche Art von Beweis Sie haben. Ich will es Harry gern weitererzählen, und dann glaubt er Ihnen vielleicht doch.«

Grün wirkte einen Moment unschlüssig, hob dann aber beide Hände in einer Geste der Resignation und begann ihr kaum verständlich ins Ohr zu flüstern.

»Mademoiselle, ich vertraue Ihnen mein Leben an, ist Ihnen das klar? Wenn dies bekannt würde ...« Er warf ängstliche Blicke nach rechts und links, doch die Gruppe am anderen Ende der Halle achtete nicht auf ihn und lärmte auch viel zu laut, um etwas von seinem Geflüster hören zu können. »Es handelt sich um ein Dokument, Mademoiselle«, zischte er ihr zu. »Ein Dokument in Sir Marius Tynes Handschrift. Sagen Sie Harry, daß es von Sir Marius eigenhändig unterschrieben wurde. Ich bin ein ruinierter Mann, Mademoiselle, und deshalb willens, es für ein Butterbrot herzugeben. Machen Sie Harry das klar, Mademoiselle«, wiederholte er ernst, drehte sich dann auf dem Absatz um und flüchtete förmlich, als sei er über seine Indiskretion selbst erschrocken.

Letty schaute ihm mit leuchtenden Augen nach. Allmählich wurde alles klarer. Sir Marius schien also tatsächlich der Mann zu sein, der für Harrys Schwierigkeiten verantwortlich war, und auf irgendeine Weise war Grün in den Besitz eines Dokumentes gelangt, das diesen Zusammenhang bewies. Sie mußte nun also nur noch die Rolle einer Heldin in dem kleinen Drama spielen, das sie sich zusammengereimt hatte, und Harry über alles informieren. Dazu schien sich sofort die Gelegenheit zu bieten, da Harry kurz nach Grüns überstürztem Aufbruch in die Halle kam und anscheinend ausgerechnet sie suchte. »Ach, das sind Sie ja«, sagte er. »Kommen Sie mit. Die Gäste warten schon auf Ihren Auftritt.«

»Ja, gleich«, erwiderte sie eifrig und hatte ganz ihre Verärgerung über Harry vergessen, da sie viel zu erpicht darauf war, ihm die guten Neuigkeiten zu berichten. »Ich möchte Ihnen zuerst etwas sagen. Gerade vorhin unterhielt ich mich mit Grün, der behauptet, ein Dokument zu haben, und zwar in Sir Marius Tynes Handschrift. Dieses sei für Sie von größter Wichtigkeit. Er ist bereit, es Ihnen ganz billig zu verkaufen ...«

Sie kam nicht weiter, da Harry sie mit zynischem Mitleid betrachtete und dann aufforderte, doch bitte kein solcher Einfaltspinsel zu sein.

»Ein neugeborenes Küken wäre nicht weniger geeignet, um mit Grün zu verhandeln. Es muß wirklich sehr mit ihm bergab gegangen sein, wenn er nun schon solche Babys wie Sie in seine Intrigen reinziehen will. Schluß mit diesen Lügengeschichten!«

»Woher wissen Sie denn, daß es eine Lügengeschichte ist?« erkundigte sich Letty empört. »Vielleicht sagt er ausnahmsweise die Wahrheit.«

»Klar. Genausogut kann es im Juli schneien«, stimmte Harry ungeduldig zu. Als Lady Hester Luddington hinter ihm in der offenen Tür auftauchte, wandte er sich sofort um. »Wir kommen gleich«, erklärte er ihr mit einem Lächeln, das Lettys Vorsatz verstärkte, in dieser Nacht keinen Ton in Lady Hesters Anwesenheit zu singen. Lady Hester trug an diesem Abend eines ihrer gewagtesten Kleider, eine raffinierte Creation aus orangefarbener Seide, deren Rock über einem fast unsichtbaren Petticoat getragen wurde, so daß sich jede Kurve ihres Körpers verführerisch dem Betrachter darbot. Sie trat zu Letty und musterte sie ungeniert.

»Wieder sehr charmant«, äußerte sie dann wohlwollend. »Aber ein bißchen übellaunig, oder? Welch finsteres Gesichtchen! Was um alles in der Welt hast du zu ihr gesagt, mein liebster Harry, um sie so zu erzürnen?«

»Hat sie schlechte Laune? Na, daran bin ich schon gewöhnt«, sagte Harry. Diese letzte Beleidung war einfach zuviel! Letty drehte sich um und rannte die Treppe hinauf. Harry rief etwas hinter ihr her, und dann erscholl Lady Hesters höchst unweibliches, da schallendes Gelächter. In ihrem Schlafzimmer angelangt, warf Letty die Tür zu und verriegelte sie. Dann schob sie noch einen wuchtigen Ledersessel davor, denn man konnte sich bei Harry ja nicht darauf verlassen, daß er den Anstand wahrte, und wartete auf sein Kommen.

Doch niemand kam. Sie hörte lediglich leises intimes Geplauder von unten, dem wieder ein helles Lachen folgte. In der dann einsetzenden Stille stellte Letty sich vor, daß die beiden Arm in Arm in die Spielsalons schritten. Letty platzte fast vor Wut. Sie war wie ein ungezogenes Kind behandelt worden, an dessen Wutausbrüchen niemand Interesse hat. Empört stampfte sie mit dem Fuß auf, doch das half ihr so wenig, daß sie probeweise ein Kissen quer durchs Zimmer feuerte.

Eigentlich war dieses Benehmen einer erfahrenen Frau nicht angemessen, überlegte sie gleich darauf reumü-

tig, einer Frau, der von einem der begehrtesten jungen Offiziere Wiens der Hof gemacht wurde. Letty hob das Kissen auf, rückte den Sessel an seinen angestammten Platz und ließ sich darin nieder. Genüßlich gab sie sich ihren Rachegedanken hin. Wenn sie Harry aus seiner gesellschaftlichen Misere befreit hatte, in der er jetzt dahinvegetierte, und wenn sie den Grafen zum Ärger aller anderen jungen Damen heiratete, würde Harry sicherlich ein ganz anderes Lied singen.
Beim Gedanken daran, daß sie ihren Schwur gehalten hatte, in dieser Nacht keinen Ton mehr zu singen, und schon gar nicht zur Erbauung Lady Hester Luddingtons, mußte sie lächeln. Ganz zufrieden ging sie zu Bett.

7

Leider sah es mit ihrer Hoffnung, sich Harrys ewiger Dankbarkeit zu versichern, am nächsten Morgen gar nicht rosig aus, denn ihn interessierte ihr Bericht über die Unterhaltung mit Grün noch immer genausowenig wie am Abend vorher. Zu ihrem Kummer neigte sogar der Baron zu der Ansicht, daß Grün Letty nur dazu benutzen wollte, um aus Harry Geld herauszuholen. Der Baron war viel zu entsetzt über die großen Verluste, die Mademoiselle Forel in der Nacht am Spieltisch erlitten hatte, um sich für irgend etwas zu interessieren, was Letty ihm über Grün mitzuteilen hatte.
»Höchst unvernünftig, höchst unbesonnen«, wiederholte er immer wieder und sah so unglücklich aus, als handle es sich um seine eigenen Verluste. Dabei ist es ja genau umgekehrt, dachte Letty. »Sir Marius wird ihrer einfach nicht Herr, mon cher«, fügte der Baron hinzu.

»Ja, mir fiel auf, daß die beiden am Spieltisch einen fürchterlichen Streit hatten«, sagte Harry mitleidlos. »Falls man es einen Streit nennen kann, wenn zumindest der eine der Streithähne es fertigbringt, die ganze Zeit über so würdig dreinzusehen, als würde er bei einer Gerichtsverhandlung den Vorsitz führen. Doch Ninette machte es durch ausreichende Lautstärke und Pöbelhaftigkeit mehr als wett.«
»Er wird nicht für ihre Verluste aufkommen«, meinte der Baron besorgt. »Was sollen wir bloß tun, Harry? Wir können die Sache doch nicht auf sich beruhen lassen.«
»Kein Grund zur Beunruhigung, denn sie hat uns ja schließlich ihren kostbaren Brillantschmuck verpfändet«, entgegnete Harry. »Allerdings wird es Marius wohl kaum freuen, daß seine Liebesgaben ausgerechnet in unserer Geldkassette landen«, fügte er mit grimmiger Zufriedenheit hinzu.
Der Baron lächelte schwach. »Das dürfte eine gewaltige Untertreibung sein, mon cher. Er wird vor Wut schier außer sich sein. Es tut mir zwar leid, daß wir la petite Ninette notgedrungen ihrer Juwelen berauben müssen, die ihr so gut zu Gesicht standen, doch man kann ja wohl kaum eine Ausnahme machen.«
»Das hatte ich auch nicht vor«, sagte Harry kalt. »Wenn man spielt, muß man auch bereit sein zu zahlen. Das weiß Ninette ebenso gut wie jeder andere. Ich hätte ihr nie gestattet, so riskant zu spielen, wenn ich nicht ihre prachtvollen Brillanten vor Augen gehabt hätte.«
Letty dachte nach einem Blick auf seine gleichmütige Miene empört, daß er zu Mitleid überhaupt nicht fähig war. Da ihre Empörung jedoch mehr durch Harrys Weigerung, mit ihr über Grün zu sprechen, hervorgerufen worden war als durch sein mangelndes Mitgefühl für Ninette, war Letty vielleicht gar nicht so altruistisch, wie

es den Anschein haben mochte. Sie machte sich auf die Suche nach Sascha, der zwar ebensowenig Verständnis für die Gefühle anderer hatte wie Harry, sich aber vielleicht dazu bewegen ließ, ihr Ratschläge zu geben, wie sie Harry von allen Verleumdungen reinwaschen könnte.

Sie entdeckte Sascha in dem kleinen Raum an der Rückseite des Hauses, das als Musikzimmer für sie hergerichtet worden war. Er stand an einem der hohen Fenster und schaute mit derart glühenden Augen die Schneelandschaft an, daß sie eigentlich hätte schmelzen müssen. Als Letty eintrat, fuhr er rasch herum.

»Zu spät … schon wieder zu spät!« schimpfte er und ließ sich am Pianoforte mit dem Ausdruck eines Mannes nieder, dessen Geduld endgültig erschöpft war und der sich nur durch äußerste Selbstkontrolle beherrschen konnte. »Sie sind unmöglich, Mademoiselle. Na los, wir fangen sofort an.«

»Es ist nicht meine Schuld«, verteidigte sich Letty, nicht im mindesten eingeschüchtert durch Saschas schlechte Laune. Sie hatte längst begriffen, daß Sascha seine Emotionen immer aufs äußerste dramatisierte. Was bei einem anderen Mann zu sanfter Mißbilligung führen würde, riß Sascha zu einem wahren Wutausbruch hin. »Ich versuchte beim Frühstück mit Harry eine ernste Angelegenheit zu besprechen, aber er wollte nichts davon wissen. Kennen Sie einen Mann namens Grün, Sascha?«

»Grün? Grün?« Saschas bewegliches Mienenspiel spiegelte Bestürzung wider. »Natürlich kenne ich Grün. Den kennt doch jeder. Aber Sie, Mademoiselle, dürfen nichts mit ihm zu tun haben, gar nichts. Er ist ein Giftzwerg, ein Reptil …«

»Ja, das glaube ich gern«, stimmte Letty zu und stützte

sich bequem mit den Ellbogen aufs Klavier, da sie sich auf eine längere, interessante Unterhaltung einrichtete. »Harry hat übrigens auch gesagt, daß ich nicht mit ihm reden soll, und das täte ich ja auch nicht, wenn ich Harry nur dazu bewegen könnte, ihn anzuhören.«

»Warum soll Harry ihn anhören? Ich sagte Ihnen doch, daß er nur ein Giftzwerg ist. Und jetzt, Mademoiselle ...«

Er ließ die Finger über die Tasten gleiten und schlug dann mit großem Nachdruck einen Akkord an. Offenkundig wartete er nur darauf, daß Letty sich endlich aufrichtete und mit den Stimmübungen begann. Sie lehnte sich jedoch auch weiterhin auf das Klavier.

»Er soll ihn deshalb anhören, weil Monsieur Grün Informationen von größter Wichtigkeit für ihn hat«, erklärte sie. »Aber nicht nur Informationen, sondern Beweise.«

»Beweise? Bah!« schnaubte Sascha verächtlich.

Letty warf ihm einen gereizten Blick zu. »Sie können nicht einfach ›bah‹ sagen, wenn Sie doch gar nichts darüber wissen. Er hat tatsächlich Beweise ...«

»Beweise für was?« erkundigte sich Sascha sichtlich skeptisch und schlug mit verstärktem Nachdruck die Einleitungsakkorde an.

»Beweise für Harrys Unschuld«, erwiderte Letty ungeduldig. »Ich kenne zwar nicht die ganze Geschichte, da keiner höflich genug war, mich darüber aufzuklären, weiß aber immerhin, daß Harry die Armee verlassen mußte, weil er angeblich beim Kartenspiel betrogen hat.«

»Lügen! Intrigen!« rief Sascha dramatisch.

Letty musterte ihn voller Interesse. »Genau meine Meinung, Sascha. Haben Sie ihn eigentlich damals schon gekannt?«

»Nein, aber ich weiß, daß er damals nicht anders war als heute, und Harry ist ein Ehrenmann, geradezu ekelhaft ehrlich. Ich könnte Ihnen von unzähligen guten Gelegenheiten berichten, die er nicht wahrgenommen hat.« Sascha schüttelte resigniert den Kopf. »Aber wir vergeuden nur Zeit, Mademoiselle.«
»Nein, das tun wir nicht, denn ich weiß, wie Harry rehabilitiert werden kann«, widersprach Letty. »Nämlich durch diesen Monsieur Grün, denn er hat ein Dokument in Sir Marius Tynes Handschrift, das Harrys Unschuld beweist.«
Erwartungsvoll betrachtete sie Saschas dunkelhäutiges Gesicht, das zu ihrer Freude nicht jene krassen Zweifel ausdrückte, wie es bei Harry und dem Baron der Fall gewesen war. Sie entdeckte viel mehr Interesse. Sascha zog seine kohlschwarzen Brauen finster zusammen und versank in Nachdenken.
»Woher wissen Sie das?« Er schoß diese Frage förmlich auf Letty ab.
»Weil Monsieur Grün mir's gestern nacht gesagt hat. Da Harry und der Baron nicht auf ihn hören wollten, sollte ich Harry von dem Dokumenten berichten, das er – Monsieur Grün – billig hergeben will, weil er ein ruinierter Mann ist.« Sascha pfiff durch die Zähne, was auf Letty ermutigend wirkte. »Aber Harry will mir ebenfalls nicht zuhören. Also dachte ich, daß ich mir vielleicht das Geld leihen könnte, um Monsieur Grün das Dokument abzukaufen und es Harry zu geben. Er – Monsieur Grün – will es ganz billig hergeben«, wiederholte sie langsam und nachdrücklich. »Haben Sie etwas Geld, Sascha?«
»Geld? Ich?« Sascha verdrehte die Augen gen Himmel, als wolle er ihn zum Zeugen dafür anrufen, daß er arm sei und auch von jedem um seinen gerechten Anteil be-

trogen wurde, mit dem er in Berührung kam. »Aber für Harry könnte ich das Geld auftreiben – wenn sich der Betrag in vernünftigen Grenzen hält«, fügte er rasch hinzu. »Dies jedoch wage ich bei Grün zu bezweifeln. Aber selbst wenn wir genug zusammenraffen könnten, hätten wir am Ende doch nur ein gutgefälschtes Dokument in Händen. Grün würde sich niemals von einem Schriftstück trennen, das für ihn in Zukunft ebenso nützlich sein kann, wie es sicher schon in der Vergangenheit war.«

»Damit meinen Sie wohl, daß er Sir Marius erpreßt hat, oder? Wahrscheinlich hat Sir Marius es aber inzwischen satt, immer zu zahlen, und deshalb will Grün das Dokument nun an Harry verkaufen«, folgerte Letty ganz logisch. »Was sollen wir denn machen, wenn er uns nicht das Original gibt, obwohl wir dafür bezahlt haben?«

»Es stehlen«, erwiderte Sascha prompt.

»Es stehlen?« Letty riß die Augen auf. »Das meinen Sie doch nicht im Ernst!«

»Und ob ich das tue! Es gibt keine andere Methode, um mit einem Giftzwerg wie Grün fertig zu werden. Ehrliche Geschäfte kann man mit ihm nicht machen. Er versteht sich nur aufs Betrügen. Also muß man dementsprechend handeln …« Sascha intonierte einige fröhliche Walzertakte auf dem Pianoforte. »Tralala, wir tanzen mit ihm, führen ihn hierhin und dorthin, wirbeln ihm im Kreis herum, bis er ganz schwindlig im Kopf ist, und dann stehlen wir das Dokument. Höchst einfach.«

»Mir kommt es gar nicht so einfach vor«, widersprach Letty halb schockiert, halb begeistert über diese bildkräftige, aber reichlich unvollständige Beschreibung. Sascha konnte gedanklich ebenso mühelos improvisieren, wie es seine Finger auf den Klaviertasten fertigbrachten.

»Was meinten Sie denn damit, daß wir mit ihm tanzen sollen? Ich glaube kaum, daß Grün irgendwo eingeladen wird, wo ich ...«
»Bah! Nehmen Sie doch nicht alles so wörtlich«, wies Sascha sie zurecht. »Wenn ich sage, daß wir mit ihm tanzen, ist das natürlich nur sinnbildlich gemeint.«
»Mir sollten Sie lieber alles genau erklären«, erwiderte Letty etwas verstimmt. »Ich begreife nämlich nicht, was Sinnbilder in einer so schwierigen Situation helfen sollen. Sie haben vorgeschlagen, daß wir ihm das Dokument stehlen. Aber wie können wir das bewerkstelligen, wenn wir nicht wissen, wo er es versteckt hat.«
Sascha schnippte mit den Fingern. »Niemand ist imstande, sich ein Versteck auszudenken, das ich nicht finden kann, wenn man mir die Möglichkeit zu einer gründlichen Suche gibt. In solchen Fällen versetze ich mich an die Stelle des Giftzwergs und überlege folgendermaßen: Wo würde ich ein wertvolles Schriftstück verbergen, wenn ich der Giftzwerg wäre? Natürlich nicht an meiner eigenen Person, denn dann wäre mein Leben keinen Pfifferling mehr wert, sobald ich durch die dunklen Straßen Wiens spaziere. Ein Messerstich, wenige Sekunden, in denen die Kleidung der Leiche durchwühlt wird ...«
»Wollen Sie damit andeuten, daß Sir Marius ihn ermorden würde, um an das Dokument zu gelanden?« unterbrach ihn Letty fassungslos.
»Er würde ihn nicht ermorden, sondern ermorden lassen«, erklärte ihr Sascha mit mitleidiger Toleranz für ihre Naivität. »Vergessen Sie nicht, Mademoiselle, daß Sir Marius ein Gentleman ist.«
»Ich sehe nicht ein, wieso es besser sein soll, jemanden ermorden zu lassen, statt es selbst zu tun«, protestierte Letty. »Übrigens fällt mir gerade etwas anderes ein. Sir

Marius kann nicht ganz bei Trost gewesen sein, als er dieses verräterische Dokument schrieb. Wäre er klüger gewesen, müßte er heute nicht mit dem Gedanken an Mord spielen, um es wieder in seinen Besitz zu bringen.«
Sascha zuckte die Achseln. »Da haben Sie völlig recht, Mademoiselle, aber von Amateuren kann man eben keine Klugkeit erwarten. Sir Marius versuchte bei einer Sache mitzumischen, für die er nicht fachmännisch ausgebildet war. Er wollte seinen Neffen gesellschaftlich ruinieren, damit er an Harrys Stelle von Lord Aubrey als Erbe eingesetzt wird. So etwas überläßt man am besten Profis, und er war anscheinend immerhin so klug, Grün anzuheuern, statt die ganze Angelegenheit allein in die Wege zu leiten. Offenbar war er aber nicht besonnen genug, um sich völlig aus der Affäre rauszuhalten und sie ganz und gar Grün anzuvertrauen. Er schrieb ihm folglich irgendeinen Wisch, in dem er eine Änderung des Plans oder die Notwendigkeit zur Vorsicht erwähnte. Dabei vergaß er völlig, daß er dem Giftzwerg damit die perfekte Waffe lieferte, mit der ihn dieser bluten und wieder und wieder bluten lassen kann.«
Er unterstrich jede Wiederholung mit einem dumpfen Klavierakkord.
»Und nun versucht er Harry bluten zu lassen, indem er ihm mitteilt, daß er den Brief verkaufen will«, sagte Letty nachdenklich. »Da Sie ihn kennen, wissen Sie, daß er gar nicht daran denkt, den Brief herzugeben, ganz egal, wieviel er dafür kriegt. Folglich bleibt uns wirklich nichts anderes übrig, als ihn zu stehlen. Aber wie sollen wir das schaffen?«
»Das können Sie alles mir überlassen, Mademoiselle«, beruhigte Sascha sie mit großer Geste. »Wie ich vorhin schon sagte, dürfen solche Angelegenheiten nicht von

Amateuren verpfuscht werden.« Letty machte ein enttäuschtes Gesicht. »Sie können mir jedoch ein bißchen dabei helfen«, fuhr Sascha großmütig fort, und Lettys Augen leuchteten auf. »Genaugenommen erkläre ich Sie hiermit zu meinem Hauptbundesgenossen. Ich überlasse Ihnen die Rolle des Köders.«
»Des Köders?«
»Ganz genau. Sie werden den Giftzwerg aus seiner Höhle locken, damit ich dort in aller Ruhe nach dem Dokument suchen kann. Grün selbst hat Ihnen den besten Vorwand für ein solches Manöver geliefert, indem er Sie um Ihre Hilfe bat.«
Letty erklärte, daß es ihr ein Vergnügen sei, den Köder zu spielen, und erkundigte sich, ob sie Grün einen Brief schreiben solle. Diesen Vorschlag lehnte Sascha mit geringschätzigem Zungenschnalzen ab.
»Einen Brief? Nie im Leben, denn sonst hat Grün ausreichend Zeit, um vorzusorgen, daß das Dokument nicht unbewacht in seinem Haus bleibt. Solche menschlichen Wachhunde können selbst für einen so talentierten Mann wie mich ungemütlich werden. Falls man aber sein Zuhause ganz überstürzt verlassen muß, hat man keine Zeit, einen Wachhund anzustellen.«
»Das leuchtet mir ein«, gab Letty zu. »Aber was soll ich ihm sagen, damit er das Haus überstürzt verläßt?«
»Das können Sie alles mir überlassen«, wiederholte Sascha. »Ich werde Ihnen zum geeigneten Zeitpunkt die nötigen Anweisungen geben.«
Er ließ keine weitere Diskussion zu, sondern stürzte sich förmlich in seine Rolle als Gesangslehrer, während Letty in romantischen Überlegungen schwelgte, wie sie sich als Köder zu verhalten hatte.
In den nächsten vierundzwanzig Stunden war Letty in Gedanken fast ausschließlich mit diesem Thema be-

schäftigt, obwohl es genug Ereignisse gab, die sie hätten ablenken können. Sie wurde nämlich von Graf Radoczy zu einem Maskenball eskortiert und machte als Schneeprinzessin in einem hinreißenden Kostüm aus weißer Gaze mit silbernen Pailletten große Furore. Das Fest wurde in der weitläufigen Reithalle der Hofburg abgehalten, die ebenfall schneeweiß und silbern dekoriert war und betörend nach Dutzenden von blühenden Orangenbäumen duftete. Der Graf machte sich die romantische Szenerie zunutze, um seinen heftigen Flirt mit Letty fortzusetzen.
Obwohl der alte Baron nicht an dem Ball teilnahm, wußte er mal wieder über alles Bescheid und fühlte sich deshalb am nächsten Morgen bemüßigt, Letty davor zu warnen, die Absichten des jungen Adeligen allzu ernst zu nehmen. Miß Clark neutralisierte die Wirkung dieser Warnung jedoch, da sie inzwischen unverhofft romantische Gefühle in ihrem altjüngferlichen Busen entdeckt hatte und Letty folglich ganz im Vertrauen mitteilte, daß sie persönlich mehrere junge Damen kenne, die auch ohne illustren Namen oder Vermögen in den englischen oder kontinentalen Hochadel eingeheiratet hätten.
Letty vermutete zu Recht, daß Miß Clark vom Grafen ganz bezaubert war. Radoczy hatte als Veteran vieler Herzensaffären schon vor langer Zeit erkannt, wie vorteilhaft es ist, die Duennas auf seiner Seite zu haben, was ihm auch mühelos gelang. Er brauchte dafür keinen Gulden auszugeben, sondern lediglich ein wenig Aufmerksamkeit und einige Komplimente erübrigen. Selbst die ärgsten weiblichen Drachen waren anfällig, wenn es um Eitelkeiten ging, während sie ein Geldgeschenk mit gerechter Empörung weit von sich wiesen.

8

Am frühen Nachmittag des folgenden Tages – strahlender Sonnenschein hatte Wiens Straßen in den reinsten Morast verwandelt, durch den sich nun Kutschen statt Schlitten vorwärtsmühten – hielt eine elegante geschlossene Kutsche vor einem schmalen Haus an der Stadtmauer, in nächster Nähe der Wohnung des berühmten, wenn auch verschrobenen Komponisten Beethoven. Der Lakai, der hinten auf der Kutsche gestanden hatte, sprang gewandt herunter, um das Treppchen für eine schlanke junge Dame herunterzulassen, die tief verschleiert war und einen mohnroten Damenmantel mit einem russischen Zobelkragen und einen Muff aus Schwanendaunen trug. Sie stieg leichtfüßig heraus und folgte dem Lakaien zur Haustür, an die er höchst energisch klopfte. Die junge Lady wechselte einige Worte mit ihm, worauf er sich zurückzog und neben dem Kutschenschlag wartete.
Ein Weilchen erfolgte keinerlei Reaktion auf das Klopfen. Die Straße lag friedlich in der milden Nachmittagssonne, und nicht einmal ein Hund ließ sich blicken. Schließlich war jedoch ein verstohlenes Knarren aus dem ersten Stock zu hören, und die junge Lady sah, wie genau über ihrem Kopf vorsichtig ein Fenster geöffnet wurde. Es verging wieder einige Zeit, in der sie allmählich recht ungeduldig wurde, bis sich endlich ein kleiner runder Kopf langsam aus dem Fenster schob.
»Wer ist da? Was wünschen Sie?« erkundigte sich die klagende Stimme Monsieur Grüns.
»Ich bin's«, erwiderte die junge Lady mit silberheller Stimme, wenn auch nicht sehr aufschlußreich. »Kommen Sie rasch runter. Ich muß dringend mit Ihnen reden.«

Die kummervollen schwarzen Augen musterten sie mißtrauisch.
»Sind Sie Mademoiselle Lerche?« fragte Grün ziemlich ungläubig.
Letty – wer sonst sollte es schon sein? – schlug den Schleier zurück. »Natürlich bin ich's. Kommen Sie sofort runter! Wir dürfen keine Minute verlieren.«
Sie sprach so gebieterisch, daß Grün nach einem winzigen Moment des Zögerns das Fenster schloß und verriegelte. Dann waren eilige Schritte auf einer Treppe zu hören, und gleich darauf öffnete Grün höchstpersönlich die Haustür.
»Was ist los, Mademoiselle? Wieso sind Sie hergekommen?« wollte er ängstlich wissen. »Es ist nicht gut ...«
»Natürlich ist es nicht gut«, gab Letty sofort zu. »Ich darf hier nicht gesehen werden. Also müssen Sie sofort zu mir in die Kutsche steigen. Sofort!« wiederholte sie streng, als Grün eine widerspenstige Miene machte. »Soll denn jeder wissen, wieso ich hier bin? Sie selbst haben mir erzählt, daß es äußerst gefährlich für Sie sein könnte.«
Grüns kleine Rosinenaugen schauten zweifelnd drein. »Sie meinen doch nicht etwa, Mademoiselle, Sie meinen doch nicht, daß Harry Sie geschickt hat«, stammelte er.
»Aber natürlich hat er mich geschickt«, versicherte ihm Letty ungeduldig. »Warum sollte ich denn sonst hiersein? Er möchte Sie sofort sprechen. Nehmen Sie das Dokument mit, das Sie erwähnt haben. Aber rasch! Wenn wir beobachtet werden ...«
Der Zweifel in Grüns Augen machte plötzlicher Freude Platz. »Er will es also kaufen?« fragte er.
»Ja, ja. Aber beeilen Sie sich. Schließlich muß er ebenfalls Vorsichtsmaßnahmen ergreifen. Genau wie Sie.

Was wird Sir Marius unternehmen, falls er erfährt, daß Harry den Brief hat? Deshalb schickte Harry mich hierher, um Sie zu holen. Sir Marius wird nicht auf die Idee kommen, daß ich in die Angelegenheit verwickelt bin. Machen Sie rasch!« drängte sie den kleinen Mann, der durch seine langjährige Erfahrung mit unsauberen Geschäften so argwöhnisch geworden war, daß er bewegungslos stehenblieb und sicher in Gedanken mit rattenhafter Geschwindigkeit über alle Vorteile und möglichen Gefahren dieser unerwarteten Wende in den Ereignissen spekulierte.

»Wenn Sie sich nicht bald entscheiden, wird Harry womöglich seine Meinung ändern und den Brief doch nicht kaufen«, drohte Letty. »Er ist nämlich sowieso nicht überzeugt davon, daß es das Klügste ist.«

Grün raffte sich zu einem Entschluß auf. »Also gut. Einen Moment noch, Mademoiselle, einen ganz kleinen Moment, bis ich meinen Mantel angezogen habe ...«

»Haben Sie den Brief bei sich?« erkundigte sich Letty.

»Ich hole ihn. Ich hole ihn sofort.«

Grün verschwand blitzschnell im Haus und tauchte kurz danach wieder auf, wobei er die Arme in einen lächerlichen Umhang mit mehreren Kragen hineinzwängte und sich einen Hut mit einer hohen, spitz zulaufenden Hutkrone auf seine sorgsam geölten Locken drückte. Letty stieg als erste ein, und er folgte ihr sofort nach. Noch bevor er neben ihr Platz nehmen konnte, war der Lakai schon hinten aufgesprungen, und der Kutscher fuhr los.

»Wohin fahren wir?« fragte Grün keuchend vor Atemlosigkeit und schaute angestrengt aus dem Fenster, da er die Richtung zu ergründen versuchte, die der Kutscher einschlug.

»Das werden Sie schon sehen, wenn wir dort sind«, er-

widerte Letty leichthin. »Harry bat mich dringend, darauf zu achten, daß äußerste Geheimhaltung gewährleistet ist«, fügte sie rasch hinzu, als sie bei Grün jähes Erschrecken und Mißtrauen bemerkte.
»Ja, das kann ich verstehen. Harry will nicht, daß etwas von dieser Zusammenkunft durchsickert. Aber ich muß unbedingt unser Ziel kennen, Mademoiselle ...«
»Also gut, wenn's denn sein muß«, stimmte Letty mit sichtlichem Zögern zu. »Es ist ›Jüngling's Kaffeehaus‹«
»›Jünglings Kaffeehaus‹!« wiederholte Grün konsterniert. »Aber dort ist ja ganz Wien ...«
»Natürlich. Genau das hat Harry eingeplant. Dort können Sie sich nämlich scheinbar zufällig treffen und ebenso zufällig ins Gespräch kommen, und kein Mensch wird vermuten, daß etwas Wichtiges passiert ...«
Grün war keineswegs zufriedengestellt, konnte aber nichts tun, da Letty offensichtlich fest entschlossen war, ihn zum Kaffeehaus zu bringen, und der Kutscher in zügigem Tempo weiterfuhr. Also blieb ihm nichts anderes übrig, als sich auf die Nägel zu beißen, Letty ab und zu einen vorwurfsvollen Blick zuzuwerfen und sich ansonsten auf nachdenkliches Schweigen zu beschränken.
Als sie sich dem Kaffeehaus mit seinen vielen Fenstern näherten, brach Letty das Schweigen.
»Sie gehen jetzt in das Kaffeehaus. So lautet Harrys Anweisung. Sie werden ihn an einem Tisch in der Nähe der Tür sitzen sehen, und er wird aufstehen, um zu gehen, sobald Sie hereinkommen. Dann werden Sie ganz beiläufig mit ihm eine Unterhaltung beginnen. Falls Harry der Ansicht sein sollte, daß es aus irgendwelchen Gründen unratsam ist, seinen Plan durchzuführen, werde ich es erfahren, während ich hier auf Sie warte.«
Grün betrachtete sie mit wachsamen Gesichtsausdruck

und glich ganz einer erfahrenen Ratte, die eine neuartige Falle vor sich sieht und die Lage peilt, bevor sie einen weiteren Schritt tut.
»Gehen Sie!« forderte Letty ihn nervös auf. »Jeder Moment der Verzögerung macht alles nur um so gefährlicher. Gerade Sie müßten das doch wissen.«
Der Lakai hatte wieder das Treppchen heruntergeklappt, der Kutschenschlag stand offen, und Monsieur Grün kletterte nach einem letzten argwöhnischen Blick auf Letty hinaus, überquerte das Trottoir und verschwand im Kaffeehaus. Letty schaute ihm zufrieden nach, faltete die Hände in ihrem Muff aus Schwanendaunen und wartete auf seine Rückkehr.
Sie mußte nicht lange warten. Schon nach einigen Minuten flog die Tür des Kaffeehauses auf, und Grün hastete auf die Kutsche zu. Sobald er ins Innere gestiegen war, klappte der Lakai das Treppchen hoch und sprang auf seinen luftigen Sitz. Gleich darauf rollte das Gefährt wieder die schlammigen Straßen entlang.
»Er war nicht da!« keuchte Grün und schaute Letty verstört und anklagend an, als er gewahr wurde, daß sie schon wieder unterwegs waren. »Wo fahren wir denn nun hin? Ich habe überall nach ihm gesucht, Mademoiselle, mein Wort drauf, doch er war nicht da.«
»Natürlich nicht. Ich erfuhr es in dem Moment, in dem Sie im Café verschwunden waren. Harry hinterließ uns eine Nachricht, die mir soeben von einem Vertrauensmann überbracht wurde. Harry fand es zu riskant, Sie im Café zu treffen, und hat daher ein anderes Rendezvous vorgeschlagen.«
»Ein anderes Rendezvous?« Nun war der Argwohn auf Grüns Gesicht unübersehbar. »Ein anderes? Mademoiselle, ich begreife nichts mehr. Wer ist dieser angebliche Vertrauensmann? Und warum war es zu riskant?«

Letty warf hochmütig den Kopf zurück. »Natürlich blieb Harry nicht genug Zeit, um in Details zu gehen. Außerdem spielt es doch gar keine Rolle. Er muß entscheiden, ob etwas zu riskant ist oder nicht. Vielleicht hat Harry Sir Marius im Kaffeehaus gesehen, oder er hat erfahren, daß er auf dem Weg dorthin ist.«

Bei der Erwähnung von Sir Marius wurde Grüns bläßliches Gesicht noch fahler, und er legte keinerlei Protest ein, als Letty ihm mitteilte, daß sie nun zu einem der vielen Gasthäuser fahren würden, die vor den Stadtmauern in anmutiger Umgebung lagen. Sie waren im Sommer ein beliebtes Ausflugsziel, wo man sich traf und auf langen Holzbänken unter prachtvollen Nußbäumen den Musikanten lauschte, die gängige Weisen auf der Zither oder Gitarre spielten. Diese spezielle Gastwirtschaft lag auf dem Gallizinberg, und es versteht sich ganz von selbst, daß die Kutschhe nur langsam vorankam, da der Straßenzustand kein schnelleres Tempo erlaubte.

Letty gab sich große Mühe, ebenso ungeduldig wie Grün zu wirken, doch war sie dazu viel zu begeistert über ihren Erfolg, Grün lange genug von seinem Zuhause weglocken zu können, um Sascha eine gründliche Suche nach dem Brief zu ermöglichen. Folglich fand sie es schwierig, ihren wahren Gemütszustand vor Grün zu verbergen.

Das Gasthaus – es war ein großes Holzhaus mit Walmdach – sah ganz verloren und verlassen aus. Letty konnte aus der Kutsche beobachten, wie schwer es Grün fiel, jemanden durch lautes Gehämmer an die Tür zu locken. Doch schließlich wurde geöffnet, und eine kurze Unterredung fand statt, nach der Grün sich ruckartig umdrehte und in höchster Eile den schlammigen Pfad zur Kutsche zurückhastete. Als er näher kam, sah

Letty, daß er vor Wut und bösen Ahnungen ganz weiß im Gesicht war. Sobald er sich in Hörweite befand, begann er sie anzuschreien:

»Mademoiselle, das ist alles ein Schwindel! Sie haben mich reingelegt! Niemand ist hier. Monsieur Tyne ist nicht hier gewesen und wird auch nicht erwartet.«

»Du meine Güte!« rief Letty mit gespieltem Entsetzen, das aber keineswegs überzeugend wirkte, wie ihr selbst klar war. »Was kann nur geschehen sein? Vielleicht ist er nur übervorsichtig und will sich nicht zeigen. Wenn ich Sie wäre, würde ich noch einmal zurückgehen und mich erkunden ...«

»Ich werde mich nicht erkundigen! Nach nichts und niemandem!« brüllte Grün, der nun ganz außer sich zu sein schien. Er sprang in die Kutsche und stotterte förmlich vor Grimm. »Bringen Sie mich sofort nach Hause zurück, Mademoiselle! Auf der Stelle! Haben Sie verstanden? Sie haben mich reingelegt. Ich muß sofort zurück.«

Letty schaute ihn tiefgekränkt an. »Natürlich kehren wir sofort zurück, wenn das Ihr Wunsch ist«, sagte sie. »Aber ich halte es für sehr unklug. Bestimmt wird Harry bald kommen, falls er nicht sowieso schon hier ist. Wenn Sie dann fort sind, geht Ihnen die Möglichkeit durch die Lappen, ihm das Dokument zu verkaufen.«

»Er kommt aber nicht. Keiner wird kommen. Sie haben mich reingelegt!« wiederholte Grün fast schreiend. »Geben Sie dem Kutscher Anordnung, zu meinem Haus zurückzufahren. Sofort! Ich verlange es.«

»Na schön«, stimmte Letty resigniert zu. »Aber ich bin immer noch der Meinug, daß Sie einen großen Fehler machen.«

Sie befahl dem Kutscher, zur Stadt zurückzufahren. Das kleine Männchen mit seinem hohen Hut verzichtete

darauf, sich in die Polster zurückzulehnen, sondern blieb steil aufgerichtet sitzen. Seine Brust hob und senkte sich vor Entrüstung, während er ständig aus dem Fenster spähte, um den Überblick nicht zu verlieren. Er war offenkundig auf neuerliche List und Tücke gefaßt und fürchtete wohl, daß die Kutsche sich auf eine weitere Irrfahrt begab, statt ihn heimzubringen.
Die Kutsche fuhr jedoch nach Wien zurück; allerdings in so gemächlichem Tempo, daß Grün den Kutscher mehrmals anschrie, sich gefälligst zu beeilen. Zwischen diesen Rüffeln zischte er Letty unfreundliche Kraftausdrücke zu, die sie zum Glück meistenteils nicht verstand und allesamt mit Haltung ignorierte. Sie war der Meinung, ihre Aufgabe mit großem Geschick erledigt zu haben. Falls Sascha nicht übertrieben hatte, dann befand sich das Dokument bereits in seinem Besitz, und Harrys Zukunft war gerettet.
Als sie bei dem schmalen Haus ankamen, in dem Grün wohnte, riß er den Kutschenschlag auf, bevor die Pferde anhielten, wartete nicht einmal ab, bis der Lakai das Treppchen heruntergeklappt hatte, sondern sprang aufs Trottoir und raste zur Haustür. Zu Lettys Verwunderung – von Grün ganz zu schweigen – ging diese Tür jedoch auf, bevor er auch nur den Schlüssel ins Schloß stecken konnte. In einen polnischen Mantel gekleidet, einen hohen Hut keck auf den dunklen Locken, trat Sascha auf die Straße und schwang dabei vergnügt ein Malakkastöckchen. »Guten Tag«, begrüßte er Grün liebenswürdig, lüpfte den Hut und wollte an ihm vorbei zur Kutsche gehen, doch Grün erholte sich von seiner Verblüffung, packte ihn beim Arm und zwang ihn stehenzubleiben.
»Halt!« stammelte er. »Dieb! Halunke! Geben Sie mir mein Eigentum zurück!«

»Ihr Eigentum?« Sascha betrachtete ihn höflich erstaunt und entfernte Grüns Hand von seinem Arm mit einer Mühelosigkeit, die jeden verwundern mußte, der keine Ahnung von den eisenharten Muskeln hatte, die sich unter seinem zarten Äußeren verbargen. »Sie verwirren mich, Monsieur. Beschuldigen Sie mich des Diebstahls? Soll ich gar etwas Wertvolles aus Ihrem Haus entwendet haben? Ich wüßte ja zu gern, was das sein solle.«
»Einbrecher! Dieb!« schrie Grün, vor Zorn fast schluchzend. »Es war ein übler Trick! Sie haben es gestohlen ... das Dokument ...«
Letty hatte gespannt von der Kutsche aus das Geschehen verfolgt, doch nun mischte sie sich in versöhnlichem Ton ein. »Er kann das Dokument gar nicht gestohlen haben, Monsieur Grün. Sie tragen es doch bei sich, erinnern Sie sich nicht? Sie wollten es Harry verkaufen ...«
Grün wandte ihr sein verzerrtes Gesicht zu und stampfte mit dem Fuß auf. »Wie können Sie nur so dumm sein?« fragte er erbittert. »Ich habe nicht das echte Dokument bei mir, sondern ließ es zu Hause, und er hat's gestohlen. Dieser Dieb, dieser ruchlose Mensch ...«
»Gehen Sie doch vor Gericht und erheben Sie Anklage gegen mich«, schlug Sascha gelassen vor. »Der Richter interessiert sich bestimmt sehr für dieses Beweisstück, das ich angeblich entwendet habe, ein Dokument, mit dem Sie seit Jahren eine bekannte Persönlichkeit erpreßt haben, die mit dem Kaiser befreundet ist ...«
Grün funkelte ihn zornig an.
»Das ist mir egal. Ich gehe vor Gericht!« schrie er. »Ich werde Sie und diese ... diese Hexe verklagen. Es darf nicht sein, daß Sie mich so reinlegen können. Sie werden bestraft werden. Beide, ja, alle beide.«

Sascha schüttelte mitleidig den Kopf. »Das glaube ich kaum, mein Freund. Eher werden Sie bestraft, und zwar hart bestraft, falls Sie dem Gericht eine solche Geschichte auftischen. Sie haben Ihre Karten nicht gut gemischt, Grün, und hätten ein derart riskantes Spiel lieber bleiben lassen sollen. Wenn ich an Ihrer Stelle wäre, würde ich Wien sofort verlassen. Es geht Ihnen garantiert an den Kragen, sobald Sir Marius erfährt, daß Sie anderen Leuten das Vorhandensein des Briefs verraten haben.«
Nach Beendigung dieser kleinen Ansprache stieg er in die Kalesche unnd befahl dem Kutscher loszufahren. Dann lehnte er sich mit dem Gesichtsausdruck eines Mannes in die Polster zurück, der sein Tagewerk vollbracht hat. Letty musterte ihn erwartungsvoll.
»Sascha, wie großartig! Haben Sie's? Haben Sie's wirklich gefunden?«
»Aber natürlich«, beruhigte Sascha sie mit leicht hochgezogenen Brauen. »Das reinste Kinderspiel, Mademoiselle. Der Brief lag in einem alten Stiefel unter der Sohle; ausgeprochen leicht zu entdecken für einen phantasievollen Menschen wie mich.«
Er zog ein ziemlich verknittertes Blatt Papier aus der Tasche und strich es mit der Hand auf seinem Knie glatt. Letty beugte sich atemlos vor Spannung darüber und las die folgenden Zeilen in der überaus exakten Handschrift eines Mannes:
›Grün! Es muß noch heute nacht passieren. Ich werde das Getränk präparieren und dafür sorgen, daß Sie zu denjenigen zählen, die ihn ins Bett tragen. Sie müssen es so arrangieren, daß nicht Sie es sind, sondern die anderen, die in seiner Hosentasche die Karten entdecken. Machen Sie keinen Fehler. Sie werden entsprechend belohnt werden. Tyne.‹

Sascha schnalzte mißbilligend mit der Zunge, als er zu Ende gelesen hatte.
»Amateure!« sagte er verächtlich. »Mit seinem Namen unterzeichnen – welcher Schwachsinn! Selbst bei einem Kind würde ich eigentlich mehr Klugheit voraussetzen. Wie kann man nur einem Giftzwerg wie Grün eine solche Waffe in die Hand spielen!«
»Harry wird dadurch rehabilitiert, das ist sonnenklar«, jubilierte Letty. »O Sascha, wir haben's geschafft. Harry wird sicher begeistert sein, oder?«
»Wahrlich sehr begeistert«, stimmte Sascha trocken zu und verstaute den Brief wieder in seiner Tasche. »Das heißt, wenn er lange genug lebt, um von unserer Entdeckung zu profitieren. Wir haben es schließlich mit einem sehr gefährlichen und mächtigen Mann zu tun, Mademoiselle.«
»Grün?« fragte Letty irritiert.
Sascha schnalzte wieder mit der Zunge, diesmal allerdings ganz erbittert über ihre Naivität. »Doch nicht Grün! Grün kann nichts tun und wagt auch nichts zu tun. Nein, ich meine damit natürlich Sir Marius. Sobald er erfährt, daß Harry den Brief hat...«
»Aber das wird er nicht erfahren«, wandte Letty ein. »Von wem denn? Grün wird's ihm wohl kaum verraten.«
Wieder wurde sie das Opfer erbitterter Blicke von Sascha. »Mademoiselle! Ist Ihnen nicht der Mann auf der anderen Straßenseite aufgefallen, der verdächtig viel Interesse für ein Schaufenster zeigte?« fragte Sascha im bemühten Tonfall, den man einem Kleinkind gegenüber einschlägt. »War Ihnen nicht sofort klar, um wen es sich da handelte?«
»Nein«, gab Letty kleinlaut zu. Ihr Herz begann rascher zu klopfen. »Meinen Sie die ... Geheimpolizei ...?«

»Reichlich wenig geheim, wenn Sie mich fragen«, verbesserte Sascha sie in geringschätzigem Tonfall. »Ein Stümper wie der ganze Rest, aber leider war er nun mal da. Grüns Haus wird überwacht und ist schon mehrmals von Leuten durchsucht worden, die weniger begabt sind als ich. Deshalb habe ich mir übrigens auch keine Mühe gegeben, meinen Aufbruch heimlich zu bewerkstelligen. Es blieb mir einfach zu wenig Zeit, um eine Methode auszuklügeln, das Haus ebenso unbemerkt zu verlassen, wie ich es betreten hatte. Falls ich wie ein Einbrecher durchs Fenster geflüchtet wäre, hätte der Polizist das Recht gehabt, mich anzuhalten und zu durchsuchen, bevor ich den Brief loswerden konnte. Nun hat der gute Mann lediglich beobachten können, daß ich mit Grün im Unfrieden bin, also wohl kaum ein Grund, um mich festzunehmen.«

Letty bestätigte ihm voller Bewunderung, daß er wirklich an alles gedacht habe, und er nahm diesen Tribut als etwas ganz Selbstverständliches hin. Beide wurden jedoch immer nachdenklicher, je mehr sich die Kutsche dem Spielsalon und damit auch Harry näherte. Natürlich würde Harry über den kompromitierenden Brief ebenso begeistert sein wie sie, daran gab es wohl keinen Zweifel. Doch Saschas Bedenken wegen Sir Marius lagen Letty schwer auf der Seele, und der Gedanke an die Gefahr, in die sie Harry womöglich durch ihren raffinierten Überfall auf Grüns Haus gestürzt hatten, schmälerte ihr Vergnügen über die Rolle, die sie bei dem ganzen schwierigen Unternehmen gespielt hatte.

9

Es ergab sich bei ihrer Rückkehr, daß Sir Marius Tynes Brief gar nicht zur Sprache kam. Ebensowenig wurde darüber geredet, daß dieser Brief selbstverständlich Lord Aubreys Meinung – und die der Gesellschaft – über Harry günstig beeinflussen mußte. Als sie sich beim Portier nach Harry erkundigten, wies er sie in das kleine Morgenzimmer, in dem die geschäftlichen Angelegenheiten des Hauses abgewickelt wurden. Als sie weiter fragten, wer bei ihm sei, erwiderte der Portier mit sphinxhaftem Gesichtsausdruck, daß es sich um Mademoiselle Forel handle.

»Ninette? Was tut sie denn hier?« sagte Letty erstaunt.

»Eine scharfsinnige Frage«, meinte Sascha. »Geschäftliches ist sicher nicht Mademoiselles Stärke. Wir stören sie besser nicht ...«

»Unsinn, natürlich stören wir sie«, widersprach Letty energisch. »Ich platze, wenn ich die Neuigkeiten für mich behalten muß, und gewiß wird Ninette sich ebenso darüber freuen wie alle anderen.«

Sie wischte Saschas Rat beiseite, besser nichts dergleichen zu tun, lief zum Morgenzimmer und trat ein.

Sie war etwas aus dem Konzept gebracht, als sie merkte, daß sie augenscheinlich in eine hochdramatische Szene hineingeriet. Ninette trug einen hübschen bronzegrünen Mantel, einen gleichfarbigen Pelzhut mit Federn auf den glänzenden Locken und hatte einen großen Chinchilla-Muff achtlos zu Boden geworfen. Tränenüberströmt saß sie Harry am Schreibtisch gegenüber, während er sie mit finsterem Gesicht stumm betrachtete. Als die Tür aufging, schauten beide hoch, und Ninette sprang mit einem Satz auf, rannte zu Letty und warf sich ihr hysterisch schluchzend in die Arme.

»Ma petite, retten Sie mich vor diesem Ungeheuer!« rief sie. »Er will mich ruinieren. Flehen Sie ihn an, Mitleid mit mir zu haben!«

Letty war fast überwältigt von diesem Hilfeschrei, reagierte jedoch instinktiv und legte schützend die Arme um die weinende Ninette. Über Ninettes Schulter schaute sie Harry fragend an.

»Harry! Was um alles in der Welt haben Sie getan, um sie in diesen Zustand zu bringen?« verlangte sie zu wissen. »Was befürchtet sie denn von Ihnen?« Ermutigend tätschelte sie Ninettes Rücken. »Keine Angst. Was es auch sein mag, ich werde es nicht zulassen. Hören Sie auf zu weinen! Bellende Hunde beißen nicht. Das gilt auch für Harry, glauben Sie mir.«

»Ach wirklich?« meinte Harry spöttisch. Er stand auf und trat hinter dem Schreibtisch hervor, um die beiden Frauen mit ungerührtem Gesicht zu mustern. »Da wäre ich mir an Ihrer Stelle nicht so sicher. Es paßt mir nämlich gar nicht, wenn ich übers Ohr gehauen werde, nicht einmal von einer Frau.«

»Aber ich versuche ja gar nicht, dich – wie hast du es ausgedrückt? –, dich übers Ohr zu hausen«, versicherte Mademoiselle Forel temperamentvoll und hob das tränenüberströmte Gesicht, um Harry mit feuchten blauen Augen anzuschauen. »Es ist doch nicht meine Schuld, daß Marius solch ein Betrüger und Geizkragen ist. Woher soll ich denn wissen, daß die Juwelen Fälschungen sind. Ich werde ihm die Augen auskratzen, wenn ich ihn sehe«, fügte sie hinzu und wurde dann um Grade unfeiner, bis sie in einem so schauderhaften Jargon sprach, daß sich Rückschlüsse auf ihre Herkunft ziehen ließen. »Ich zerreiße ihn in Stücke.«

»Sehr hübsch gespielt, chérie, aber wenig überzeugend«, unterbrach Harry sie ungerührt. »Du bist kein

solches Unschuldslamm mehr, daß du auf falsche Juwelen reinfällst. Wie ich dich kenne, hast du keine Zeit verloren, den Schmuck von einem guten Juwelier schätzen zu lassen, sobald Marius dich damit beschenkt hatte.«
»Nein, das hab' ich nicht getan«, jammerte Ninette. »Ich dummes Ding hab's nicht getan! Ich fand sie so wunderwunderschön und wollte sie gleich tragen ...«
Sie brach erneut in Tränen aus und warf sich in Lettys Arme. Letty schüttelte indigniert den Kopf.
»Wie können Sie nur solch ein Scheusal sein? Sehen Sie denn nicht, daß sie die Wahrheit spricht? Was ist denn eigentlich überhaupt los? Sind die herrlichen Diamanten, die Sir Marius ihr gab, wirklich falsch?«
»So falsch wie Ninette. Also auch völlig wertlos als Bezahlung für die Schulden, die sie am Spieltisch machte.« Er wandte sich an Ninette. »Du mußt dir schon einen einfältigeren Tropf suchen als mich, wenn du diesen dürftigen Trick an den Mann bringen willst, Liebchen«, sagte er. »Versuch doch, die Diamanten einem deiner vielen Bewunderer anzudrehen. Vielleicht findest du einen Dummen, der dir gutes Geld dafür zahlt.«
Ninette funkelte ihn an. »Oh, wie ich dich hasse, Harry Tyne. Der alte Baron hat recht, wenn er behauptet, daß du kein Herz hast. Übrigens«, fügte sie hinzu, und ihrer Stimme hörte man den verletzten Stolz an. »... wirst du ja wohl kaum annehmen, daß ich, ich, La Forel, mich mit falschen Diamanten sehen lassen, von denen ich weiß, wie falsch sie sind. Daß ist wahrhaftig unter meiner Würde.«
Harry zuckte die Achseln. Letty vergaß völlig, daß sie soeben ein gefährliches Abenteuer bestanden hatte, nur um sich Harrys ewige Dankbarkeit zu sichern. Sie baute sich vor ihm auf und machte ein kriegerisches Gesicht.
»Du bist wirklich ein Ungeheuer!« Vor lauter Aufregung

duzte sie ihn. »Am liebsten würde ich dich verhauen. Du siehst doch, daß sie dich nicht anlügt!«
»Kleiner Zankteufel!« sagte Harry alles andere als freundlich, hob sie mühelos hoch und trug sie auf den Korridor, wo er sie wie ein Paket abstellte. Dann machte er ihr die Tür vor der Nase zu und sperrte ab.
Letty holte tief Luft. »Harry, laß mich rein! Harry! Ich schreie sonst laut.«
Sie drehte sich um, als sie Schritte in der Halle hörte. Es war Baron von Bergheim. Letty stürzte ihm entgegen. »Sie müssen Harry umstimmen, bitte! Er läßt mich nicht rein und ist im Begriff, Ninette zu ruinieren.«
Der Baron war über die Bitte etwas erstaunt.
»Meine Liebe, das klingt ja furchtbar«, sagte er mit hochgezogenen Augenbrauen. »Wissen Sie, das Sie da behaupten?«
»Ja, ja natürlich!« versicherte ihm Letty und sprudelte dann die ganze Geschichte heraus. »Die Diamanten, die Ninette zur Deckung ihrer Spielschulden dagelassen hat, sind falsch, aber ich bin sicher, daß sie keine Ahnung davon hatte, auch wenn Harry ihr kein Wort davon glaubt. Es ist doch nicht ihre Schuld, daß Sir Marius solch ein ... ein ... cochon ist.«
Baron von Bergheim nickte bedächtig und machte eine ernste Miene. »Diable! Wenn es sich tatsächlich so verhält ...«
»Aber garantiert! Sir Marius ist ein abscheulicher, ganz abscheulicher Mann, und ich kann mir gut vorstellen, daß er Ninette mit Similischmuck abgespeist hat. Sie sagt, daß sie die Diamanten nie getragen hätte, wenn ihr klar gewesen wäre, um was für einen Schwindel es sich dabei handelt, weil es nämlich unter ihrer Würde sei, falschen Schmuck zu tragen.«
Der Baron lächelte. »Ja, das glaube ich ihr sogar, mein

Kind. Jeder von uns hast seinen Stolz, und eine kostspielige Kokotte, die sich mit falschen Juwelen blicken läßt … nein, das ist höchst unwahrscheinlich! Also, ich sehe schon, daß ich hier einschreiten muß«, meinte er leicht resigniert.

Er versuchte die Tür zu öffnen, doch Letty erklärte ihm wie aus der Pistole geschossen, daß Harry sie ausgesperrt habe.

»Wir gerieten in gräßlichen Streit, und dann hat er mich rausgeworfen«, informierte sie ihn mit leichter Übertreibung der Tatsachen.

Der Baron schüttelte den Kopf und klopfte dann sanft an die Tür. »C'est moi, mon cher. Darf ich hereinkommen?«

Es wurde ihm sofort geöffnet, und er betrat mit Letty das Zimmer, wo Ninette immer noch in Tränen aufgelöst war und Harry eine finstere Miene zur Schau trug.

»Aber, aber, mach doch keinen Sturm im Wasserglas«, schalt ihn der Baron liebenswürdig. »Letty hat mir erzählt …«

»Wenn es Letty etwas angeht, heiße ich Hans«, erwiderte Harry und musterte Letty dabei so unfreundlich, daß sic beschloß, ihm nichts von der Entdeckung zu verraten, die Sascha und sie an diesem Nachmittag gemacht hatten. »Verlaß dieses Zimmer, du dummes Küken!«

»Nein, nein«, heulte Ninette auf und warf sich zum drittenmal in Lettys Arme. »Lassen Sie mich nicht mit diesem Ungeheuer allein! Sie müssen meine Retterin sein …«

»Ich werde gern das Menschenmögliche tun, aber ich fürchte, daß er nicht auf mich hören wird«, erwiderte Letty und durchbohrte Harry förmlich mit ihren Blikken. »Aber er kann Ihnen nichts Grausames antun, weil

Baron von Bergheim es nicht zuläßt. Ich bin nämlich sicher, daß er auf Ihrer Seite ist.«

Harry erkundigte sich mit gequältem Gesichtsausdruck beim Baron, ob er über die Angelegenheit informiert sei.

»Wir sind übertölpelt worden, das ist der ganze Sachverhalt«, sagte er. »Wenn du Ninettes Behauptungen glaubst, daß sie die verpfändeten Juwelen für echt hielt ...«

»Aber selbstverständlich glaube ich ihr, mon ami.« Ninette warf sich vor lauter Dankbarkeit diesmal in seine Arme, was er sich durchaus gefallen ließ; er tätschelt ihr sogar beruhigend die Schulter. Dann wandte er sich wieder an Harry. »Du bist wütend, was ich gut verstehe, aber du solltest deinen Unmut an Sir Marius, nicht an diesem hübschen Kind auslassen, denn sie ist von ihm genauso reingelegt worden wie du.«

Harry ging zum Fenster hinüber und drehte ihnen den Rücken zu. Offensichtlich hatte er keine Lust, die Unterhaltung fortzusetzen. Ninette löste sich mit vorsichtigem Optimismus aus der väterlichen Umarmung des Barons, und ihre Augen begannen wieder zu strahlen. »Das ist phantastisch. Er wird mich nun also doch nicht ruinieren, eh?« erkundigte sie sich mit lautem Flüstern. »Ihr habt mich gerettet, meine Schutzengel, meine Freunde.«

Sie gab dem Baron einen Kuß und lief dann zu Letty, um auch sie zu umarmen und zu küssen. »Ich werde es nie vergessen, was Sie für mich getan haben, niemals!« erklärte sie stürmisch. »Sie beide können mich selbst um mein Herzblut bitten, und ich werde es Ihnen geben, bis zum letzten Tropfen.«

Dann hob sie ihren Chinchillamuff vom Boden auf, versetzte ihrem modischen Hut, der durch die soeben

überstandene dramatische Szene etwas derangiert wirkte, einen leichten Klaps und wandte sich an Harry. »Harry, mein Lieber, ich verzeihe dir«, rief sie großmütig. »Natürlich will man keine so hohe Geldsumme verlieren, aber es ist ja wirklich nicht meine Schuld. Ich werde es Marius garantiert heimzahlen. Ich hole mir schon meine Rache.«
Nach dieser sicher ernstgemeinten Drohung drehte Ninette sich schwungvoll um und verließ das Zimmer. Baron von Bergheim und Letty schauten ihr nach, er milde lächelnd, sie triumphierend, während Harry sich noch immer so verhielt, als ginge ihn das Ganze nichts mehr an. Letty war gerade im Begriff, etwas zu sagen, als Sascha hereinkam.
»Aha, sie ist also schon fort«, sagte er zufrieden. »Nun zum geschäftlichen Teil. Harry, mein Lieber, du glaubst es nicht, was wir heute nachmittag vollbracht haben. Stell dir vor, dieser Giftzwerg Grün hat ausnahmsweise mal die Wahrheit gesagt, denn er hatte tatsächlich jenes hochbrisante Dokument, das er dir gegenüber erwähnte. Er hatte es, wie gesagt, denn inwzischen hat er es nicht mehr ...«
Mit der geheimnisvollen Miene eines Zauberers, der sich magischer Kräfte bedient, zog er aus der Tasche das zusammengefaltete Blatt Papier, das er aus Grüns Haus entwendet hatte, und reichte es Harry.
In den nächsten Sekunden herrschte im Zimmer absolute Stille. Der Baron schaute Sascha und Harry fragend an, Letty vergaß fast zu atmen, und Harry stand bewegungslos da und las den Brief.
Schließlich blickte er hoch.
»Hältst du ihn für echt?« fragte er Sascha.
»Sans doute, mon ami. Das Gesicht des Giftzwergs sprach Bände, als ihm klar wurde, daß er reingelegt

worden war und somit den Brief verloren hatte. Deshalb mußt du übrigens von nun an besonders vorsichtig sein« fügte Sascha ernster hinzu. »Grün weiß nicht als einziger, daß du jetzt das Schriftstück in Händen hast, sondern die Spitzel des Kaisers wissen es ebenfalls, und folglich erfährt es auch dein Onkel.«
Harry nickte. Zu Lettys Enttäuschung wirkte Harry keineswegs euphorisch vor Freude, ganz im Gegenteil! Er sah fast noch grimmiger drein als während seiner Auseinandersetzung mit Ninette. In seinen Augen entdeckte sie kalte, mühsam beherrschte Wut, die ihr einen Schauder über den Rücken laufen ließ, und sie war sicher, daß sie nicht in Sir Marius Tynes Schuhen stekken wollte, wenn er Harry begegnete.
»Tja, mon vieux, was sollen wir tun?« mischte sich schließlich der Baron ein, als das Schweigen schier unerträglich geworden war. »Sicher schickst du den Brief an deinen Onkel, oder?
»Nein«, erwiderte Harry scharf. In Gedanken war er offensichtlich immer noch mit dem Inhalt des infamen Briefes beschäftigt.
»Nein?« rief Sascha verblüfft. »Aber …«
»Harry, bist du verrückt?« fuhr ihn Letty gleichzeitig an. »Nach allem, was wir durchmachten, um den Brief zu kriegen!«
Harry tauchte aus seinen Grübeleien auf und drehte sich zu ihr um. »Nach allem, was wir durchmachten«, wiederholte er. »Wovon redest du denn?«
»Von Sascha und mir. Wir dachten uns … eigentlich war es ja Sascha … diesen wundervollen schlauen Plan aus. Oh, es war herrlich …«
Harry hörte ihr nicht weiter zu, sondern musterte Sascha mit finster zusammengezogenen Brauen. »Hast du dieses Kind in die Angelegenheiten hineingezogen?«

»Kind? Na, ich muß schon sagen«, protestierte Letty gekränkt.
»Harry, es bestand keinerlei Gefahr, und ich konnte es nicht allein tun. Schließlich mußte jemand den Giftzwerg weglocken, damit ich seine Höhle durchsuchen konnte«, erklärte Sascha achselzuckend.
»Keinerlei Gefahr? Jetzt wissen die kaiserlichen Geheimpolizisten und Marius, daß Letty an der Sache beteiligt ist, ja, vielleicht sogar den Brief hat. Du glaubst doch selbst nicht, daß Marius auch nur im geringsten zögert, ihr den Brief wieder abzujagen, mit welchen Mitteln auch immer!«
»Er wäre schon sehr dumm, wenn er glaubt, daß ein so wichtiges Dokument ausgerechnet Letty anvertraut wird«, widersprach Sascha.
Nun mischte sich auch Letty in die Debatte. »Warum mußt du immer so ekelhaft sein und alles verderben, Harry? Wir dachten uns einen klugen Plan aus, führten ihn meisterhaft durch, und du zeigst dich gänzlich desinteressiert, von dankbar ganz zu schweigen. Nicht, daß ich mir daraus etwas mache, nein, ich habe wahrhaftig gelernt, daß man normale Regungen von dir nicht erwarten darf. Aber mußt du wirklich so … so … widerborstig bei allem sein?«
Der Baron schnalzte mißbilligend mit der Zunge bei diesem uneleganten Ausdruck, doch in seinen Augen war eine gewisse Belustigung zu entdecken.
»Meine liebe Miß Spatzenhirn«, sagte Harry, »ich kann nur hoffen, daß du über wahre Engelsgeduld verfügst, falls du auf Dank für deine Einmischung in meine Angelegenheiten warten willst. Abgesehen von dieser Ungehörigkeit hast du dich auch noch in eine sehr gefährliche Situation manövriert, für die ich die Verantwortung tragen muß.«

»Bitte belaste dich nicht mit etwaigen Gedanke an Verantwortung für mich«, erwiderte Letty hoheitsvoll.

»Oh, sehr eindrucksvoll, bravo! Aber ich wäre dir dankbar, wenn du mir keine weiteren Szenen aus Tragödien à la Cheltenham vorspielen würdest«, erwiderte Harry mit beißendem Sarkasmus. »Wir stehen vor einer unangenehmen Situation, die du heraufbeschworen hast, und ich kann viel klarer denken, wenn du mich nicht dauernd unterbrichst.«

»Einmischung ist es also für dich! Wenn ich an die Stunden denke, die ich mit diesem schmierigen kleinen Mann in einer Kutsche eingepfercht verbrachte! Gleich werde ich Krämpfe bekommen!« schrie Letty und preßte theatralisch die Hand gegen die Schläfe.

»Verschone uns mit deinen Ausbrüchen, meine Liebe. Sie kommen bei einem größeren Publikum viel besser an«, meinte Harry süffisant.

»Nenn mich nicht ›meine Liebe‹«, wütete Letty los und stampfte machtlos mit dem Fuß auf. »Ich dulde es nicht, daß du in dieser gönnerhaften Art mit mir sprichst.«

»Sascha, bring bitte das Kind weg, damit es seine Wut allein austoben kann. Ich bin sicher, daß Miß Clark besser mit ihm fertig wird als einer von uns«, ordnete Harry an.

Mit einem entschuldigenden Lächeln nahm Sascha Letty beim Arm und schob sie in Richtung Tür. Sie riß sich von ihm los, erkannte dann jedoch, daß dies kindisch und alles andere als würdevoll war. Also hängte sie sich bei ihm ein, warf den Kopf zurück und stolzierte aus dem Zimmer.

Als die Tür sich hinter den beiden schloß, warf Harry dem Baron einen raschen Blick zu, schaute aber ebenso rasch wieder weg, da er von seinem alten Freund nachdenklich gemustert wurde.

»Es ist doch nicht nötig, so hart mit Letty zu sein, mon cher«, tadelte der Baron ihn mit sanfter Stimme. »Ich verstehe ja, daß diese unerwartete Wendung dich vollkommen aus der Fassung gebracht hat, aber ...«
»Oh, es schadet ihr nicht, sich mit mir zu kabbeln.«
»Das stimmt«, gab der Baron kichernd zu. »Sie kann sich ihrer Haut wehren, diese Kleine. Sie steigt immer wieder in den Ring, egal, wie oft sie schon zu Boden gegangen ist. Was dieses andere Abenteuer betrifft, so kannst du ganz beruhigt sein. Ihr passiert nichts, denn einer von uns wird immer bei ihr sein.«
»Und wenn sie uns nun entwischt? Du weißt so gut wie ich, daß sie dazu imstande ist. Ich könnte nicht dem Bewußtsein leben, daß diesem Kind etwas passiert ist, während es unter meinem Schutz stand.«
»Ach, es geht dir also nur darum, dich vor späteren Skrupeln zu bewahren. Ich hätte eher vermutet, daß es sich um eine Art Verteidigung gegen Lettys Zuneigung handelt.«
»Also wirklich, mein Lieber! Solche Phantastereien passen vielleicht zu diesem Kind, nicht aber zu dir.«
»Letty ist kein Kind mehr, mon vieux. Jedenfalls sieht Graf Radoczy sie bestimmt nicht in diesem Licht.«
»Graf Radoczy! Dieser verdammte, geschniegelte Fatzke! Stell dir vor, der Mann parfümiert sich sogar! Man muß Letty von ihm fernhalten, hast du verstanden!«
»Ich stimme dir völlig bei. Wir werden alle ein wachsames Auge auf sie haben.«
Harry ließ sich in einen Sessel vor dem Kamin fallen und starrte mürrisch in die Flammen. Baron von Bergheim betrachtete ihn eine Weile schweigend.
»Harry, willst du diesen Brief wirklich nicht Lord Aubrey schicken?« erkundigte er sich schließlich.
»Nein.«

»Aber das ist doch unsinnig, mein Junge. Durch den Brief wird dein gute Name wiederhergestellt, und dein Onkel nimmt dich in Gnaden auf.«

»Ich gab ihm mein Wort. Er hätte mir glauben müssen.«

»Harry, sei bitte nicht töricht. Die Intrige war so perfekt inszeniert, daß ihm gar nichts anderes übrigblieb, als dich für schuldig zu halten. Denk nur daran, wie er gelitten haben muß, denn du warst ja sein ein und alles. Glaub mir ...«

»Dieses Thema wird allmählich langweilig. Ich habe nichts weiter dazu zu sagen, als was ich schon gesagt habe, und das gilt für dich und jeden anderen, also auch meinen Großonkel.«

Harry sprang auf und eilte aus dem Zimmer, ohne sich noch einmal umzusehen.

Der Brief lag auf dem Tisch, wo ihn Harry nach der ersten Lektüre hingeworfen hatte. Dann stand er auf, faltete ihn sorgfältig zusammen und steckte ihn in die Innentasche seines Jacketts.

10

Man konnte es keinem verdenken, wenn er Letty für den Inbegriff einer Märchenprinzessin hielt, als sie am selben Abend die Treppe zu den hellerleuchteten Räumen hinunterstieg. Das schlichte weiße Seidengewand mit silbernen Zierbändern, die zarte, gertenschlanke Gestalt und die Fülle dunkler Locken, die mit silbernen Blättern umkränzt waren – all das erzielte diesen ganz besonderen Eindruck.

Da der alte Baron ein guter Beobachter war, entging ihm jedoch nicht, daß es in den braunen Augen unter den dichten Wimpern gefährlich blitzte. Ihm entgingen auch nicht die hektisch geröteten Wangen und das kriegerisch vorgereckte Kinn. Er seufzte voller Mitgefühl, freute sich aber in gewisser Weise fast über Lettys Stimmung. Es war für sie weitaus besser, über Harrys unfreundliches Verhalten in Wut zu geraten, als in Tränen aufgelöst zu sein, wie es bei den meisten liebeskranken jungen Mädchen der Fall gewesen wäre. Der Baron konnte sich Harrys Benehmen Letty gegenüber nur damit erklären, daß Harry ihre kindliche Verliebtheit bemerkt hatte und diese nun bei jeder Gelegenheit zu entmutigen versuchte. Harry war zwar ein berüchtigter Draufgänger bei Frauen, aber ganz gewiß kein Verführer unschuldiger junger Mädchen.

Graf Radoczy eilte Letty entgegen, ergriff ihre Hand und küßte sie schmachtend. Dann richtete er sich auf und schaute sie bewundernd an.

»Oh, ma petite alouette, Ihre Schönheit raubt mir den Atem. Ich kann es kaum glauben, daß ich so etwas Zerbrechliches überhaupt berühren darf. Trotzdem muß ich dieses sanfte Händchen noch einmal küssen.«

Als er sich über ihren Handrücken beugte, empfand Letty plötzlich überwältigende Dankbarkeit. Dieser gutaussehende Offizier, Sproß eines der bedeutendsten ungarischen Adelsgeschlechter und Freund von Königen war in sie, die kleine Letty Montressor, verliebt. Er hielt sie nicht für ein Spatzengehirn oder beklagte sich über ihre ungebetene Einmischung. Der Graf wäre bestimmt nie so grausam, etwaige Versuche, ihm zu helfen, verachtungsvoll abzutun. Im Gegenteil, er wäre dankbar und würde sie für ihre Geschicklichkeit und ihren Mut bewundern.

Als er sie anschaute, lächelte sie ihm so strahlend zu, daß er den Atem anhielt.

»Anbetungswürdige! Ich muß Sie besitzen! Werden Sie die Meine!«
»Die Ihre?« Letty war fast erschrocken über seine leidenschaftliche Reaktion.
Graf Radoczy hatte über Mademoiselle Lerche und deren Eroberung viel nachgedacht. Solch eine wohlanständige englische Miß war viel zu unschuldig, um seine zarten Andeutungen dahingehend zu begreifen, daß sie beim Flirten doch noch einen Schritt weitergehen könnten. Für Engländerinnen bestand solch ein nächster Schritt in einem Heiratsantrag. Natürlich stand es überhaupt nicht zur Debatte, daß ein Radozcy eine kleine englische Null heiratete. Seine Vermählung mit der Tochter des immens reichen Regenten eines kleines, aber nicht unwichtigen Fürstentums war schon vor Jahren von seinen Eltern arrangiert worden. Seine Zukünftige war zwar ausgesprochen reizlos und um einige Jahre älter als der Graf, würde aber trotzdem für die Radoczy-Sippe ein Schmuckstück sein, und es wäre dem Grafen nie in den Sinn gekommen, auf diese Heirat zu verzichten.
Aber es gab eine Möglichkeit, wie er beides tun konnte und somit voll auf seine Kosten käme. Sein Plan war geradezu perfekt. Es gab eine Bestimmung, daß kein Offizier der kaiserlichen Armee ohne Zustimmung seines Vorgesetzten heiraten durfte. Falls er dies doch tat, galt die Ehe als ungültig und wurde annuliert. Gewiß hatte die kleine Lerche keine Ahnung davon, so daß er eine Entführung vorschlagen würde, sobald sie ganz taumelig vor Verliebtheit in ihn war. Eine Liebesnacht mit diesem hübschen Vögelein würde seinen guten Ruf als Mann mit den tollsten Liebesaffären von ganz Wien beträchtlich auffrischen.
In seinen egoistischen Überlegungen tauchte keine Se-

kunde der Gedanke auf, daß der Ruf des hübschen Vögelchens durch einen solchen Zwischenfall ruiniert wäre. Die vergangenen Tage hatte er sich mit seinen Offizierskollegen beraten und den Plan derart vervollkommnet, daß er sofort in die Tat umgesetzt werden konnte. Wenn er sich nicht irrte, dann war sein großer Moment nun gekommen. Keine Frau konnte einen Mann auf solche Weise anlächeln, wenn sie ihn nicht liebte; noch würde die ihn so anbetend ansehen, wie Letty es im Augenblick tat, wenn sie nicht auf sein entscheidendes Wort wartete.

Er zog sie schwungvoll in eine Fensternische, die ihnen eine gewisse Ungestörtheit sicherte. »Ja, geliebte Zauberin, die Meine. Meine Braut! Sag, daß du mich heiraten willst, jetzt, noch heute nacht.«

Letty schaute ihn sprachlos an. Heirat? Miß Clark hatte also recht mit ihrer Ansicht, daß auch nichtadelige arme Mädchen eine großartige Partie machen konnten. Vor ihr stand Graf Radoczy höchstpersönlich und machte ihr einen Heiratsantrag. Er schlug zwar eine Entführung vor, die kein anständiges Mädchen in Erwägung ziehen durfte, aber sie war eben auch kein normales anständiges Mädchen, dessen Familie vor Kummer und Zorn außer sich geriete. Sie würde Gräfin werden und einen der hübschesten, rasantesten Männer Europas zum Gatten haben. Das müßte Harry Tyne eigentlich zu denken geben.

Natürlich liebte sie Graf Radoczy nicht, war ihm aber für seine Liebe dankbar. Außerdem hoffte sie, daß eine solche Hingebung und Leidenschaft mit der Zeit in ihrem Herzen etwas Vergleichbares wecken und dadurch Harrys Bild verdrängen würde. Impulsiv reichte sie ihm beide Hände. »Wenn Sie dies ernst meinen, Sir ...«

»Mir war nie in meinem Leben etwas so ernst wie dies,

Angebetete«, erwiderte er prompt. »Kommen Sie mit mir ... noch heute nacht?«
»Oh ... heute nacht ... ja, natürlich.«
»Liebst du mich, chérie?«
»Aber ja«, sagte sie ruhig. Obwohl er sich ihr Geständnis etwas enthusiastischer gewünscht hätte, war er's zufrieden. Alle Engländerinnen gaben sich in Liebesdingen so kühl. »Oh, wie bringen wir es eigentlich fertig, von hier wegzugehen?« fragte Letty gleich darauf höchst vernünftig. »Man wird mir auf keinen Fall erlauben, allein mit Ihnen das Haus zu verlassen.«
»Keine Angst, ich habe einen Plan. Du gehst zu Miß Clark und erklärst ihr, daß ich wieder auf Wunsch der Kaiserin hier bin, um dich zu holen. Sie hat dir ihre Kutsche und auch eine ihrer Hofdamen geschickt, um dich zu begleiten.«
Letty machte sich sofort auf die Suche nach Miß Clark und hielt dabei ängstlich nach Harry Ausschau. Doch er und der alte Baron überwachten die Spieltische und würden ihre Posten erst aufgeben, wenn es Zeit für Lettys Auftritt war. Sascha war schon am frühen Abend fortgegangen, um etwas Geschäftliches zu erledigen.
Miß Clark begann aufgeregt zu schnattern, als Letty ihr berichtete, was sie vorhatte.
»Ich muß erst Mr. Tyne informieren, meine Liebe. Sicher wird er ...«
»Sicher wird er sehr ungehalten sein, wenn Sie ihn stören. Außerdem kann er nicht das geringste dagegen einwenden, da es sich um eine Darbietung auf Wunsch der Kaiserin handelt. Machen Sie bitte keine langen Umstände, Miß Clark. Die Kutsche steht draußen, und die Hofdame ... wartet. Ich werde rechtzeitig genug für meinen Auftritt hier im Haus zurück sein, das können Sie Harry ausrichten.«

Schließlich ließ sich Miß Clark von der Dringlichkeit der kaiserlichen Aufforderung überzeugen. Sie eilte ein Stockwerk höher, um Lettys Cape zu holen, und schon kurze Zeit später stand sie in der Haustür und winkte der entschwindenden Kutsche nach. Ihr Herz geriet fast ins Flattern, als sie an den galanten Graf Radoczy dachte. Was für ein wunderschönes Paar die beiden doch waren ...

Sobald die Kutsche sich in Bewegung gesetzt hatte, riß Graf Radoczy Letty in seine Arme und begann sie leidenschaftlich zu küssen. Sie wehrte sich und konnte sich schließlich recht zerzaust und nach Atem ringend befreien.

»Was machen Sie ...?«

»Aber mein Engel, ich will dich lieben«, erwiderte er leicht erstaunt.

»Nein, nein, Graf Radoczy, Sie ...«

»Du mußt mich nun Egon nennen«, flüsterte er, umschlang sie wieder und vergrub sein Gesicht an ihrem Nacken.

»Na schön, Egon, aber ... du darfst nicht ... wir sind schließlich noch nicht verheiratet.« Sie schob ihn unsanft von sich und drückte sich so weit in die andere Ecke, wie es nur ging. Dabei überlegte sie, ob er sich nach der Hochzeit wohl überreden ließe, den Schnurrbart abzurasieren.

»Bezauberndes Wesen, du willst mich wohl zum Wahnsinn treiben. Aber dein Wunsch ist mir Befehl. Ich werde bis heute nacht warten, mein Einziges.«

Letty fröstelte und zog den pelzverbrämten Mantel enger um sich. »Äh ... wohin fahren wir eigentlich, Graf ... pardon, Egon?«

»Zu einem kleinen Dorf in der Nähe der Stadt. Der dortige Priester ist der Sohn einer Familie, die seit Generationen auf den Besitzungen der Radoczys gearbeitet hat. Er wird uns trauen, und dann sind wir im Nu bei einer Jagdhütte, die meinem Vater gehört. Dort verbringen wir die Nacht und kehren morgen nach Wien zurück.«

Vor lauter Aufregung begann Lettys Magen zu schmerzen, und sie schluckte mehrmals krampfhaft. Was habe ich getan, fragte sie sich nervös und überlegte zum erstenmal, daß sie vielleicht ein wenig übereilt gehandelt hatte. Sie konnte doch unmöglich eine ganze Nacht mit diesem Mann allein verbringen! Oh, und diesmal würde Harry sie ganz bestimmt verhauen. Ihre Vorstellung von dieser Entführung hatte sich bisher darauf beschränkt, wie herrlich aufregend es war, sich heimlich davonzuschleichen, ganz zu schweigen von dem wunderbaren Augenblick, wenn sie sich einem erstaunten und dann reumütigen Harry als frischgebackene Gräfin Radoczy präsentieren würde. Alles was zwischen diesen beiden Ereignissen lag, war nebelhaft verschwommen geblieben.

Der Gedanke an den verdutzten Harry wirkte höchst erfrischend, und sie freute sich diebisch darüber. Eine Stunde später hielt die Kutsche, und der Graf stieg mit dem Versprechen aus, gleich zurückzukommen und sie zu holen. Im Nu hatte ihn die Dunkelheit verschluckt. Letty spähte nervös aus dem Kutschenfenster, konnte aber nur den schattenhaften Umriß eines großen Gebäudes entdecken. Gleich darauf kehrte der Graf zurück und half ihr fürsorglich beim Aussteigen.

»Hier entlang, ma chérie, alles ist vorbereitet. Hab keine Angst.«

Harry blickte finster die zitternde Miß Clark an. Wenige Augenblicke, nachdem Letty das Haus verlassen hatte, suchte Harry sie bereits, da es Zeit für ihre Gesangsdarbietung war. Als er sie nicht finden konnte, ließ er Miß Clark zu sich rufen, die ihm aufgeregt mitteilte, daß die Kaiserin Letty ein zweites Mal zu sich gebeten hatte.

»Die Kaiserin? Ausgeschlossen. Gerade heute wurde allgemein bekannt, daß sie auf Anordnung der Ärzte alle gesellschaftlichen Verpflichtungen absagen muß. Ihr angegriffener Gesundheitszustand verbietet es. Also kann sie Letty nicht zu sich gebeten haben. Wer hat die Botschaft überbracht?«

»Graf Radoczy, Mr. Tyne. Es war wirklich die kaiserliche Kutsche, ich hab' sie mit eigenen Augen gesehen.«

»Na und? Der Graf kann diese Kutschen benutzen, wann immer er Lust dazu verspürt. Großer Gott, wie konnten Sie das Kind bloß gehen lassen, ohne mich um Erlaubnis zu fragen, Madam?« rief er, voller Zorn auf den Grafen, der sie alle unter diesem Vorwand übertölpelt hatte. Falls Letty in Begleitung des Grafen in der Kutsche gesehen wurde, war ihr guter Ruf beim Teufel.

Der Butler öffnete die Haustür, da energisch geklopft wurde, und eine Gestalt stürmte quer durch die Halle zu Harry, die von Kopf bis Fuß in einen dunklen Zobelmantel mit Kapuze gehüllt war.

»Harry, mon vieux, du mußt unbedingt etwas unternehmen! Wo ist die Kleine? Laß sie ja nicht aus den Augen!«

»Ninette, hör auf zu plappern und sprich langsam.« Er packte sie bei den Schultern und schüttelte sie. »Was meinst du damit, daß ich sie nicht aus den Augen lassen soll?«

»Oh, er plant etwas ganz Abscheuliches, dieser Unhold. Ich werde ihm die Augen auskratzen.«

»Was plant er denn, und woher weißt du überhaupt davon?« fragte Harry ruhig, doch seine Augen glitzerten böse.

»Ich war auf einer Gesellschaft bei der Herzogin von

Kurland, und dort machten sich alle Offiziere darüber lustig, wie Harry Tynes hübsches neues Mädchen von Egon Radoczy dazu überredet werden sollte, mit ihm durchzubrennen. Du weißt ja, daß er nicht heiraten kann, ohne ...«

»Ja, das weiß ich sehr wohl«, erwiderte er grimmig. »Hast du eine Ahnung, wo er sie hinbringt? Hat er damit etwa auch angegeben?«

»Irgendein Dorf namens Leisher oder so ähnlich ...«

Der Butler hüstelte diskret. »Sir, verzeihen Sie meine Einmischung, aber ich habe notgedrungen alles gehört. Das Dorf, das Madam meint, heißt Leipner, wenn ich nicht irre. Es liegt etwa eine Stunde von Wien entfernt an der Nordstraße.«

»Lassen Sie mein Pferd satteln«, befahl Harry und eilte in langen Sätzen die Treppe hinauf. Im Nu war er zurück und steckte eine Pistole in die Tasche des Umhangs, den der Butler schon für ihn bereithielt.

»Ninette, bleib bei Miß Clark. Erzähl Max, was passiert ist, und daß ich weggeritten bin, um sie zu holen.«

»Aber ich weiß überhaupt nicht, was passiert ist«, rief sie ihm nach, doch er drehte sich nicht mehr um.

Letty hing hilflos an Egon Radoczys Arm, als er sie in der tintenschwarzen Dunkelheit zuerst einige Stufen hinaufführte und dann durch eine Tür, die dröhnend hinter ihnen ins Schloß fiel. Ziemlich weit vorn flackerte eine Kerze, und gleich darauf wurde eine zweite von einer schattenhaften Gestalt angezündet, die vermutlich der Priester war. Als sie die Altarstufen erreicht hatten, trat er vor und griff nach ihrer Hand.

»Mademoiselle von Bergheim? Haben Sie keine Angst, mein Kind.«

Letty war der Rede nicht mächtig, konnte auch kaum zusammenhängend denken und realisierte folglich auch nicht, daß der Graf immer noch nicht ihre wahre Identität kannte. Sie fühlte sich wie gelähmt, in einem Traum gefangen, auf den sie sich keinen Reim machen konnte. Sie legte ihre eiskalte Hand in seine große warme und fühlte sich einen Moment in Sicherheit. Dann wurde sie wieder vorwärtsgeführt und sanft auf die Knie gedrückt. Egon kniete sich neben sie und hielt sie bei der Hand. Sie wußte zwar, daß Worte gesprochen wurden, verstand deren Sinn aber nicht, da es in ihren Ohren so merkwürdig rauschte und klingelte.

»Mademoiselle ... Sie müssen antworten, sonst können wir nicht weitermachen«, sagte der Geistliche drängend.

»Antworten?«

»Ja, Mademoiselle. Ich werde es wiederholen. Nehmen Sie, Lettice von Bergheim, diesen Mann ...«

Seine Stimme schien immer leiser zu werden. Unvermittelt versetzte der Graf Letty einen kleinen Rippenstoß.

»Oh ...« Sie schluckte krampfhaft. »O ja, ich meine, ich tu's ...«

»Den Teufel wirst du tun«, rief unmißverständlich Harrys Stimme von der Tür her. Er eilte den Mittelgang bis zum Altar entlang, und seine Schritte hallten bedrohlich in dem Gewölbe wider.

Letty und der Graf sprangen gleichzeitig auf und wichen ein paar Schritte zurück, als wollten sie beim Priester Schutz suchen. Letty stieß dabei einen Schrei aus. Alle Nebelschwaden, die ihr das Denken unmöglich gemacht hatten, waren wie weggeblasen, das Geklingel in ihren Ohren hörte auf, und sie war sich schlagartig bewußt, wo sie war und was passierte.

Der Priester war der erste aus dem Trio am Altar, der

sich soweit faßte, daß er sprechen konnte. »Mein Herr, Sie befinden sich in einem Gotteshaus«, sagte er vorwurfsvoll. »Was haben Sie hier zu suchen?«

»Ich suche dieses Mädchen und diesen unaussprechlichen Schuft, der sie zu seinem Vergnügen mißbrauchen wollte. Komm her, Letty, du kleines Dummchen«, befahl Harry gebieterisch.

»Wie können Sie es wagen?« schrie der Graf und zog seinen Säbel.

»Mit Leichtigkeit«, erwiderte Harry gelassen und hob die Augenbrauen, als sein Blick auf die Waffe fiel.

»Meine Herren, Sie dürfen sich hier nicht streiten, und ich muß Sie bitten, Ihre Waffe wegzustecken, Graf Egon«, sagte der Priester entschuldigend, und sein Tonfall sprach von jahrhundertelangem Katzbuckeln und Schuften auf den Besitzungen der Radoczys.

»Wirklich, Egon, sei doch um Himmels willen nicht so ... so ...«, forderte Letty ihn unwirsch auf.

»So melodramatisch? Ja, ich entdecke auch einen Hauch von Theatralik«, stimmte Harry im Plauderton zu.

»Ich finde, daß dir nach deinem überraschenden Auftritt keinerlei Kritik zusteht«, widersprach Letty indigniert.

»Ich bin so rasch wie möglich hergekommen«, sagte Harry in einem Ton, als hätte sie ihm ungerechterweise eine Verspätung angelastet. Sie warf ihm einen mißtrauischen Blick zu.

»Ich kann mich nicht erinnern, daß jemand dich aufgefordert hätte, überhaupt herzukommen. Ich wünschte, du würdest mir erklären ...«

»Das kannst du haben, Miß Unverschämt, hier ist deine Erklärung«, fuhr Harry sie an, packte ihren Arm mit eisernem Griff und zerrte sie unsanft zu sich herüber.

Der Graf trat mit einem Fluch vor und schwang drohend seinen Säbel. Harry machte rasch einen Schritt rückwärts, hielt Letty mit der linken Hand fest und zog mit der rechten die Pistole aus der Manteltasche.
»So, jetzt ist es mit der Schauspielerei aus und vorbei, Sir. Stecken Sie Ihren Säbel weg, sonst schieße ich Ihnen die Hand ab. Sie können mir glauben, daß ich nicht danebenziele, denn ich bin als Scharfschütze bekannt.«
Der Graf blieb einen Moment standhaft, wußte aber zu gut, daß Harrys Behauptung auf Wahrheit beruhte und steckte daher mit gereiztem Gesicht den Säbel wieder in die Scheide.
»Sir, befreien Sie mich bitte vom Anblick dieser Feuerwaffe«, bat der Priester. »Außerdem möchte ich gern wissen, wieso Sie hergekommen sind, um diese heilige Zeremonie zu stören ...«
»Ja, auch ich würde gern wissen, warum du hier bist, mich hin und her schubst und dich so aufspielst. Ich habe schließlich das Recht zu heiraten, wen ich will. Außerdem wäre ich dir sehr dankbar, wenn du endlich meinen Arm losließest.«
»Ich bin hier, um dich davor zu bewahren, einen kompletten Narren aus dir zu machen, du Gänschen. Von all deinen idiotischen Meisterleistungen ist dies bei weitem die stupideste.«
»Wage ja nicht, so mit mir zu reden! Wenn ich erst mal Gräfin Radoczy bin ...«
Harry gab eine Lachsalve von sich. »Haha. Wenn du die Gräfin Radoczy bist, kriegen Schweine Flügel.«
»Falls du hier nicht so rüpelhaft hereingeplatzt wärst, könnte ich mich schon jetzt so nennen.«
»Jetzt vielleicht schon, aber was wäre morgen? Sagen Sie's ihr schonungslos, Radoczy, was sie morgen sein würde.«

»Ich habe keine Ahnung, was Sie damit meinen«, empörte sich der Graf.
»Sagen Sie's ihr, oder ich schieße auf Sie. Zuerst in das rechte Knie und dann in das linke, wenn Sie sich zu lange Zeit lassen«, sagte Harry mit Nachdruck.
Der Graf erbleichte und öffnete mehrmals hilflos den Mund, bevor er ein Wort herausbrachte. »Tja nun, natürlich müßte die Heirat anerkannt werden von ... von ...«
»Von Ihrem Vorgesetzten? Wollen Sie das mit Ihrem Gestottere ausdrücken?« erkundigte sich Harry hilfsbereit.
»Nun ... ja ...«
»Im Grunde ist seine Zustimmung doch schon vor der Hochzeitszeremonie erforderlich, damit die Ehe gültig ist, oder?« fragte Harry verräterisch sanft.
»Ich bin sicher, er ... nun, in manchen Fällen ...«
»In jedem Fall, Sir!« fuhr Harry ihn an. »Ohne seine Zustimmung wird die Ehe nämlich automatisch annulliert, oder sollte ich mich so irren? Antworten Sie auf der Stelle!« Er hob drohend die Pistole.
»Ja, verdammt noch mal.«
»Vielen Dank, daß Sie wenigstens jetzt ehrlich sind. Natürlich haben Sie es versäumt, eine solche Kleinigkeit Ihrer zukünftigen Frau gegenüber zu erwähnen. Letty, ich hoffe, daß selbst du die Bedeutung dieser sogenannten Kleinigkeit kapierst. Oder soll ich dir alles weitere noch plastisch schildern?«
Letty war unfähig, auch nur einen Ton von sich zu geben. Sie hatte es aufgegeben, sich aus Harrys Griff zu befreien, und schaute den Grafen mit blankem Entsetzen an.
Dann wandte sie sich instinktiv an den Priester, als finde sie dort Hilfe.
Die Stimme des Geistlichen war kummervoll, als er den

Grafen anredete. »Ich kann nicht glauben, daß Sie ein unschuldiges Kind so schäbig reinlegen würden, Graf Egon.«
»Er würde es nicht nur tun, sondern hat schon im vornhinein damit geprahlt. Die Hälfte aller Wiener Salons amüsiert sich im Augenblick darüber. Mir wurde diese lehrreiche Geschichte von Ninette Forel berichtet. Sie fügte hinzu, daß die lieben Offizierskameraden Wetten darauf abschließen, ob der Graf es schafft oder nicht. Letty, geh schon zur Kutsche hinaus.«
»Nein, ich bleibe hier«, flüsterte sie.
»Von mir aus. Graf Radoczy! Sie werden überall verbreiten, daß Ihr Angriff auf die Tugend von Mademoiselle Lerche fehlgeschlagen ist, und damit wäre die Angelegenheit dann beendet. Sollte ich je erfahren, daß Sie auch nur einer Menschenseele etwas von dieser Nacht verraten, dann werde ich Sie finden – mein Wort darauf! – und Sie bestrafen, wie ich es für richtig befinde. Komm, Letty.«
Er ließ ihren Arm los, machte auf dem Absatz kehrt und ging, ohne sich umzusehen. Letty blieb noch einen Moment wie vernichtet stehen, hoffte, der Steinboden würde sich öffnen und sie verschlingen, und stolperte hinter Harry her, wobei sie sich ihren schmerzenden Arm rieb.
»Tyne, halt! Die Kutsche ist Eigentum des Kaisers«, rief der Graf plötzlich, als er erkannte, daß er zu allem Übel auch sein Transportmittel nach Wien verlieren würde.
»Ich bin sicher, daß Seine Hoheit einer hilflosen Frau gern die Kutsche für eine Fahrt überläßt. Falls erforderlich, zeige ich mich erbötig, Seine Hoheit die näheren Umstände zu erklären«, schlug Harry vor. Der Graf wurde um einige Schattierungen bleicher. »Vielleicht kann der gute Pfarrer ein Pferd für Sie auftreiben«,

fügte Harry noch liebenswürdig hinzu und schloß dann mit Nachdruck das Kirchenportal.
Er half Letty wortlos in die Kutsche, gab dem Kutscher Anordnungen und schwang sich dann auf sein Pferd.
In der mit grünem Samt ausgeschlagenen Kutsche ruhte Letty in einsamer Pracht auf verschwenderisch vielen Felldecken. Heiße Tränen der Scham liefen ihr über die Wangen, die mal rot und dann wieder blaß wurden, als sie sich alle denkbaren Folgen von Graf Radoczy teuflischen Plan unaufhörlich durch den Kopf gehen ließ.
Sie hatte sich nicht nur ums Haar ruiniert, weil sie über wenig Menschenkenntnis, dafür aber über reichlich viel Unbesonnenheit verfügte, sondern mußte sich nun auch damit abfinden, von Harry für alle Zeit als Dummkopf mit mehr Haaren als Verstand eingeschätzt zu werden, den man nie unbeaufsichtigt lassen durfte. Sie gestand sich die traurige Wahrheit ein, daß jeder Harry zustimmen würde, der die Fakten kannte.

11

Letty verbrachte den nächsten Tag von morgens bis abends in ihrem Schlafzimmer, schaute blicklos ins Kaminfeuer oder aus dem Fenster, grübelte über ihr verpfuschtes Leben nach und fragte sich, was nun aus ihr werden solle. Bislang hatte sie die Enttäuschungen, die das Schicksal für sie bereithielt, mit Anstand und Courage hingenommen. Den Tod ihrer Eltern, ihre Armut und damit die Abhängigkeit von der Mildtätigkeit der alten Gräfin hatte sie tapfer ertragen. Den Plan ihrer Verwandtschaft, sie mit Mr. Sludge zu verheiraten, hatte sie

mit großem Geschick und beträchtlicher Geistesgegenwart durchkreuzt. Danach hatte sie dann hart gearbeitet und erstaunlichen Erfolg und Beifall für sich erzielt.
Wieso hatte sie es dann fertiggebracht, sich in eine so elende Situation zu manövrieren? Die Antwort war klar. Sie war töricht genug gewesen, sich Hals über Kopf in ein kaltes, herzlosen Wesen zu verlieben, das für sie nur Gleichgültigkeit übrig hatte. Nur in ihrer Rolle als Sängerin in seinem ach so wichtigen Spielsalon zählte sie für ihn. Ihre Versuche, seine Aufmerksamkeit zu erregen, und das katastrophale Scheitern all ihrer Bemühungen hatten in ihr den Wunsch geweckt, es ihm heimzuzahlen, ihm zu zeigen, daß andere Männer sie für begehrenswert hielten – sicherlich keine sehr löbliche Absicht.
Als wohlverdiente Belohnung hatte sie nun seine Achtung verloren. Das gleiche galt für ihre Freunde und inzwischen vermutlich für ganz Wien. Bestimmt tuschelte man in jedem Salon über ihre Eskapade, und in den Kasernen wurden die Wettgewinne ausbezahlt. Sie schauderte und begann wieder ruhelos im Zimmer hin und her zu laufen.
Sie hatte den ganzen Tag nichts gegessen und keinen Menschen gesehen. Hoffentlich erwartete man von ihr nicht, am Abend aufzutreten. Aber selbst Harry konnte eigentlich nicht so grausam sein …
Als Miß Clark am Abend hereinkam, um ihr beim Ankleiden behilflich zu sein, erwies es sich, daß Harry sehr wohl so grausam sein konnte. Letty überlegte fieberhaft, ob sie rasch packen und heimlich fliehen sollte. Als sie die Durchführung dieses Planes jedoch genauer überdachte, mußte sie ihn notgedrungen aufgeben. Erstens waren ihre jammervollen Habseligkeiten, zu denen zwei abgetragene Kleider, ein Mantel und

eine Haube zählten, für den Winter untauglich, selbst wenn er so mild wie der diesjährige war. Zweitens – dies war ein viel ernsteres Problem – enthielt ihre Börse auch nicht einen Schilling. Wie sollte sie sich ohne Geldmittel in einem fremden Land durchschlagen?
Wohin sich wenden, sobald sie das Haus verlassen hatte? Ninette war die einzige Freundin, die sie in Wien besaß, doch sie kannte deren Adresse nicht und war sich auch nicht klar darüber, ob Ninettes Freundschaft zu ihr tief genug war, um sie zu verpflichten, ein heimatloses Geschöpf wie Letty von der Straße aufzulesen. Sie starrte ihr Spiegelbild an und mußte sich eingestehen, daß ihr keine andere Wahl blieb, als ihre Brötchen auch weiterhin in diesem Etablissement zu verdienen, wie schwierig Harry die Lage für sie auch gestalten mochte. Stoisch betrachtete sie die schnüffelnde, rotäugige Miß Clark, deren Tag mit Weinen und Selbstvorwürfen vergangen war, weil sie sich Mr. Tynes Tadel zugezogen hatte. Miß Clark bürstete Lettys dunkles Haar und setzte ihr den Kranz auf. Nach einem letzten Blick in den Spiegel straffte Letty die Schultern und hob stolz den Kopf. Du wirst die Treppe hinunterschreiten, lächeln und singen, als ob du das unbeschwerteste Mädchen der Welt wärst, und du wirst jedem gerade in die Augen schauen, ohne mit der Wimper zu zucken, und das gilt besonders für Harry, sagte sie sich energisch. Sie tätschelte tröstend Miß Clarks Schulter und verließ ihr Zimmer. Der alte Baron wartete am Fuß der Treppe auf sie und verfolgte voller Bewunderung ihr Herunterschreiten. Wieviel Mut dieses Kind hat, dachte er und lächelte Letty aufmunternd zu. Dann streckte er mit betonter Galanterie den Arm auf.
»Mademoiselle, machen Sie mir die Freude?«

Er sah, wie ihre Blicke verstohlen den Raum musterten, und wußte instinktiv, daß sie ängstlich nach Harry Ausschau hielt. Der Baron hatte die ganze traurige Geschichte von Harry erfahren, als dieser am Abend zuvor mit der niedergeschlagenen Letty zurückgekommen war. Lettys alter Freund war ganz entsetzt, wie knapp sie ihrem Unheil entronnen war.

»Bitte geh nicht zu hart mit ihr ins Gericht, Harry, mon vieux. Sie ist schließlich sehr jung und unschuldig, während der Graf ein erfahrener Verführer ist.«

»Sie muß schon sehr dumm sein, wenn sie sich von einem so lächerlichen Schaumschläger herumkriegen läßt. Übrigens würde ich darauf schwören, daß sie den Grafen nicht liebt, obwohl er sich bestimmt große Mühe gegeben hat.«

»Richtig, Harry, da bin ich ganz deiner Ansicht«, stimmte der Baron zu, denn er wußte ja, daß Letty hoffnungslos in Harry verliebt war.

»Zum Glück ist alles vorbei, und ich werde bestimmt nicht mehr darüber reden. Mit ihr ins Gericht zu gehen, ist meines Erachtens überflüssig, denn das wird sie schon selbst zur Genüge tun. Schärf es bitte jedem ein, daß der junge Laffe unter keinen Umständen mehr vorgelassen wird.«

Der Baron wußte, daß Letty sich geweigert hatte, ihr Zimmer zu verlassen oder mit jemandem zu sprechen, und folglich also keine Ahnung hatte, wie Harry nun ihr gegenüber eingestellt war. Daher versuchte er sie zu beruhigen.

»Harry ist heute abend nicht hier, sondern nahm eine Einladung zum Ball bei Lady Hester Luddington an«, vertraute er ihr lächelnd an.

Letty hatte sich den ganzen Tag vor der ersten Begegnung mit Harry und am meisten vor der Verachtung in seinen Augen gefürchtet, doch nun war sie bitter enttäuscht über seine Abwesenheit. Da sie sich dazu durchgerungen hatte, Harry tapfer gegenüberzutreten, wäre es ihr lieber gewesen, dies möglichst hinter sich zu bringen. Doch nun lag eine weitere schlaflose Nacht vor ihr. Wahrscheinlich hatte er dies als teuflische Waffe erkannt, um sie zu quälen. Letty fühlte sich ausgesprochen schlecht behandelt.

Zorn stieg in ihr auf und verscheuchte wie durch Zauberei ihre melancholische Stimmung. Typisch für ihn, wegzugehen und mir zuzumuten, mit all diesen hämischen Leuten allein fertig zu werden! Es wäre wirklich nicht zuviel von ihm verlangt, wenn er einen Ball sausen ließe, um mir in dieser unangenehmen Situation beizustehen. Aber von mir aus soll er zum Teufel gehen, ich brauche seine Hilfe nicht!

Sie öffnete resolut ihren Fächer, nahm des Barons Arm und schritt leichtfüßig quer durch die Halle in den Salon, wo sie den Anwesenden lächelnd zunickte. Ab und zu glaubte sie aus der Menge einen etwas neugierigeren Blick als üblich aufzufangen, doch niemand schaute sie schief an oder feixte verstohlen hinter dem Fächer. Sie faßte sich ein Herz und bemühte sich, noch besser als sonst zu singen und sich hinterher inmitten ihrer Bewunderer so zu benehmen, als ob dies ein Abend wie jeder andere wäre.

Als Miß Clark kam, um sie zu ihrem Zimmer zu begleiten, ging sie willig mit, da sie völlig erschöpft von der Anstrengung war, schlagfertige Antworten zu geben, zu flirten und unbeschwert heiter zu wirken. Das Lächeln schien auf ihrem Gesicht so festgefroren zu sein, daß sie hoffte, es wenigstens dann los zu sein, wenn sie endlich allein war.

Harry lehnte währenddessen an einer Wand von Lady

Hesters Ballsaal. Er war in einen schwarzen Frack und cremefarbene Kniehosen aus Kaschmir gekleidet, und in dem überfüllten Raum gab es keinen, der ihn an Eleganz übertraf. Allerdinggs auch nicht am Gelangweiltsein, nach seinem Gesichtsausdruck zu schließen.

Als Lady Hester ihn zwei Tage zuvor zu diesem Ball einlud, lehnte er zuerst kategorisch ab. Sie zog eine niedliche Schnute und bezeichnete ihn als das graumsamste Wesen der Welt, weil er derart ungefällig sei.

»Nein, wirklich, Harry, ich begreife nicht, wie du's fertigbringst, mir abzusagen. Als du mich gebeten hast, in dein Etablissement zu kommen und meine Freunde mitzubringen, habe ich keinen Moment gezögert, dir zu helfen.«

»Ich kann mir kaum vorstellen, daß meine Anwesenheit dir auf irgendeine Weise hilft. Deine Feste sind in jeder Hinsicht immer ein Erfolg.«

»Trotzdem wird es mir helfen. Es macht auf meine Freunde nämlich bestimmt einen merkwürdigen Eindruck, wenn du fehlst. Nach alledem, was wir füreinander waren«, fügte sie mit züchtig gesenkten Wimpern hinzu und bedauerte es schmerzhaft, daß sie trotz aller Willensanstrengung kein mädchenhaftes Erröten zustande bringen konnte.

Er zog spöttisch die Augenbrauen hoch. »Es würde mich höchstens wundern, wenn meine Abwesenheit die Meinung deiner Freunde über ›das, was wir füreinander waren‹ beeinflussen könnte.«

»Ich habe keine Ahnung, was du damit meinst, aber nach deinen Ton zu schließen, kann es wohl kaum etwas Nettes sein«, gab sie schmollend zurück.

»Du irrst. Ich fand es sehr nett, was wir füreinander waren, aber du bist sicher viel zu ... sensibel, um anzunehmen, daß es mehr als das sein könnte.«

»Ach Harry, wer kann das schon sagen«, erwiderte sie leichthin und sprach dann hastig weiter, da sie dieses Thema lieber nicht verfolgen wollte, wenn er in so ablehnender Stimmung war. »Wichtig ist im Augenblick nur, daß ich dich bei meinem Ball dabeihaben will und nicht verstehe, wie du mir solch einen kleinen Wunsch abschlagen kannst.«

Deshalb stand Harry nun hier an der Wand, nachdem er mit ihr den ersten Tanz angeführt hatte, und fragte sich, wieso er sich zu etwas hatte überreden lassen, woran ihm so wenig lag. Hesters Clique lehnte er größtenteils ab, da er deren Mitglieder für Schmarotzer, Tunichtgute und Dummköpfe hielt, die nur unsinnige Dinge vorhatten und leider auch noch ausreichend Geld besaßen, um sie zu tun.

Er runzelte die Stirn, als er Graf Radoczy beobachtete, der mit einer jungen Frau vorüberwalzte, deren Schleiergewand in unmittelbarer Gefahr zu sein schien, ihre sämtlichen Reize zu enthüllen. Der Graf war seinerseits offenbar fest entschlossen, dabei auf jede mögliche Weise zu helfen, und wirbelte sie schwungvoll herum. Das Mädchen kicherte schrill und zog damit sämtliche Blicke auf sich, die nicht sowieso schon an ihr klebten, da alle ein köstliches Desaster erwarteten.

Harry löste sich von der Wand und drehte sich angewidert um. Er hatte seine Verpflichtungen gegenüber Hester erfüllt, die gerade am anderen Saalende heftig mit einem Stabsoffizier des Kaisers flirtete.

Unauffällig schlüpfte er zwischen den vielen Gästen hindurch, die sich im Treppenhaus drängten, und verlangte Hut, Umhang und Stock. Es war eine schöne klare Nacht und für die Jahreszeit nicht allzu kalt. Nach einer Woche voller Sonnenschein und Wärme war auch der letzte Schnee geschmolzen, und Harry verspürte

Lust auf einen Spaziergang. Er war froh, seine langen Beine bewegen zu können und wieder frische Luft zu atmen, nachdem er mehrere Stunden in dem überfüllten Ballsaal verbracht hatte, wo es für zu viele Leute zu wenig Sauerstoff gab.

Vergnügt machte er sich auf Weg, schwang seinen Stock und summte die Walzermelodie vor sich hin, die er soeben gehört hatte, um sich von unnützen Gedanken abzuhalten.

Die Straßen lagen so dunkel, still und leer vor ihm, daß eine leichte Bewegung in der Seitengasse seine Aufmerksamkeit geradezu erregen mußte. Er ging unbeirrt weiter, doch all seine Sinne waren plötzlich hellwach, und er überprüfte die beiden Straßenseiten vor sich mit einem raschen Blick, ohne den Kopf zu bewegen. Es kam ihm fast so vor, als ob seine Ohren vom Kopf abstünden, um auch den kleinsten verdächtigen Laut aufzuschnappen. Ihre Mühe wurde nach knapp einer Minute dadurch belohnt, daß sich verstohlene Schritte vernehmen ließen, die Harry folgten.

Er drehte sich um, und die Schritte hielten für einen Moment an, dafür waren von der anderen Seite welche zu hören; also gab es zwei Angreifer aus verschiedenen Richtungen und rechts und links nichts als abweisende, verschlossene Häuser.

Die Schritte hinter ihm beschleunigten sich, und er zwang sich dazu, bis zum letzten Augenblick zu warten, bevor er sich duckte und zur Seite warf. Eine Gestalt schoß mit ausgestreckten Händen vorwärts, die sich nur zu gern um Harrys Hals gelegt hätten. Vom eigenen Schwung mitgerissen und unfähig, ihn aufzuhalten, fiel der Fremde der Länge nach aufs Pflaster.

Nun schlich der Angreifer, den Harry zuerst entdeckt hatte, mit einem fast tierischen Knurren näher. Sein

Komplize kam fluchend wieder auf die Beine und baute sich vor Harry auf. Es waren zwei abscheuliche Gesellen, die zweifellos etwas entsprechend Abscheuliches vorhatten.
Sie bewegten sich in einigem Abstand voneinander drohend auf Harry zu. Der eine schwang eine Keule, der andere streckte die großen schwieligen Hände aus. Harry blieb nichts anderes übrig, als sich hinzukauern und seinen Stock zu umklammern. Dieser hatte einen Goldknopf von beträchtlichem Gewicht als Knauf, und Harry hoffte, zumindest einen groben Schädel damit zu treffen, bevor er überwältigt wurde. Der eine Spießgeselle startete seinen Angriff auf Harrys Kehle und zwang ihn dadurch, mit dem Stock nach seinem Gesicht zu schlagen, doch im gleichen Augenblick ließ der bewaffnete Bursche die Keule auf Harrys Kopf heruntersausen.
Da Harry bei seinem Verteidigungsschlag weit ausgeholt hatte, traf ihn die Keule nur seitlich am Kopf, während seine linke Schulter die volle Wucht abbekam. Er spürte einen betäubenden Schmerz und wußte, daß sein linker Arm vorerst nicht mehr zu gebrauchen war. Warme Flüssigkeit sickerte über sein Ohr, und vor seinen Augen entfaltete sich eine wahre Sternenpracht.
Trotz des Dröhnens in seinen Ohren vernahm Harry, wie ein Körper schwer aufs Pflaster fiel. Befriedigt konstatierte er, daß der »Würger« außer Gefecht gesetzt war, nachdem der goldene Stockknauf in unsanfte Berührung mit seinem Schädel geraten war.
Taumelnd drehte Harry sich nach dem zweiten Schläger um, doch dieser schlich sich schon davon, ohne für seinen Komplizen auch nur einen Blick übrig zu haben. Offensichtlich hatte er keine Lust, den Kampf Mann gegen Mann fortzusetzen.

Harry schwankte zur nächsten Hausmauer und lehnte sich einige Sekunden schwer dagegen, um wieder zu Atem zu kommen und das Schwindelgefühl zu überwinden. Ohne Gemütsbewegung schaute er die bewegungslose Gestalt auf dem Boden an und überlegte, ob er den Kerl mit einem Schlag getötet hatte, was ihm in seinem derzeitigen Zustand gar nicht unlieb gewesen wäre.

Als nächstens machte er sich Gedanken, wo wohl Marius' Spitzel sich verstecken mochten, die ihm überallhin folgten, wie er sehr wohl wußte. Er lachte freudlos auf. Vermutlich waren diesen beiden Ganoven auch Marius' Spitzel, allerdings mit einem Sonderauftrag.

Als er vor seinem Etablissement ankam, hatte er sich soweit erholt, daß ihm eigentlich nur noch die Schmerzen in der Schulter zu schaffen machten. Die Wunde über seinem linken Ohr blutete nicht mehr, und auch seine Benommenheit war überwunden.

Er war sich der Auffälligkeit seiner Erscheinung kaum bewußt und folglich auf die Reaktion überhaupt nicht vorbereitet, die sein Auftauchen hervorrief. Als erster sah ihn der Butler, der mitten im Satz abbrach, um Harry anzustarren. Der Baron hatte gerade an der Treppe Letty eine gute Nacht gewünscht und kam nun in die Halle. Er, Letty und Miß Clark schienen bei Harrys Anblick zu einem Bild des Grauens zu erstarren.

»Was zum Teufel ist denn mit euch los?« erkundigte sich Harry beißend.

»Harry, dein Kragen und Halstuch ... alles voller Blut«, rief Letty mit schwacher Stimme, klammerte sich am Geländer fest und sah alles plötzlich unangenehm verschwommen.

Der Baron erholte sich von seinem Schrecken und eilte zu Harry. »Was ist geschehen, mein lieber Freund?«

»Ich traf auf zwei Schufte, die es für vorteilhaft hielten, mich meiner Börse zu berauben. Da ich nicht ihrer Meinung war, hat es etwas Ärger gegeben. Nichts Ernstes. Leider besaß einer der Kerle eine Keule, mit der er mir einen leichten Schlag versetzte, während ich versuchte, seinen Freund daran zu hindern, mich zu erwürgen, indem ich ihm meinen Stock auf den Schädel schlug. Es ist ja nur ein Kratzer.«

»Ein Kratzer! Großer Gott, Harry! Die eine Seite deines Kopfes ist völlig blutverschmiert!« protestierte Letty.

Miß Clark setzte sich mit entschlossenem Gesicht in Bewegung und trat zu Harry. Auf den Zehenspitzen stehend, inspizierte sie die Wunde. Dann nickte sie zustimmend.

»Sie haben recht, Mr. Tyne. Es ist überhaupt nicht schlimm. Alle Schnittwunden am Kopf und im Gesicht bluten so stark, Letty. Trotzdem muß die Wunde sofort gesäubert und verbunden werden. Kommen Sie bitte in mein Wohnzimmer, wo ich Sie verarzten werde.«

Sie sprach mit großer Autorität und ergriff Harry beim Arm, um ihren Worten zusätzlichen Nachdruck zu verleihen. Harry ging erstaunlicherweise lammfromm mit.

»Harry, mon ami«, rief der Baron hinter ihm her. »Es waren garantiert Leute von Marius, keine üblichen Taschendiebe. Ich habe einen Angriff erwartet. Leider stand es für mich fest, daß Marius versuchen würde, dich aus dem Weg zu schaffen, sobald er von der Sache mit dem Brief erfährt. Allerdings hätte ich nicht gedacht, daß er so schnell handelt.«

»Deshalb kann es sich auch nicht um etwas Derartiges handeln«, widersprach Harry verächtlich und machte eine kaum merkliche Kopfbewegung zu Letty hin, um den Baron davon abzuhalten, in ihrer Gegenwart weiter über dieses Thema zu diskutieren.

Ein Blick auf Lettys angstvolles Gesicht brachte den Baron dazu, sich hastig zu verbessern. »Jaja, Harry, du hast recht, und ich mache viel Lärm um nichts. Laß dich jetzt von Miß Clark verbinden. Ich kümmere mich um alles andere. Letty, mein Kind, du solltest so rasch wie möglich ins Bett gehen.«
Mit einem liebenswürdigen Lächeln für sie alle wandte er sich ab und ging zu den Spieltischen, wo einige erfolglose, aber ausdauernde Spieler noch immer in der Hoffnung herumlungerten, die Karten oder Würfel würden ihnen Glück bringen, wenn sie es nur lange genug versuchten.
Miß Clark und Harry stiegen die Treppe hinauf, und Letty folgte ihnen eine Stufe nach, mußte dann jedoch anhalten und sich mit beiden Händen am Geländer festhalten. Als die beiden anderen außer Sichtweite waren, setzte sie sich abrupt hin. Ihr Kopf war von einem unangenehm zischenden Geräusch erfüllt, und sie wußte ganz genau, daß sie einer Ohnmacht nahe war, obwohl ihr etwas Ähnliches nie zuvor passiert war und sie alle Ladies verachtete, die schon bei einem geringfügigen Anlaß ohnmächtig wurden.
Nun handelte es sich hier allerdings wahrlich nicht um einen geringfügigen Anlaß – jedenfalls nicht nach Lettys Meinung. Sie war nämlich ebenso überzeugt wie der Baron, daß der nächtlich Angriff auf Sir Marius' Konto ging. Sir Marius konnte Harry gar nicht am Leben lassen, nachdem der diskriminierende Brief aufgetaucht war und sich jetzt sogar in Harrys Besitz befand.
Letty mußte der schrecklichen Wahrheit ins Auge sehen, daß Harrys Leben ausgerechnet durch das Beweisstück in Gefahr war, mit dessen Hilfe sie gehofft hatte, ihn gesellschaftlich zu rehabilitieren. Falls Sir Marius erfolgreich war und Harry starb, trug sie dafür die Verantwor-

tung. Da sie ihn liebte und ihn hatte zwingen wollen, ihr gegenüber wenigstens Dankbarkeit zu empfinden, hatte sie sich mit katastrophalem Erfolg in seine Angelegenheiten gemischt. Nun konnte sie wahrlich keine Dankbarkeit mehr von ihm erwarten. Nein, sie könnte es ihm nicht einmal verübeln, wenn er nie mehr ein Wort an sie richtete.

Dieser Gedanke schnürte ihr die Kehle zu, und Tränen stiegen in ihre Augen. Sie legte den Kopf auf die Knie und begann herzzerreißend zu weinen.

»Ma petite pauvre«, flüsterte ihr eine zärtliche Stimme ins Ohr, und Mademoiselle Forel ließ sich in einem Wirbel aus goldfarbener Seide und Brüsseler Spitze neben ihr auf den Stufen nieder. Sie nahm Letty in die Arme und murmelte liebevolle und tröstende Worte, während Letty ausgiebig an Ninettes gepuderter und köstlich duftender Schulter schluchzte.

Mademoiselle Forel hatte sich bereit erklärt, einen Freund in Harrys Etablissement zu begleiten, der zu den Spielern gehörte, die beharrlich versuchten, ihre Verluste wieder wettzumachen, bevor sie nach Hause gingen. Da Ninette heute nicht spielte, hatte sie sich zu langweilen begonnen und war durch die fast verlassenen Salons spaziert, bis lautes Weinen sie in die Halle lockte.

Als Lettys Schluchzen schließlich in Schluckauf überging, reichte Ninette ihr ein Taschentuch und half ihr dabei, das tränennasse Gesicht zu trocknen.

»Nun erzähl mir, ma chère, was dich so unglücklich macht. War etwa jenes Ungeheuer ekelhaft zu dir?«

»Nein, nein, es geht um Harry …«

»Genau den meinte ich. Ich werde sofort zu ihm gehen und ihm verbieten, grausam zu dir zu sein!«

»Nein, bitte, Ninette, es ist etwas ganz anderes.«

Kurzentschlossen erzählte sie Mademoiselle Forel die ganze Geschichte, da sie derart von Gewissensbissen gepeinigt wurde, daß sie sich durch schonungslose Selbstbezichtigung öffentlich kasteien wollte. Sie stellte drastisch klar, daß Harrys Leben verwirkt war, da sie ihn durch ihre Einmischungen in eine hoffnungslose Situation manövriert habe. Ihrer Meinung nach würde er ermordet werden, und deshalb wollte sie am liebsten auf der Stelle sterben.

»Aber das würde Harry wenig nützen«, gab Ninette zu bedenken, die zwar so aussah, als habe sie den Kopf nur voller Seifenblasen, in Wirklichkeit aber über ein gutes Quantum an flämischer Vernunft verfügte. »Das würde für alle nur noch mehr Verdruß bedeuten, nicht wahr? Wir müssen sehr gelassen sein und überlegen, was das beste wäre. Eins steht fest. Marius muß in dieser Angelegenheit sehr rasch handeln, damit Harry nicht mit diesem Brief zu seinem reichen Onkel fahren kann.«

»Wir haben Harry alle zugeredet, sofort nach London zu reisen und Marius vor Lord Aubrey bloßzustellen, aber er will einfach nicht. Oh, wie kann er nur so dickköpfig sein! Schuld daran ist nur sein dummer Stolz. Er sagt nämlich, daß er seinem Onkel sein Wort gab, und das hätte genügen müssen.«

»Jaja, ma petite. Es ist für ihn eine Ehrensache. Wie töricht! Sei jetzt einen Augenblick still, damit ich nachdenken kann, was wir tun müssen.«

Ninette starrte mit abwesendem Blick ein Weilchen vor sich hin und winkte herrisch ab, als die vor Ungeduld ganz zappelige Letty etwas äußern wollte.

»Voilà! Ich hab's«, sagte Ninette energisch, nachdem sie noch eine qualvolle Minute lang überlegt hatte. »Ich weiß jetzt, was getan werden muß, und ich, La Forel, werde es höchstpersönlich erledigen. Das wird meine

Rache an diesem Geizkragen von Marius sein, der es wagte, mich mit seinem Talmischmuck zum Narren zu halten.«

»Aber was ... was kannst du denn tun?« erkundigte sich Letty etwas zweifelnd.

»Ich werde den alten Onkel herbringen«, erklärte Ninette dramatisch.

»Ihn herbringen!« wiederholte Letty entgeistert und sah schon das Bild plastisch vor sich, wie Ninette in der Halle auftauchte und Lord Aubrey wie ein Baby in den Armen trug.

»Ja, ich werde ihm noch heute nacht schreiben und von dem belastenden Brief und von Harrys eigensinniger Weigerung berichten, diesen zu seiner Rehabilitierung zu verwenden. Natürlich werde ich besonders betonen, daß dadurch nun Harrys Leben in Gefahr ist. Das müßte den alten Lord Aubrey eigentlich postwendend nach Wien bringen, findest du nicht?«

Letty war so beeindruckt, daß sie zuerst kein Wort herausbrachte. Warum hatte sie selbst nicht einen solchen Plan ausgeheckt, statt hier heulend herumzusitzen? Ihre Tränen nützten Harry überhaupt nichts, und dabei war ihr Wunsch, Harry zu helfen, sicher ebenso stark wie Ninettes Rachegelüste. Dieser letzte Gedanke brachte sie auf eine neue Idee.

»Ninette, es ist natürlich ganz wundervoll, daß du's tun willst. Aber was passiert, wenn Sir Marius Wind davon bekommt? Dann läßt er am Ende gar dich ermorden.«

»Bah! Vor so jemandem habe ich doch keine Angst. Außerdem wird er nichts davon erfahren. Von wem denn? Ich sorge schon dafür, daß er mich nicht den Brief schreiben sieht.«

»Aber es heißt doch, daß die kaiserlichen Beamten Briefe und Depeschen öffnen, die fürs Ausland bestimmt sind. Falls man deinen Brief öffnet und Sir Maris' Name entdeckt, wird er garantiert informiert.«

»Nun, so dumm bin ich eben nicht!« gab Ninette triumphierend zurück. »Es gibt einige Freunde, die alles tun, worum ich sie bitte, und zwar ohne zu fragen. Ich habe schon einen ganz bestimmten im Auge, der für meinen Plan geradezu ideal ist. Er reist nämlich morgen nach England und kann den Brief persönlich bei Lord Aubrey abgeben. Außerdem werde ich meinen Namen nicht in dem Brief erwähnen, so daß ich selbst dann nichts riskiere, falls doch etwas schiefgeht.«

»Miß Lettice! Was fällt Ihnen ein, zu so später Stunde noch auf der Treppe zu sitzen?« erklang plötzlich Miß Clarks entsetzte Stimme vom Stockwerk über ihnen. »Gehen Sie sofort zu Bett!«

Letty und Ninette standen schuldbewußt auf. Letty legte die Arme um ihre Freundin und küßte sie stürmisch.

»Danke, Ninette! Ich kann dir gar nicht sagen, wie dankbar ich dir bin ...«

»Ach, das ist doch nicht der Rede wert. Habe ich dir nicht versprochen, daß ich für dich auch meinen letzten Blutstropfen hergeben würde«, wehrte Ninette mit blitzenden Augen ab. »Sprich bitte mit dem alten Baron und mit Sascha. Sie müssen dafür sorgen, daß Harry in der nächsten Woche nirgends ohne Begleitung hingeht. Du hast verstanden, n'est-ce-pas?«

»Ich spreche noch heute nacht mit ihnen.«

»Miß Lettice! Muß ich erst Mr. Tyne holen?« fragte Miß Clark mit einem abfälligen Blick auf Ninette.

»Jedenfalls werde ich's morgen früh als erstes tun«, verbesserte sich Letty hastig, nachdem Miß Clark unerbittliches Gesicht ihr deutlich zu verstehen gegeben hatte, daß sie in dieser Nacht nichts anderes mehr tun durfte, als schnurstracks ins Bett zu marschieren.

»Gute Nacht, chérie. Ich beginne gleich mit meinem Rachefeldzug.«
Ninette stieg hocherhobenen Hauptes die Treppe hinunter, während Letty sich hinaufschlich. Kurz darauf drang aus dem Spielzimmer Ninettes gebieterische Aufforderung an ihren Galan, sie nach Hause zu begleiten, und zwar instamment!

12

Jeder einigermaßen aufmerksame Beobachter – doch den gab es nicht – hätte erkannt, daß General Sir Marius Tyne ernstlich verstimmt war.
Er saß gedankenverloren am Schreibtisch in der Bibliothek des imposanten Herrenhauses, das er für seinen Aufenthalt in Wien gemietet hatte. Die Lampe auf der Schreibplatte war die einzige Lichtquelle, da das Kaminfeuer bis auf einige glimmende Holzscheite heruntergebrannt war.
Die Lampe beleuchtete zwar seine schmalen aristokratischen Hände, die einige Schriftstücke durchblätterten, doch die Möbel waren nur als undeutliche Schatten wahrnehmbar. Die Gemälde und Wände hatten sich mit dem Dunkel vereint, das die Konturen des Raumes verwischte.
Sir Marius legte ungeduldig die Papiere beiseite und warf sich in den wuchtigen, mit rotem Samt bezogenen Sessel zurück. Die ganze Bibliothek schien durch seinen Zorn zu pulsieren. Unter halbgesenkten Lidern starrte er in das fast erloschene Feuer, preßte die Lippen so fest aufeinander, als könnte er ein Wutgebrüll kaum zurückhalten, und schlug mit den geballten Fäu-

sten in schierer Frustration immer wieder auf die Armlehnen.
»Herein«, rief er, als ein leichtes Klopfen ertönte. Ein schmaler, vogelartiger Kopf lugte um die Türkante.
»Boris ist da.«
»Soll reinkommen.«
Der Kopf verschwand, die Tür ging auf, und eine große schwerfällige Gestalt marschierte mit gespielter Tapferkeit herein.
»Er hat Mischa erwischt«, verkündete Boris unvermittelt und deutlich defensiv. »Er hatte einen verdammt schweren Spazierstock und hat Mischa mit einem Schlag umgehauen.«
»Was hast du währenddessen getan, wenn ich fragen darf?« erkundigte sich Sir Marius mit offener Verachtung.
»Er wär mir tot vor die Füße gefallen, aber er hat grad da auf Mischa eingeschlagen und mir meinen Hieb vermasselt. Aber ich hab' ihm trotzdem seinen Schädel gespalten, wie ein abgestochenes Schwein hat er geblutet.« Boris hielt einen Moment inne, um sich ganz dieser befriedigenden Erinnerung hinzugeben.
Marius musterte ihn zornig. Er war bereits im Bilde über den fehlgeschlagenen Mordversuch von Boris und Mischa. Einer der Geheimpolizisten des Kaisers besserte derzeit sein Gehalt dadurch auf, daß er privat für Sir Marius arbeitete. Er war schon längst zu seinem Auftraggeber geeilt, um den Mißerfolg der beiden Verbrecher zu melden.
»Ich verstehe. Und dann hast du dich sicher auf ihn gestürzt, um ihn fertigzumachen, während er noch ganz benommen von deinem Hieb war, oder?«
»Ja, das hab' ich getan«, behauptete Boris trotzig. »Aber er zog seine verfluchte Pistole, so daß ich um mein Le-

ben rennen mußte. Daß er 'ne Pistole hat, haben Sie uns nicht gesagt«, fügte er anklagend hinzu.
»Du lügst, du feiger Schwachkopf! Er hatte keine Pistole, wie du sehr wohl weißt. Glaubst du wirklich, ich hätte dich nicht beobachten lassen? Raus mit dir.«
»He, und was ist mit meinem Geld?« protestierte Boris.
»Wofür denn? Etwa dafür, daß du ihm einen Kratzer am Kopf zugefügt hast und dann beim Anblick von Blut davongerannt bist? Bah! Geh mir aus den Augen, bevor ich dich verhaften lasse.«
Boris blieb zuerst dickköpfig stehen. Doch dann überlegte er sich, daß dieser ekelhafte Pfennigfuchser durchaus imstande war, seine Drohung wahrzumachen. Boris wußte auch, daß Sir Marius über genügend Einfluß verfügte, um jede Anklage so hieb- und stichfest zu machen, daß sein Gegner den Rest seines Lebens in den Gefängnissen des Kaiser schmachten würde. So ungern er auch auf das Geld verzichtete, es blieb ihm gar nichts anderes übrig. Mit gesenktem Kopf verließ er ohne jedes weitere Wort das Zimmer.
Sir Marius hatte inzwischen wieder die Schriftstücke zur Hand genommen und schien ganz vertieft darin zu sein, doch kaum hatte sich die Tür hinter dem Ganoven geschlossen, als er auch schon aufsprang. Ruhelos lief er zwischen Schreibtisch und Kamin hin und her, bis wieder der vogelartige Kopf in der Tür auftauchte, diesmal mitsamt dem knochigen Körper von Sir Marius' Diener César.
»Wo hast du diese wahren Prachtstücke an Unfähigkeit bloß aufgetrieben?« fuhr Sir Marius ihn an. »Das nächste Mal muß es besser klappen, verstanden!«
»Ich kann's nicht verstehen, M'lord. Sie haben sich zuvor als zufriedenstellend erwiesen.«
»Wahrscheinlich nur deshalb, weil sie ihr Opfer von

hinten überfallen konnten. Von Angesicht zu Angesicht einem Feind gegenüberzustehen, scheint nicht ihre Sache zu sein«, erwiderte Sir Marius sarkastisch. »Das nächste Mal ...«

»Ja, es wird wohl noch einen Überfall geben müssen«, stimmte César grinsend zu und rieb sich die Hände.

»Natürlich, du Tölpel. Habe ich dir nicht klargemacht, wie wichtig es ist, daß er aus dem Weg geräumt wird!«

»Es wird auch geschehen, M'lord, keine Angst. Um ganz sicherzugehen, müßte man allerdings Experten anheuern, und die kosten natürlich mehr als die andern beiden.« Er schaute seinen Herrn erwartungsvoll an und steckte im Geist bereits seine Provision in die Tasche.

Sir Marius hatte sein ruheloses Hin- und Herwandern wiederaufgenommen und antwortete nicht, da er offenbar immer noch im Kampf mit seiner frustrierten Wut lag.

»Dann ist da noch Grün, M'lord. Soll dieselbe Person sich nun auch um ihn kümmern?«

Sir Marius blieb ruckartig stehen und starrte blicklos in eine dunkle Ecke der Bibliothek.

»Grün, Grün! Hm. Beobachten die Männer immer noch sein Haus?«

»Ja, natürlich, M'lord. Er hat sich den ganzen Tag nicht von der Stelle gerührt.«

»Gut. Vier weitere Leute sollen dazustoßen. Ich will, daß es so aussieht, als ob eine ganze Armee nur auf das Signal zum Angriff wartet. Ich will, daß er am Ende der Woche verrückt vor Angst ist. Vielleicht müssen wir schon vor diesem Zeitpunkt eingreifen, falls mein Neffe Anstalten macht zu handeln, aber ich glaube, daß uns noch einige Tage zur Verfügung bleiben.«

»Und dann?«

»Dann, tja, dann bringst du Grün zu mir. Ich habe mir

die perfekte Lösung für mein Problem ausgedacht. Folglich muß ich dich nicht bemühen, deine Experten anzuheuern.«

Césars Gesicht verzog sich enttäuscht, und es war ihm so zumute, als hätte Sir Marius gerade die Hand in seine, Césars, Hosentasche gesteckt und die Provision wieder herausgeholt.

»Ja, Grün, dieser unverschämte Gelegenheitsdieb!« fuhr Sir Marius fort, ohne zu bemerken, wie unglücklich er César gerade gemacht hatte. »Er ist der Richtige für diesen Job und wird mich nichts kosten. Wenn er den Job dann erledigt hat, sorge ich dafür, daß es ausreichende Beweise gegen ihn gibt, um ihn wegen Mordes zu hängen. Er wird es bereuen, mich betrogen zu haben.«

Der alte Baron und Sascha wußten natürlich nichts von der Gnadenfrist, die ihnen Sir Marius gewährte. Folglich brauchte Letty sie am nächsten Morgen gar nicht erst lange zu drängen, daß sie Harry auf jeden Fall schützen müßten.

Sascha verschwand gleich nach dem Frühstück, kehrte innerhalb einer Stunde zurück und verkündete, daß er zwei vertrauenswürdige, kräftige Männer eingestellt habe, die Harry abwechselnd beschatten würden, und zwar bei Tag und Nacht, falls er das Haus unbemerkt zu Fuß verlassen sollte.

Der Baron hatte inzwischen die Aufgabe zugeteilt bekommen, Harry einzuschärfen, so wenig wie möglich auszugehen. Falls er doch wolle, so müsse er immer die geschlossene Equipage mit Kutscher und Lakai wählen, aber unter keinen Umständen seinen eleganten hochrädrigen Phaeton.

»Du wärst die reinste Zielscheibe, mon cher, so einfach abzuschießen wie eine Krähe auf einem Zaunpfahl.«

»Verdammt noch mal! Du bist ja ängstlich wie ein altes Weib. Ich denke gar nicht daran, mich in diesem Haus zu verstecken wie ein Kaninchen in seinem Bau. Marius wird nichts unternehmen, solange ich keine Anstalten mache, Wien zu verlassen. Da er die ganze Post kontrollieren kann, die ins Ausland geht, würde er es außerdem sofort erfahren, falls ich versuchte, den Brief nach England zu schicken.«

»Und was ist mit diesen beiden Halsabschneidern von letzter Nacht?«

»Pah! Die waren hinter meiner Geldbörse her. Falls sie von Marius angeheuert gewesen wären, hätten sie den Überfall nie derart vermasselt. Glaub mir, wir haben nichts zu befürchten. Er tut nichts, solange ich nichts tue.«

»Ich denke, du irrst dich, mein Freund. Er kann es sich gar nicht leisten, jetzt aufzugeben, denn für ihn steht zuviel auf dem Spiel. Mich wundert nur, warum er nicht schon vor langer Zeit alles getan hat, um Grün den Brief abzuluchsen, statt sich von ihm erpressen zu lassen.«

»Oh, ich bin sicher, daß er's versucht hat. Sascha erzählte mir, daß Grüns Haus ganz danach aussah, als sei es erst kürzlich durchsucht worden.«

»Warum hat er Grün am Leben gelassen, obwohl er den Brief nicht finden konnte?«

»Alles andere war zu riskant, solange er den Brief nicht in Händen hatte. Nach Grüns Tod hätte der Brief ja überall auftauchen können. Grün könnte ihn einem Freund gegeben haben, der ihn gegen Marius verwenden konnte, falls Grün etwas zustoßen sollte. Je mehr ich darüber nachdenke, desto überzeugter bin ich, daß Grün genau das Marius gegenüber behauptet hat. Sonst wäre Marius von Anfang an gar nicht auf Grüns Erpressungsversuche eingegangen.«

Der Baron versuchte die Unterhaltung wieder auf Harry und dessen Schutz zu bringen, doch Harry lachte ihn bloß aus. Er schlenderte aus dem Zimmer, rief nach Mantel und Hut und verließ das Haus, wobei er ziemlich übermütig seinen Spazierstock mit Goldknauf schwang.

Ihm fiel der von Sascha angeheuerte Beschützer nicht auf, ein großer, schmuck gekleideter Gentleman, der fein säuberlich die Zeitung zusammenfaltete, in der er gelesen hatte, sie in einer inneren Brusttasche verstaute und gemächlich auf der anderen Straßenseite hinter Harry herging.

Auch der Geheimagent des Kaisers, der seit den frühen Morgenstunden an der Ecke postiert war, merkte nicht, daß Harry unter Schutz stand. Sein Befehl lautete, Harry Tyne überallhin zu folgen. Dieser Befehl schloß nicht ein, daß er dem Gentleman bei einem eventuellen Angriff beistehen sollte, was er folglich auch nicht tun würde. Zweifellos würde jedoch schon die bloße Anwesenheit eines Geheimpolizisten auf der Straße einschüchternd auf jeden etwaigen Angreifer wirken, es sei denn, er wäre absolut tollkühn.

So war also Harry wohlbehütet, ohne es zu ahnen, und das eine Woche lang, während Grün zitternd in seinem Haus saß und Sir Marius den rechten Augenblick abwartete, in dem Grün den Gipfel seiner Todesangst erreicht haben würde.

Als er annahm, daß dieser Moment gekommen sei, ließ er Grün holen.

Marius saß einige Sekunden schweigend am Schreibtisch und musterte die jämmerliche Gestalt vor ihm, die sichtbar zitterte und unfähig war, Marius in die Augen zu schauen. Grüns unrasiertes Gesicht und seine schmuddelige Kleidung bewiesen zur Genüge, daß er

in der vergangenen Woche keinen Gedanken an äußere Eleganz verschwendet hatte.
»Nun, cochon, was können Sie zu Ihren Gunsten vorbringen?« fragte Sir Marius schließlich mit irreführend ruhiger Stimme.
Grün ließ sich auch tatsächlich täuschen und faßte Mut. Schon hielt er es wieder für möglich, daß Sir Marius plante, sich mit ihm über den gestohlenen Brief gütlich und womöglich sogar einträglich zu einigen. Er hob den Kopf und begann zu stottern. »Wie ... können Sie es ... wagen, mich ... derart zu ... quälen!«
»Quälen? Daß ich nicht lache. Ich habe gerade erst damit begonnen«, erwiderte Marius und betonte dabei jedes Wort, damit die Drohung auch wirklich verstanden wurde.
Diese Erwiderung veranlaßte Grün zurückzuweichen, bis seine schlotternden Kniekehlen einen Stuhl fanden, auf dem er sich abrupt niederließ.
»Aufstehen! Was fällt Ihnen ein, sich ohne meine Erlaubnis zu setzen. Puh! Es macht mich krank, Sie so vor mir zu sehen. Ich gebe Ihnen jetzt meine Anordnungen, und dann verschwinden Sie.«
»Anordnungen?« wiederholte Grün stammelnd, doch seine Augen glänzten hoffnungsvoll. Als er hergebracht worden war, hatte er schon befürchtet, sein letztes Stündlein sei gekommen.
»Sie müssen Harry Tyne töten! Gleich! Sofort!«
»Ihn töten? Nein, nein, das tue ich nicht. Ich bin kein bezahlter Mörder.«
»Bezahlt? Wer spricht denn von Bezahlung? Ihre Bezahlung besteht darin, daß Sie Ihr jammervolles Leben behalten dürfen, wenn Harry schon morgen tot ist.«
»Wie soll ich das denn bewerkstelligen? Ich verstehe nichts vom Töten. In so etwas habe ich mich nie rein-

ziehen lassen«, wimmerte Grün mit kalkweißem Gesicht.

»Das weiß ich nicht und will es auch nicht wissen. Sie tun es, und damit basta. Gehen Sie jetzt!«

Grün blieb stehen, da sein Verstand nicht in der Lage war, seinen Beinen den Befehl zu geben, sich zu rühren. »Das können Sie nicht tun«, stammelte er schließlich. »Ich kann nicht ...«

»Raus!« donnerte Sir Marius, und dieser Kommandoton erreichte offenbar Grüns Beine, denn er sauste quer durch den Raum und zur Tür hinaus, ohne noch ein Wort oder einen Blick zu wagen.

Marius brach nach einem kurzen Moment in Gelächter aus und fühlte sich besser als seit Tagen. Wie leicht man solche Dinge arrangieren kann, wenn man nur schlau genug ist, dachte er, beglückwünschte sich zu seiner Gerissenheit und stand auf, um nach oben zu gehen. Er beschloß, sich umzuziehen und dann Ninette zu besuchen, die kleine Hure.

Während er gerade am perfekten Sitz seines Halstuchs herumtüftelte, brachte ihm César ein zusammengefaltetes und versiegeltes Schreiben. Als Marius das Siegel erkannte, fielen ihm fast die Augen aus dem Kopf. Er erbrach die Siegelmarke, öffnete mit zitternden Händen den Brief und las:

15. Dezember 1814
Hotel Kaiserin von Österreich

Marius,

ich bin seit heute in Wien und im oben angegebenen Hotel zu erreichen. Ich hoffe, daß es Dir möglich ist, mich heute abend aufzusuchen.

Aubrey

Marius stand unbeweglich da, während sein Hirn diese unglaubliche Neuigkeit zu verdauen versuchte. Sein Onkel war hier in Wien, unerwartet und ohne Vorankündigung. Was führte ihn hierher? Und Harry …? Mein Gott, falls Harry davon erfuhr, marschierte er sicher schnurstracks mit dem Brief zu ihm!
Aber das galt nur, wenn Harry am Leben bliebe. Wer weiß, vielleicht war er sogar jetzt schon tot. Vielleicht hatte der Schwung, der Grün vor einer Stunde aus diesem Zimmer fegte, ausgereicht, um ihn seinen Auftrag unverzüglich erfüllen zu lassen.
Ja, vielleicht war Harry bereits tot; er würde es aber ganz sicher sein, bevor die Nacht vorüber war. Da Grün seine eigene Haut retten wollte, würde er garantiert seine ganze Verschlagenheit einsetzen, für die er so berüchtigt war, und eine Möglichkeit finden.
Marius begann sich zu entspannen. Es war eigentlich keine allzu schwierige Aufgabe, Harry und dessen Großonkel für eine Nacht voneinander fernzuhalten.
Marius drehte sich wieder zum Spiegel und widmete sich erneut seinem Halstuch.
Ich werde ihn gleich besuchen, um ihm klarzumachen, daß er es in meinem Haus doch viel bequemer habe, und ihn dann herbringen, beschloß Marius. Damit ist dann für heute nacht gesorgt. Der Sicherheit halber werde ich darauf bestehen, daß er den morgigen Tag im Bett verbringt und sich von den Anstrengungen der Reise erholt. Danach habe ich dann nichts mehr zu befürchten. Falls der Brief nach Harrys Tod auftauchen sollte, werde ich glatt behaupten, daß Harry ihn selbst verfaßt hat und mich damit zu erpressen versuchte.
Hochbefriedigt mit Halstuch und Plan machte er sich auf den Weg zum Hotel »Kaiserin von Österreich«. Als man ihn in die Suite seines Onkels führte, stand dieser

hochaufgerichtet neben dem Kamin, hatte beide Hände auf seinen Spazierstock gestützt und trug eine ernste Miene zur Schau.

»Lieber Onkel, Sir«, rief Marius und eilte lächelnd mit ausgestreckter Hand auf ihn zu. »Was für eine angenehme Überraschung. Aber ich muß Ihnen dennoch zürnen, weil Sie mich nicht Ihre Ankunftszeit wissen ließen und ich Sie folglich nicht gleich willkommen heißen konnte.«

Da sein Onkel keine Anstalten machte, ihn mit Handschlag zu begrüßen, tätschelte Marius die Hände, die den Stockknauf umklammerten, und trat einen Schritt zurück.

»Es wäre reine Zeitverschwendung gewesen, Briefe hin und her zu schicken, Marius: Ich war der Meinung, daß nur meine Anwesenheit in Wien, und zwar so schnell wie möglich, die richtige Antwort wäre.«

»Die Antwort worauf, Sir? Gibt es irgendein Problem? Hat die Regierung Ihnen einen Auftrag erteilt …?«

»Nein. Dies hat nur etwas mit dir zu tun, Marius. Mit dir und Harry.«

Marius spürte ein Kribbeln in seinem Nacken, deutliches Anzeichen für irgendeine Bedrohung. Der Besuch seines Onkels paßte ihm zwar nicht, doch er wäre nie auf die Idee gekommen, ihn als eine mögliche Gefahr für sich einzuschätzen. Sir Aubreys ernste Stimme, die abweisende Haltung und sein letzter Satz wirkten allerdings besorgniserregend. Marius kam es so vor, als ob eine eisige Hand langsam sein Herz zusammendrückte.

»Harry, Sir?« erkundigte er sich mit geheucheltem Interesse und väterlichem Mitgefühl. »Leider tut er noch immer nichts, was unserem Namen Ruhm und Ehre einbrächte, aber er arbeitet sehr hart, das muß man dem Jungen lassen, und scheint viel Geld zu verdienen, wie ich gehört habe. Natürlich kann man nicht gerade stolz darauf sein, wenn ein Spielsalon von einem Tyne geführt wird, aber immerhin wird dort ehrlich gespielt, habe ich mir sagen lassen.«

»Ehrliches Spiel? Angesichts dessen, was man mir über Harry suggerierte, kommt mir das höchst unwahrscheinlich vor«, meinte Lord Aubrey trocken.

»Aber Sir, ich war immer der Ansicht, daß jene unangenehme Bagatelle in Spanien nur auf einem Mißverständnis beruhte ...«

»Jaja, ich weiß sehr gut, welche Ansicht du immer vertreten hast. Inzwischen habe ich erfahren, daß du tatsächlich recht hattest.«

»Ich ... ich ... nun, nichts würde mich glücklicher stimmen, als in meinen Ansichten über Harry bestätigt zu werden, Sir. Aber ... eh ... wie denn?« Marius rang krampfhaft um Fassung und versuchte seinen Magen zu ignorieren, der auf höchst unangenehme Weise einen Purzelbaum zu schlagen schien.

»Wie ich davon erfahren habe? Ich wurde von jemandem hier aus Wien angeschrieben und informiert, daß Harry einen Brief besitzt, der seine Unschuld in der Falschspielaffäre beweist.«

»Darf ich fragen, wer Ihnen geschrieben hat, Sir?«

»Das weiß ich nicht, da der Brief keine Unterschrift trug.«

»Oh, ein anonymer Brief, Sir«, meinte Marius wegwerfend. »Irgend jemand will Unruhe stiften. Hat dieser unbekannte Korrespondent noch etwas anderes zu sagen?«

»Nichts Vorteilhaftes für dich, Marius. Der Brief, der sich in Harrys Besitz befindet, ist angeblich von dir verfaßt worden und gibt deinem Komplizen detaillierte Angaben, wie er Harry in die Falle locken und damit diskreditieren solle.«

Marius hoffte, daß sein Onkel nicht sehen konnte, wie ihm spürbar das Blut aus dem Gesicht wich. Er wandte sich ab und ging langsam im Zimmer auf und ab.

»Sir ... ich hätte Ihnen nie davon erzählt, doch jetzt sehe ich mich leider dazu gezwungen. Ich ... tja, die Sache ist die, daß ich den Brief kenne, vom dem Sie sprechen.«

»Du kennst ihn?« rief Lord Aubrey.

»Ja, Onkel. Leider wird meine Eröffnung Sie nur noch unglücklicher stimmen. Harry hat nämlich selbst diesen Brief geschrieben und perfekt meine Handschrift imitiert oder sich vielleicht auch eines Experten in der Kunst des Fälschens bedient. Jedenfalls kam er gleich nach seiner Ankunft in Wien zu mir und ... nun ja, versuchte mich damit zu erpressen. Natürlich habe ich mich geweigert, ihm etwas zu zahlen, sondern bat ihn vielmehr, sich doch nicht auf eine solche Weise herabzuwürdigen. Ich erklärte ihm, den ganzen unangenehmen Zwischenfall zu vergessen und mit niemandem darüber zu reden, falls er mir verspräche, den Brief zu verbrennen.«

»Und doch redest du jetzt mit mir darüber!«

»Aber offensichtlich hat er den Brief eben nicht verbrannt, wie er es versprach. Soll ich unter einem so schrecklichen Verdacht vor Ihnen stehen, wie Ihr anonymer Korrespondent andeutet, und mich nicht auf jede Weise verteidigen dürfen?«

»Na schön. Ich weiß nun, was du zu sagen hast. Warten wir ab, was Harry vorbringt.«

»Wollen Sie mit ihm reden, Onkel?«

»Unter diesen Umständen ist das ja wohl selbstverständlich. Ich habe nach ihm geschickt.«

Marius stand still da, und sein Verstand suchte fieberhaft nach einer Möglichkeit, mit dieser Situation fertig zu werden. Plötzlich fiel ihm Grün ein. Harry würde nicht kommen. Er lächelte unwillkürlich.

»Du lächelst, Marius? Hoffentlich findest du unsere Unterhaltung nicht komisch. Mich amüsiert sie jedenfalls nicht im geringsten.«

»Aber nein, Sir, durchaus nicht. Es dämmerte mir auf einmal, was hier vorgefallen sein muß. Unser Harry ist ein sehr kluger junger Mann, das muß ich zugeben. Ich habe Ihren anonymen Korrespondenten identifiziert, Sir«, fügte er triumphierend hinzu.

»So? Wer ist es denn?«

»Harry selbst, Onkel. Als er aus mir kein Geld herauspressen konnte, schrieb er Ihnen diesen unsignierten Brief in dem festen Glauben, daß eine so ernste Angelegenheit Sie unverzüglich nach Wien kommenläßt, um Nachforschungen anzustellen.«

»Alles Eseleien! Blödsinn! Ich glaube kein Wort davon. Falls Harry gewollt hätte, daß ich den Brief lese, hätte er ihn mir nur zu schicken brauchen.«

Natürlich wußte Marius nur zu gut, wieso Harry dieses Dokument niemals der Post anvertrauen würde, aber er dachte gar nicht daran, dieses Wissen mit seinem Onkel zu teilen.

»Wahrscheinlich fand Harry, daß eine Unterhaltung von Angesicht zu Angesicht günstiger für ihn wäre. Er kann ja sehr charmant sein, wenn er es darauf anlegt.«

Sir Aubrey schaute einige Sekunden forschend seinen Neffen an und drehte sich dann zum Kaminfeuer um. »Man wird sehen«, lautete sein einziger Kommentar. Er setzte sich und forderte Marius mit einer Handbewegung auf, das gleiche zu tun. Offensichtlich war er darauf gefaßt, notfalls auch sehr lange zu warten.

13

Harry reagierte mit Erstaunen und einer gewissen Belustigung auf die Aufforderung seines Großonkels, zu ihm zu kommen. Diktatorisch wie immer, dachte er. Nachdem er mich aus seinem Haus geworfen hat, erwartet er nun allen Ernstes, daß ich schwanzwedelnd angerannt komme. Na, da hat er sich eben geirrt. Wenn er mich sehen will, muß er sich schon herbemühen. Er legte das Schreiben beiseite und stieg in das obere Stockwerk, um sich für den Abend umzuziehen. Aber seine Gedanken wanderten immer wieder zu dem Brief zurück. Was tat sein Großonkel in Wien? In seinem schwachen Gesundheitszustand mußte es schon etwas von entscheidender Wichtigkeit zu sein, das ihn dazu bewog, eine solche anstrengende Reise zu unternehmen.

Vielleicht handelte es sich um einen Auftrag Seiner Majestät an Lord Castlereagh? Um etwas, das zu heikel war, um es schriftlich niederzulegen? Es war kein Geheimnis, daß Lord Aubrey mit vielen wichtigen Persönlichkeiten vertraut war, die sich nun in Wien aufhielten. Doch damit ist immer noch nicht erklärt, warum er mich zu sich ruft, den er enterbt hat und nach eigenen Worten nie wiedersehen will. Harry dachte flüchtig an Marius' belastenden Brief und wie leicht er mit dessen Hilfe die Liebe und Wertschätzung seines Großonkels zurückgewinnen könnte, doch er verwarf diesen Gedanken sofort wieder. Niemals! Ich gab ihm mein Wort, doch er hat mir nicht geglaubt. Soll ich ihm jetzt triumphierend den Beweis unter die Nase halten?

Warum will er mich bloß sehen? Vielleicht ist die Mission, in der er unterwegs ist, sehr gefährlich? Vielleicht ist vor allem körperliche Stärke nötig, um sie durchzuführen? Es muß etwas so Wichtiges sein, daß er alle per-

sönlichen Betrachtungen – darunter auch seinen Abscheu vor mir – beiseite läßt, um den Auftrag erfolgreich zu erledigen.
»Verdammt und zugenäht!« schrie Harry und schleuderte seine Haarbürste voller Wut und Verwirrung quer durchs Zimmer. Die alte Wunde, die ihm sein Großonkel zugefügt hatte, schmerzte immer noch …«
Harry stürmte aus seinem Zimmer und die Treppe hinunter. In der Halle war weit und breit kein Diener zu sehen, der ihm Hut und Mantel hätte reichen können, doch Harry verschwendete keinerlei Gedanken daran. Er riß die Tür auf, und vor ihm stnd, wie vom Schicksal bestimmt, die Kalesche des alten Barons. Ein Stalljunge hielt die Pferde, während der Kutscher sich in der Küche ein Glas Ale munden ließ und mit dem hübschen Küchenmädchen schäkerte.
»Geh beiseite«, befahl Harry, sprang auf den Kutschsitz und nahm die Zügel.
Der Junge konnte gerade noch zur Seite springen, bevor die Pferde sich in Trab setzten und die Kutsche übers Pflaster davonrumpelte.
Grün drückte sich zwei Häuser weiter in eine Mauernische. Er hörte, wie die Haustür von Harrys Etablissement auflog, und beobachtete in der Lichtflut aus der Halle, wie Harry in die Kutsche sprang. Rasch trat Grün in einen Hauseingang und zog die Pistole aus dem Gürtel. War's die Möglichkeit, daß sich ihm so bald schon eine günstige Gelegenheit bot?
Nachdem Grün von Sir Marius hinausgewiesen worden war, hatte er keine Minute gezögert, sondern war schnurstracks nach Hause gelaufen, um seine Pistole zu holen. Ihm war klar, daß er diesen gräßlichen Auftrag sofort erledigen mußte, ohne darüber nachzudenken. Es gab keinen anderen Ausweg, wenn er selbst am Le-

ben bleiben wollte. Falls er anfinge, darüber nachzugrübeln, würde er auch noch das letzte Fünkchen Mut verlieren.
Zu Fuß hatte er sich auf den Weg zu Harrys Haus gemacht und dabei hin und her überlegt, wie sich die schwierige Aufgabe bewältigen ließe. Ihm war jedoch bis zu diesem Moment noch keinerlei Eingebung gekommen. Doch nun wurde ihm sein Opfer unter denkbar günstigen Bedingungen direkt vor die Nase geführt, als ob das Schicksal selbst Mitleid mit seiner Zwangslage hätte. Die Straße war hier so eng, daß die Karosse ganz dicht an ihm vorbeifahren mußte, und Harry würde sich deutlich gegen das weiße Gebäude gegenüber abzeichnen. Ihn zu verfehlen, war fast unmöglich. Grün spähte die dunkle Straße hinaus und hinunter, doch außer der rasch herbeirollenden Kutsche war nichts zu sehen.
Er holte tief Luft, stützte den Arm, der die Pistole hielt, mit der anderen Hand, zielte … und jetzt! Er feuerte, sah, wie Harrys Körper zusammenzuckte, drehte sich und rannte davon, ohne auch nur einen Moment länger zu warten.
Harry spürte einen durchbohrenden Schmerz in der Schulter und hörte zur gleichen Zeit den Schuß. Die Pferde scheuten und bäumten sich wild auf. Ohne einen Gedanken an sie oder an die Kugel in seiner Schulter zu verschwenden, ließ Harry die Zügel fallen, sprang von der fahrenden Kutsche ab und machte sich an die Verfolgung seiner Angreifers. Blut sickerte aus der Schulterwunde. Die verschreckten Pferde galoppierten mit der leeren Kutsche weiter die Straße entlang.
Grün hörte Harry hinter sich herkommen und hastete quer über den Fahrdamm, auf der Suche nach einem of-

fenen Tor oder einer Gasse zwischen den Gebäuden. Falls er sich in einem Garten verstecken könnte, wäre er vermutlich gerettet, da Harry getroffen worden war – daran bestand für Grün kein Zweifel – und jeden Augenblick zusammenbrechen mußte.
Doch er fand keinen Schlupfwinkel, und Harry holte allmählich auf. Grün rannte wie gehetzt und furchtsam wimmernd auf die andere Straßenseite zurück, doch auch das nützte ihm nichts. Sein Hals wurde umklammert, da half kein Sträuben, dann fühlte er, wie sich ein Fuß um seinen Knöchel schlang, gleich darauf folgte ein heftiger Stoß in den Rücken, und er stürzte der Länge nach hin, wobei seine Stirn in schmerzhafte Berührung mit dem Pflaster geriet. Viel zu betäubt, um sich zu rühren, blieb er liegen, wo er war. Eine Schuhspitze trat ihn in die Rippen, und er wurde auf den Rükken gerollt.
»Schau an, Grün! Können Sie denn nirgendwo Beschäftigung finden außer bei meinem Onkel?«
Grün wurde einer Antwort enthoben, da sich Schritte näherten. Ein hochgewachsener, anständig gekleideter Mann trat zu ihnen.
»Du meine Güte, Sir, was ist passiert? Ich hörte einen Schuß …«, rief er.
»Dieser Schuft hat den Schuß abgefeuert, aber keine Meisterleistung vollbracht, wie Sie sehen können.«
Der Fremde betrachtete erst Grün und dann wieder Harry. Er war einer der beiden Männer, die Sascha zu Harrys Schutz angeheuert hatte und die ihm folgen sollten, wenn er zu Fuß ausging. Er war völlig überrumpelt worden, als Harry plötzlich in die Kutsche sprang und wegfuhr, hatte es berechtigterweise jedoch nicht für seine Pflicht gehalten, hinter ihm herzurennen. Der Schuß belehrte ihn dann aber eines Besseren.

Der Spitzel in Diensten des Kaisers sah, daß Harry gerettet und der Verbrecher gefaßt war. Folglich hielt er sich weiter im Hintergrund auf Beobachterposten.
»Aber er hat Sie doch getroffen, Sir«, protestierte Harrys unbekannter Bewacher. »Sie müssen sofort ins Haus zurück«, fügte er drängend hinzu, als er bemerkte, daß Blut an Harrys Jackenärmel herunterlief und auf die Erde tropfte.
Harry schaute seinen unbeweglichen Arm an und dachte unzusammenhängend: »Komisch, es ist derselbe Arm wie beim letztenmal.« Er fühlte sich benommen, doch plötzlich fiel ihm wieder der Brief ein, der ihn zu einem so überstürzten Aufbruch veranlaßt hatte. Er sah sich suchend um und überlegte, wie lange es wohl dauerte, bis ihm seine Kutsche zurückgebracht würde.
»Sir, geht's einigermaßen? Meines Erachtens müßte die Wunde sofort behandelt werden.«
»Wie? O ja, ja.« Harry betrachtete seine blutverschmierte Hand. Der Mann hatte recht. Ich kann wohl kaum bluttriefend bei meinem Großonkel auftauchen, ganz zu schweigen vom Zustand meines besten Abendanzuges …
Er zuckte die Achseln und schrie fast vor Schmerz auf. Es war sicher am besten, schnurstracks heimzugehen, Miß Clark die Wunde verbinden zu lassen und sich umzuziehen. Mit etwas Glück war in der Zwischenzeit die Kutsche wieder startbereit.
»Also gehen wir, es sind nur ein paar Schritte«, schlug er vor. »Können Sie dieses Ekel mitnehmen?« Harry machte eine Kopfbewegung zu Grün hin, der immer noch unbeweglich auf dem Pflaster lag, kaum zu atmen wagte und sich der fälschlichen Hoffnung hingab, man könnte ihn aus Besorgnis um Harrys Wunde völlig vergessen.

Der hochgewachsene Bewacher packte Grün hinten am Mantel und stellte ihn ohne sichtbare Anstrengung auf die Füße. Geschickt drehte er ihm den linken Arm auf den Rücken und bot ritterlich seinen Unbeschäftigten Arm Harry zur Stütze an. So marschierten sie zum Haus zurück, aus dessen Portal immer noch helles Licht strömte. Inzwischen waren der alte Baron, Sascha und ein beunruhigt aussehender Butler ins Entree gekommen, da ihnen völlig schleierhaft war, warum die Haustür mitten in der Nacht weit offenstand.
Als das seltsame Trio erblickt wurde, liefen ihm die drei Männer entgegen, und es gab ein ziemliches Durcheinander, aus dem sich Sascha als erster löste. Er eilte an Harrys Seite, um ihm hilfreich beizustehen.
»Mon Dieu, Harry, was ist denn nun wieder geschehen? Du blutest. Jacques, das ist ja der Giftzwerg, den Sie da festhalten«, rief Sascha und gab damit zu, daß er nicht nur das stolpernde Etwas namens Grün kannte, sondern auch den Leibwächter.
»Ehrlich gesagt, weiß ich nicht, wer er ist, M'sieur, aber der ... eh ... der verwundete Gentleman hat eine Kugel in der Schulter und den Verbrecher trotzdem eigenhändig gefaßt. Ich kam erst ... hinterher.« Jacques hüstelte diskret. Ihm war nicht klar, ob auch er seine wahre Stellung preisgeben durfte oder ob Sascha ihn nur in der ersten Aufregung versehentlich beim Namen genannt hatte.
Endlich gelangten sie in die Halle, und der Baron befahl dem Butler, auf der Stelle nach einem Arzt zu schikken.
»Ich brauche keinen Arzt, Max«, widersprach Harry ungeduldig. »Sag Miß Clark, daß sie in mein Zimmer kommen soll, und gib dem Stalljungen den Auftrag, sich auf die Suche nach deiner Kutsche und den Pferden zu ma-

chen. Weiß der Himmel, wo die inzwischen sein können. Der Schuß hat sie so erschreckt, daß sie weggaloppierten, als ich auf die Straße sprang.«
»Schon gut, Harry, schon gut, mach dir darüber keine Gedanken. Aber ich bestehe darauf, einen Arzt zu holen. Miß Clark ist zugegebenermaßen sehr tüchtig, doch ich bin sicher, daß sie keine Erfahrung damit hat, eine Kugel zu entfernen, und entfernt werden muß sie, da sie offensichtlich noch in deiner Schulter steckt.«
Der Baron und Sascha hatten Harry zur Treppe geführt, doch nun hielt Harry die kleine Prozession an. »Wo ist das Kind?«
»In seinem Zimmer«, erwiderte Sascha.
»Dann gehen wir lieber nicht rauf. Letty wird uns sicher hören, neugierig herauskommen und dann ...« Bevor er den Satz vollenden konnte, begann die Halle samt seinen beiden Freunden vor seinem Blick zu verschwimmen, und er schwankte mit verdrehten Augen. Sascha trat hinter ihn und fing ihn gekonnt auf, indem er ihm unter die Arme griff. Der alte Baron nahm Harrys Füße, und gemeinsam trugen sie ihn die Treppe hinauf. Sie wirkten dabei derartig aufeinander abgestimmt, als hätten sie es schon wochenlang eingeübt.
»Schaffen Sie den Giftzwerg ins Frühstückzimmer und bleiben Sie bei ihm, Jacques. Ich rechne später mit ihm ab«, rief Sascha über die Schulter zurück.
In Sekundenschnelle lag Harry auf seinem Bett, und Sascha begann gerade den Jackenärmel aufzureißen, als der Butler einen schweratmenden Gentleman mit Ledertasche hereinführte, der immer noch die Serviette vom Dinner um den Hals gebunden hatte.
Der Arzt trat ans Bett und schob Sascha beiseite. »Heißes Wasser und etwas zum Bandagieren«, befahl er und machte sich daran, Harrys Rockärmel abzutrennen.

Eine halbe Stunde später trug Sascha eine Schüssel mit rötlich verfärbtem Wasser und einige blutverschmierte Kleidungsstücke aus Harrys Schlafzimmer, als ausgerechnet Letty auf den Korridor trat. Sie war in eines ihrer schleierartigen Gewänder für den abendlichen Auftritt gekleidet.
»Ihre Schärpe ist nicht richtig gebunden«, sagte Sascha geistesgegenwärtig, drehte sich blitzschnell von ihr weg und eilte in Richtung Hintertreppe. Letty öffnete ganz automatisch ihre Zimmertür, blieb dann stockstill stehen und wirbelte gleich darauf wieder herum.
»Sascha! Was ist los? Das viele Blut …?«
»Machen Sie sich darüber keine Gedanken, Mademoiselle. Binden Sie sich Ihre Schärpe ordentlich um und dann nichts wie runter ins Erdgeschoß. Es ist fast Zeit für Ihren Auftritt.«
»Sicher geht's um Harry. Ist Harry etwas passiert?« schrie Letty schrill.
»Dieu! Was für eine Pest! Ihre Schärpe, Mademoiselle – und zwar sofort!«
»Es geht also wirklich um Harry. Sie versuchen etwas vor mir zu vertuschen! Aber ich lasse mich nicht für dumm verkaufen«, rief Letty und rannte den Gang entlang zu Harrys Zimmer.
»Halt! Wehe, Sie …«
Aber es war zu spät. Letty riß die Tür auf und stand wie erstarrt bei dem Anblick, der sich ihr bot. Harry lag mit nackter Brust matt in den Kissen, die Schulter mit Bandagen umwickelt. Der Baron beugte sich gerade über Harrys bleiches Gesicht, und Letty gewann den Eindruck, daß er im Sterben lag.
Der Baron schaute hoch und zog unwillig die Brauen zusammen, als er sah, wer der Eindringling war. Er öffnete den Mund, um zu protestieren, doch Letty eilte mit

einem Jammerlaut zum Bett und sank davor auf die Knie.

»Was zum Teufel«, brummte Harry und riß die Augen auf, da er seine Hand umklammert und an eine tränenfeuchte Wange gepreßt fühlte. »Was fällt dir ein, so einfach hereinzuplatzen, ohne wenigstens vorher anzuklopfen. Gib mir meinen Morgenmantel, Max. Um Himmels willen, Letty, nun laß doch endlich meine Hand los«, fuhr er sie unwillig an.

»Harry, Harry, ich dachte, du stirbst. Du hast so … so weiß ausgesehen«, erklärte sie und hielt seine Hand weiterhin fest.

»Sterben? Ich hoffe doch sehr, kein solcher Schwächling zu sein, daß ich an einem Schulterschuß sterbe. Warum weinst du eigentlich?«

Die Erleichterung nach dem Schock war für Letty so überwältigend, daß sie sich ihrer Tränen gar nicht bewußt war. Sie schaute Harry durch einen milchigen Schleier unverwandt an und preßte seine Hand an ihre Wange, während ihr unaufhörlich wahre Tränenbäche aus den Augen flossen.

»Max, bring sie bitte endlich raus«, bat Harry quengelig. Dem alten Baron fiel jedoch auf, daß Harry den Versuch aufgegeben hatte, seine Hand von ihrem näßlichen Ruheplatz wegzuzerren. Außerdem betrachtete er Letty mit sanftem Gesichtsausdruck, der gar nicht zum nörgelnden Ton seiner Stimme paßte. Der Baron hielt den Morgenmantel bereit, um den Harry gebeten hatte, dachte aber nicht daran, die idyllische Szene zu stören.

»Letty, du mußt jetzt wirklich meine Hand loslassen«, sagte Harry mit erstaunlich freundlicher Stimme. »Schließlich bin ich halbnackt. Es ist für dich nicht schicklich, hier zu sein. So, jetzt stehe ich auf und ziehe mich an.«

»Nein, Harry, du darfst auf keinen Fall aufstehen«, widersprach Letty mit sanfter Stimme.
»Aber natürlich darf ich das! Ich habe eine Verabredung und fühle mich wohl genug, um sie einzuhalten.«
»Mein Junge, das wäre höchst unklug, denn du hast sehr viel Blut verloren«, schalt ihn der Baron.
»Trotzdem stehe ich jetzt auf. Letty, verlaß augenblicklich das Zimmer!«
»Das kann ich nicht dulden, Harry. Sascha wird all deine Kleidungsstücke verstecken, und notfalls werden wir dich sogar einsperren«, gab Letty zurück. Sie fühlte sich sehr kühn, da sie den Baron auf ihrer Seite wußte.
Harry entzog ihr abrupt seine Hand. »Du weißt nicht, was du redest, Kind. Geh jetzt endlich raus, denn ich stehe auf.«
»Wahrscheinlich gibt Lady Hester mal wieder ein Fest und verlangt von dir, dort zu erscheinen«, stichelte Letty.
Er warf ihr einen finsteren Blick zu, da ihn die Anspielung ärgerte, er tanze nach Lady Hesters Pfeife.
»Wohin ich gehe, ist meine Sache. Deine Sache ist es, unsere Gäste zu unterhalten. Also wasch dir das Gesicht und absolviere deinen Auftritt.«
»Na schön. Geh ruhig zu ihr. Mir kann es ja egal sein, auch wenn du so sehr an ihrem Rockzipfel hängst, daß du dich sogar vom Totenbett wegschleppst, sobald sie mit dem kleinen Finger winkt«, schrie Letty, und ihr blasses Gesicht wurde fast hektisch rot. Sie sprang auf und rauschte aus dem Zimmer, wobei sie nicht vergaß, die Tür krachend zuzuschlagen.
Der Baron musterte Harry kofschüttelnd.
»Sie hat ganz recht, mein Lieber. Du solltest nicht aufstehen.«
»Fang du nicht auch noch an«, bat Harry. »Wenn ich die

geringsten Zweifel hätte, ob ich's schaffe, würde ich diesen Besuch bestimmt aufschieben. Es handelt sich um meinen Großonkel, und ich möchte in ihm auf keinen Fall den Verdacht wecken, daß irgend etwas nicht in Ordnung ist.«

»Dein Großonkel ist hier? Lord Aubrey in Wien? Aber warum bloß, Harry?«

»Das will ich eben herausfinden. Eigentlich kann es nur etwas mit der Regierung zu tun haben. Vielleicht geht's um einen Geheimauftrag Seiner Majestät. Jedenfalls muß es sich um etwas sehr Wichtiges handeln, denn sonst würde er mich bestimmt nicht zu sich beordern.«

»Nimmst du Marius' Brief mit, Harry?«

»Den Brief? Aber ich bitte dich, Max! Natürlich nicht. Ich habe dir doch schon erklärt, daß ich ihn nicht verwenden will, und gerade jetzt denke ich nicht im Traum daran.«

Der Baron war zwar anderer Ansicht, wußte jedoch, daß es sinnlos war, mit Harry darüber zu diskutieren. Also ging er zur Tür und rief den Kammerdiener, der Harry beim Ankleiden behilflich sein sollte. Zuvor schärfte er ihm noch ein, ganz besonders vorsichtig zu sein, da die Wunde sonst sicher erneut zu bluten beginne.

Mit vereinten Kräften schafften sie es schließlich, Harry in einen Abendanzug zu stecken, und er stieg vorsichtig die Treppe hinunter, dankbar und erleichtert darüber, daß ihm ein weiteres Zusammentreffen mit Letty erspart blieb.

Letty sah ihn die Halle durchqueren, blieb aber am Flügel stehen. In ihrem Kopf ging der hitzige Dialog weiter, und sie dachte an alle möglichen unfreundlichen Ausdrücke, die sie ihm nur zu gern an den Kopf geworfen hätte, wenn sie ihr nur rechtzeitig eingefallen wären.

Baron von Bergheim trat zu ihr, stellte sie den Gästen vor und zog sich dann diskret zurück. Letty machte einen Knicks, lächelte, sang, bedankte sich für den Applaus und fand sich schließlich in der Halle wieder, ohne eine rechte Erinnerung daran zu haben, was sie eigentlich getan hatte.

»Er ging weg«, sagte sie zum Baron.

»Ja, ma petite, aber nicht zu Lady Hester. Also besteht gar kein Grund zur Aufregung.«

»Oh, mir ist es völlig gleichgültig, was er zu tun beliebt«, erwiderte Letty leichthin. Der Baron verbiß sich jegliche Bemerkung und geleitete sie galant zur Treppe.

»Wohin ist er denn dann gegangen?« platzte Letty schließlich heraus.

»Zu seinem Großonkel. Er ist in Wien und hat Harry zu sich gebeten.«

»Nein, so was! Hat Harry den Brief mitgenommen?«

»Nein, Kindchen, das hat er nicht getan. Aber mach dir darüber keine Gedanken.«

»Was? Ich soll mir keine Gedanken machen?« rief Letty empört und stampfte mit der weißen Satinsandalette energisch auf. »Wie können Sie nur so etwas sagen? Wo ist der Brief? Ich bringe ihn eigenhändig zu Harrys Großonkel.«

»Unmöglich! Du kannst dich ihm nicht bei einer solchen Geschichte aufdrängen. Nein, mein Kind, das brächte gar nichts. Außerdem würde Harry dir deine Einmischung nie verzeihen.«

Letty überlegte einen Moment und mußte dann widerstrebend zugeben, daß der Baron recht hatte.

»Aber wir müssen etwas unternehmen!« beharrte sie, und ihre dichtbewimperten dunklen Augen glänzten vor Eifer.

»Chérie, befolge ausnahmsweise mal den Rat eines alten Mannes und unternimm gar nichts. Ich weiß, wie sehr dich deine ... hm ... deine Zuneigung für Harry dazu drängt, etwas für ihn zu tun. Es geht uns allen so, ist aber nicht unsere Sache. Harry sieht das Ganze als seine ureigenste Privatangelegenheit an. Er duldet keinerlei Einmischung.«

»Wo ist der Brief?«

»In meinem Besitz. Aber auch ich werde mich nicht einmischen.«

Letty schaute ihn an, sah ihn aber ganz offenkundig nicht wirklich. Der Baron betrachtete ihr zwartes, blütenhaftes Gesicht und überlegte, welche Gedanken für den geistesabwesenden Ausdruck verantwortlich sein mochten.

Sie klärte ihn nicht auf, sondern drehte sich zur Treppe um. »Gute Nacht, lieber Baron«, murmelte sie vor sich hin und stieg dann die Stufen hinauf.

14

Lord Aubrey saß immer noch mit unerschütterlicher Geduld vor dem Kamin in seiner Hotelsuite. Ihm gegenüber hatte sich Marius mit einem Glas Portwein niedergelassen und wurde von Minute zu Minute zuversichtlicher. Er hatte Lord Aubrey nun schon seit zwei Stunden Gesellschaft geleistet und ihn mit Klatsch und Anekdoten aus Wien unterhalten, von denen er dank seiner besonderen Stellung ein ganzes Arsenal zur Verfügung hatte. Inzwischen war er fast sicher, daß Grün seinen Auftrag erfolgreich erledigt hatte und daß Harry somit nie mehr bei seinen Großonkel auftauchen würde. Er war davon so überzeugt, daß ihm das Portweinglas aus der Hand fiel und in tausend Scherben zersprang, als Lord Aubreys ältlicher Diener die Tür öffnete und Besuch ankündigte. »Mr. Harry, M'lord.« Harry war fast ebenso verblüfft, Sir Marius vor sich zu sehen, da er der felsenfesten Ansicht war, sein Großonkel habe wegen irgendeiner geheimen Staatssache nach ihm gesandt. Er verbeugte sich höflich und zog spöttisch die linke Augenbraue hoch, als er Sir Marius musterte.

»Mein Anblick hat dich offenbar schockiert, Marius. Ich frage mich nur, warum?«

»Nettleship, beseitigen Sie diese Schweinerei«, befahl Lord Aubrey und betrachtete angeekelt die Glassplitter und den verschütteten Wein. Während dies erledigt wurde, studierte er aufmerksam die ungewöhnlich bleichen Gesichter der beiden Männer. Es bestand kein Zweifel, daß Sir Marius über Harry Auftauchen entsetzt war, und Lord Aubrey wunderte sich gehörig darüber, da sie ja schließlich seit zwei Stunden gemeinsam auf Harrys Besuch gewartet hatten. Harry seinerseits hatte noch nie zuvor so schlecht ausgesehen. Seine Hautfarbe war wächsern, und Lord Aubrey hätte darauf schwören mögen, daß er leicht schwankte.

»Bist du blau, Harry?« erkundigte sich Lord Aubrey.

»Aber nein, Sir.«

»Setz dich trotzdem lieber hin!«

Harry war drauf und dran zu erklären, daß er die Unterhaltung lieber stehend führen wolle, erkannte dann aber selbst, wie wenig er dazu imstande wäre. Also ließ er sich etwas abrupt auf einem Sessel nieder.

Lord Aubrey goß Brandy in ein Glas und brachte es Harry, der es dankbar akzeptierte.

Er trank einige Schlucke, und schließlich stieg leichte Röte in seine Wangen.

»Fühlst du dich jetzt wohler?« erkundigte sich Lord Au-

brey mürrisch und versuchte sich seine Besorgnis nicht anmerken zu lassen.
»Pudelwohl, Sir, vielen Dank«, erwiderte Harry munter. »Womit kann ich Ihnen zu Diensten sein?« fügte er dann mit einem kleinen Lächeln und unbekümmerten Tonfall hinzu.
»Ich habe dich nicht hergebeten, weil ich von dir Hilfe benötige. Das gleiche gilt auch für Marius. Nein, ich erhielt die Information, daß sich in deinem Besitz ein Brief befindet, der die ... hm ... die Affäre in Spanien betrifft. Ich will diesen Brief lesen.«
»Darf ich fragen, wie Sie zu dieser Information gelangten?« erwiderte Harry und vermied es absichtlich, Sir Marius anzusehen, der wie erstarrt dasaß.
»Das tut nichts zur Sache. Ich wäre dir sehr dankbar, wenn du mir den Brief ohne langes Fackeln übergeben würdest.
»Auf Ehre, Sir, auch mir liegt nichts an Verzögerungstaktiken, doch ich fürchte, daß mein dummer Kopf noch immer nicht kapiert hat ...«
»Und ich fürchte, du bist doch blau«, konstatierte Lord Aubrey mißtrauisch.
»Ich protestiere, Großonkel. So verrückt bin ich nun wirklich nicht, ausgerechnet zu Ihnen in betrunkenem Zustand zu kommen.«
»Vertrödle nicht meine kostbare Zeit!«
»Nicht im Traum denke ich daran, mir die Frechheit herauszunehmen, so etwas auch nur zu versuchen, Großonkel. Sie sind viel zu scharfsinnig, als daß ich damit durchkäme.«
»Schluß jetzt mit diesem Geplänkel. Ich mag ja recht schrullig wirken, kann dir aber versichern, daß ich noch nicht verblödet bin. Also raus damit. Hast du den Brief?«

»Nein, Sir«, erwiderte Harry wahrheitsgemäß.
»Weißt du, wo er sich befindet?«
»Nein, Sir, auch das nicht«, sagte Harry immer noch wahrheitsgemäß. Er hörte, wie Sir Marius scharf die Luft einzog.
Lord Aubrey stand am Kamin und schaute Harry verwirrt an. Er kannte ihn zu gut, um anzunehmen, daß er log. Doch sein Instinkt sagte ihm, daß irgend etwas verschwiegen wurde.
»Marius hat zugegeben, daß ein solcher Brief existiert«, sagte Lord Aubrey listig.
»Sir! Ich ...«, begann Marius heftig zu protestieren.
»Ruhe!« donnerte Lord Aubrey. »Nun, Harry?«
»Nun was, Sir?« fragte Harry unschuldig.
»Harry, du wirst es bald schaffen, daß ich die Geduld verliere. Falls du hier ein mieses Spielchen mit mir spielen willst ...«
»Keinerlei Spiel, glauben Sie mir, Sir.«
»Onkel, natürlich muß er es abstreiten«, mischte sich nun Marius ein, fest entschlossen, sich Gehör zu verschaffen.
»Ich führe diese Unterhaltung, wenn du gestattest, Marius. Harry, ich will die Wahrheit wissen. Man hat mir mitgeteilt, daß es einen belastenden Brief gibt ...«
»Der mich belastet, Sir?« erkundigte sich Harry.
»Nein.«
»Ich bin ungemein erleichtert, das zu hören, Sir. Darf ich fragen, wen dieser Brief denn dann belastet?«
»Marius.«
»Marius! Du meine Güte!« Harry wandte sich nun zum erstenmal voll Marius zu, hob sein Lorgnon und betrachtete seinen Onkel von oben bis unten. Marius zog eine höhnische Grimasse und drehte sich dann betont gleichgültig um.

»Harry, du mißfällst mir in der Rolle eines gewollt komischen Unterhalters. Marius behauptete, daß dieser Brief von dir oder einem Komplizen in Marius' Handschrift verfaßt wurde, um ihn für eine Erpressung zu benützen. Was sagst du dazu?«

»Wer sollte damit erpreßt werden, Sir?«

»Natürlich Marius.«

»Ich bin mir nicht sicher, ob ich's richtig verstanden habe. Marius behauptet also, daß ich diesen Brief schrieb, der ihn belastet, um ihn damit zu erpressen. Ob ich wohl Erfolg damit hatte?« fügte er ironisch hinzu.

»Harry, ich lasse mir das nicht länger gefallen«, sagte Lord Aubrey mühsam beherrscht. »Schließlich habe ich nicht eine solch weite Reise unternommen, um mit dir herumzualbern.«

»Großonkel, mich hat seit langem nichts so überrascht wie die Tatsache, daß Sie eine derartige Mühe auf sich nahmen, obwohl Sie sich doch längst eine äußerst bequeme Meinung über das betreffende Thema gebildet hatten.«

»Gibst du mir nun eine aufrichtige Antwort oder nicht?«

»Die habe ich Ihnen schon wiederholt gegeben. Ich gab Ihnen sogar mein Wort und nahm an, daß dies genügen würde. Da Sie sich dazu entschieden, mir nicht zu glauben, sehe ich keinerlei Nutzen in einer weiteren Unterhaltung.« Harrys Stimme klang nun gar nicht mehr spöttisch oder amüsiert, sondern hatte eine Schärfe, die darauf schließen ließ, wie sehr ihm die ganze Sache immer noch zu schaffen machte.

»Ich frage dich noch einmal. Hast du diesen Brief?«

»Nein.«

»Weißt du, wo er ist?

»Nein.« Harry erhob sich etwas mühsam. »Mit Ihrer Erlaubnis werde ich mich jetzt zurückziehen, Sir. Es war ein äußerst anstrengender Tag, und ich habe noch einige Arbeit zu erledigen. Es würde mich sehr freuen, Sie in meinem Etablissement begrüßen zu dürfen, falls Sie Neigung verspüren sollten, sich ein paar Stunden zu entspannen. Ihr Diener, Sir.« Er verbeugte sich vorsichtig und wandte sich zur Tür.

»Einen Moment, Harry«, rief Lord Aubrey, dem bei Harrys arroganter Art eine ungesunde Röte ins Gesicht stieg. »Ich bestehe darauf, daß du mir alles berichtest, was du über diesen Brief weißt ...«

Harry drehte sich mit einem unbekümmerten Lachen um. »Ach ja, der Brief. Was den betrifft, sollten Sie sich am besten an Marius wenden. Sie erwähnten doch vorhin, daß er den Brief kennt. Wie wahr! Sie können sicher sein, Sir, daß Sir Marius so gut wie alles über dieses Brief weiß.« Er winkte freundschaftlich mit der Hand, verließ das Zimmer und schloß sacht die Tür hinter sich.

»Sascha!« Letty stürmte ins Musikzimmer, und die Volants ihres blaßblauen Musselinkleides flatterten wie Blütenblätter um ihre Fesseln. »Miß Clark behauptet, daß Sie heute morgen mit mir üben wollen, aber das können Sie unmöglich ernst meinen. Üben? Ausgerechnet heute?«

»Dies ist der Zeitpunkt, an dem wir jeden Morgen üben, Mademoiselle«, erwiderte Sascha unerschütterlich.

»Die ganze Nacht habe ich mir überlegt, was wir tun sollen«, rief Letty mit dramatischer Geste und tat seine Bemerkung als trivial und prosaisch ab, wie es bei älteren Leuten leider nicht anders zu erwarten war, selbst wenn sich neben ihnen sensationelle Dinge ereignen.

»Was wir tun sollen?« wiederholte Sascha. »Atemübungen machen! Fangen Sie gleich damit an.« Er spielte die wohlbekannten Akkorde.

»Miß Clark sagt, daß Harry heute morgen etwas fiebert. Der Arzt hat ihm befohlen, den ganzen Tag im Bett zu bleiben. Übrigens hat der Baron den Brief. Das weiß ich deshalb, weil er instinktiv mit der Hand an seine Brusttasche griff, als ich ihn fragte, was aus dem Brief geworden war. Allerdings hat er behauptet, daß es mich nichts angehe. Ich finde, daß Sie den Baron um den Brief bitten müssen«, fuhr Letty fort. »Da Harry den Brief nicht will, gehört er rechtmäßig Ihnen, Sascha, weil Sie ihn Grün gestohlen haben. Als nächstes bringen wir ihn dann zu Lord Aubrey. Einverstanden?«

»Warum soll gerade ich den Baron darum bitten?«

»Mir wird er ihn nicht aushändigen, da er schon argwöhnt, daß ich etwas unternehmen will«, erwiderte Letty in unschuldsvollem und geduldigem Ton.

»Wenn ich ihn frage, wird er ebenfalls argwöhnen, daß ich etwas Bestimmtes damit vorhabe. Besser gesagt, daß Sie etwas vorhaben, denn ich werde nichts tun, Mademoiselle. Ausgeschlossen. Falls der Baron es für richtig hielte, sich in dieser Angelegenheit einzumischen, würde er eigenhändig den Brief zu dem englischen Lord bringen. Außerdem möchte ich nichts gegen Harrys ausdrücklichen Wunsch tun. Er hat klipp und klar gesagt, daß er den Brief nicht verwenden wird. Das entscheidet für mich die Sache.«

»Aber er hat nicht verboten, ihn zu verwenden«, lautete Lettys raffinierter Gedankengang. »Wenn sein sturer Stolz es nicht zuläßt, müssen wir eben für ihn handeln. Wir können nicht tatenlos zusehen, wie er zu Unrecht als Falschspieler gebrandmarkt wird und deshalb jede Chance verliert, sein Erbteil doch noch anzutreten.«

»Ja, das ist natürlich jammerschade, das gebe ich gern zu, aber …«
»Ganz zu schweigen davon, daß der nächste Anschlag auf Harrys Leben durchaus erfolgreich sein kann«, unterbrach Letty ihn rücksichtslos. »Sie wissen ebensogut wie ich, daß wir Sir Marius nur dann von einem Mordversuch abhalten können, wenn wir Lord Aubrey den Brief übergeben. Sobald er ihn hat, kann Sir Marius nichts mehr tun.«
Sascha musterte sie lange schweigend. »Ich sehe ein, daß ich etwas unternehmen muß, um Harrys Leben zu retten«, sagte er schließlich. »Aber es ist zwecklos, den Baron um den Brief zu bitten. Er wird mich garantiert fragen, was ich damit vorhabe, und ich kann meinen alten Freund nicht anlügen.«
»Aber dann …«
»Sie müssen auch diesmal alles mir überlassen, Mademoiselle«, sagte Sascha gebieterisch. »Mein Plan ist schon fertig. Ich werde den Giftzwerg zu Harrys Großonkel schleppen und ihn zwingen, ein Geständnis abzulegen.«
»Sascha, Sascha, wie großartig!« rief Letty aufgeregt und begeistert. »Ich werde Sie begleiten. Halt! Setzen Sie keine derart nachsichtige Miene auf, als hätten Sie's mit einem Kind zu tun. Sie brauchen mich jetzt ebensosehr wie vor ein paar Tagen, als Sie Grün den Brief gestohlen haben. Ich werde mich sehr elegant kleiden und mich als die Großnichte der Gräfin Dacres anmelden lassen. Dann werden wir sofort vorgelassen, während Sie allein vielleicht gewisse Schwierigkeiten haben könnten«, schloß sie mit entwaffnender Offenheit.
Sascha zuckte nicht mit der Wimper, da er viel zu pragmatisch veranlagt war, um sich von den Albernheiten des britischen Klassendenkens beeindrucken zu lassen.

»Sie haben recht. Ziehen Sie sich um, Letty. Ich schnappe mir inzwischen diesen unsäglichen Grün.« Er stand auf und schloß mit Nachdruck den Klavierdeckel.

Eine halbe Stunde später stieg Letty in ihrer prächtigsten Aufmachung die Treppe hinunter und trug – das hoffte sie zumindest – die hoheitsvolle Miene einer Lady zur Schau, die es gewöhnt ist, daß ihr alle Türen offenstehen. Sascha musterte sie anerkennend. Ihr dunkelgrünes Samtcape mit Hermelinbesatz und die passende Haube sprachen von Geld und Geschmack. Hinter ihr schritt Miß Clark in elegantem Taubenblau. Nur die roten Flecken auf ihren Wangen verrieten ihre Aufregung.

Als Letty in ihr Schlafzimmer gestürzt war und begonnen hatte, sich ihr Morgenkleid auszuziehen, hatte sie Miß Clark von ihrem beabsichtigten Besuch bei Harrys Großonkel berichtet, der gerade in Wien weilte. Miß Clark hatte sofort erklärt, sie selbstverständlich zu begleiten. Letty verbiß sich jede Widerrede, da ihr klar wurde, wie unabkömmlich Miß Clarks Begleitung für sie war. Keine wohlerzogene junge Dame durfte ohne Chaperon einen Gentleman in dessen Hotel besuchen, ganz egal, wie alt er auch sein mochte. Weder Sascha noch Grün konnte man zur Kategorie akzeptabler Duennas zählen, so daß Miß Clark also auf jeden Fall mitkommen mußte.

Sascha nickte Letty zu, da er sofort begriff, daß Miß Clark von entscheidender Wichtigkeit war. »So ist es äußerst schicklich, Mademoiselle. Très comme il faut. Gehen wir also. Ich habe Jacques schon mit Grün vorausgeschickt.

Der Name der Gräfin Dacres erzielte den erhofften Erfolg, und Letty schritt mit klopfendem Herzen, aber äußerlich gefaßter Haltung durch den Salon von Lord Aubreys Hotelsuite und versank in einem tiefen Knicks vor dem alten Herrn, der aufgestanden war, um sie zu begrüßen.
»Meine liebe Miß Montressor, ich bin entzückt. Ihre liebe Tante kannte ich sehr gut, allerdings vor vielen Jahren, wie ich zugeben muß. Es betrübt mich, von ihrem Tod zu hören.« Er nahm Lettys Hand und musterte wohlgefällig ihr frisches, liebliches Gesicht.
»Vielen Dank, Lord Aubrey. Es ist sehr gütig von Ihnen, mich ohne jede Vorankündigung zu empfangen. Natürlich wollte ich Ihnen schreiben und anfragen, ob ich Sie besuchen darf, als ich erfuhr, daß Sie in Wien sind. Doch heute kam ich hier am Hotel vorbei und konnte dem Impuls nicht widerstehen, Sie gleich zu sehen. Meine Großtante hat oft von Ihnen gesprochen«, schwindelte Letty mühelos, schaute Lord Aubrey mit ihrem tiefsten unschuldigen Blick an und kreuzte in ihrem Hermelinmuff vorsorglich die Finger.
»Ach, wirklich?« erkundigte sich Lord Aubrey geschmeichelt. »Sie war eine schöne junge Frau und hat in ihrer Jugend ganz London erobert. Erstaunlich, daß sie sich nach all diesen Jahren noch an mich erinnerte. Nun, genug davon. Nehmen Sie bitte Platz, meine Liebe, und verraten Sie mir, was Sie hier in Wien tun.«
Letty stellte Miß Clark vor und gab vorerst keine Antwort auf seine Erkundigung, was sie denn in Wien täte. Lord Aubrey rückte ihnen zwei Sessel zurecht und half ihnen dabei, die Capes abzulegen. Letty hatte auf der Herfahrt hin und her gegrübelt, wie sie den Anlaß für ihren Besuch zur Sprache bringen sollte. Sie war zu dem Schluß gekommen, die ganze Angelegenheit sehr

sachlich zu behandeln und die Fakten sofort auf den Tisch zu legen. Sobald sie jedoch diesen fast einschüchternd würdigen englischen Lord sah, wurde es für sie unmöglich, ihren Entschluß in die Tat umzusetzen und zu sagen: »Lord Aubrey, ich habe Beweise dafür, daß Ihr Großneffe kein Falschspieler ist.«
Nachdem sie sich gesetzt hatte, rutschte sie unter dem freundlichen Blick aus Lord Aubreys Augen nervös hin und her, bis sie dann doch ausgerechnet mit jenem Satz herausplatzte.
Miß Clark stöhnte entsetzt auf.
Lord Aubrey schien zu erstarren und betrachtete sie plötzlich kalt und argwöhnisch. »Sprechen Sie von Harry Tyne, Miß Montressor?«
»Ja.« Sie nahm all ihren Mut zusammen und begann überstürzt zu reden. »Ich habe ihm so etwas nie zugetraut, und der Baron und Sascha schwören darauf, daß er es nicht getan hat, und als wir den Brief hatten, stand eindeutig fest, welch gemeine Lügen es waren, doch Harry wollte Ihnen den Brief nicht bringen ja, er ist wirklich der größte Dickkopf, den man sich vorstellen kann, aber als dann auf ihn geschossen wurde ...«
»Einen Augenblick!« befahl Lord Aubrey und erhob sich aus seinem Sessel. »Auf Harry wurde geschossen? Wer ...«
»Natürlich Sir Marius. Genaugenommen war es zwar nicht er, der den Revolver abgefeuert hat, sondern Grün, aber Grün war wiederum von Sir Marius angeheuert, es zu tun, und deshalb ist es ja dasselbe«, schloß Letty atemlos.
Lord Aubrey sank wieder in den Sessel und schien nicht imstande zu sein, diese Flut von Informationen zu verarbeiten. »Sie scheinen sehr überzeugt von dem zu sein, was Sie da behaupten«, begann er zögernd.

»Aber … aber Sie haben da eine sehr schwerwiegende Anschuldigung erhoben. Wo … wo gibt es Beweise?«
»Oh, Grün wartet draußen mit Sascha, und Sascha wird dafür sorgen, daß Grün Ihnen alles bestätigt.«
»Woher wollen Sie denn wissen, daß dieser Grün auf Harry geschossen hat?«
»Weil Harry ihn verfolgt und gestellt hat, obwohl er verwundet war. Natürlich hatte Grün versucht, nach dem Schuß wegzulaufen. Dann kam der andere Mann, den Sascha zu Harrys Schutz nach dem ersten Anschlag eingestellt hatte, herbeigerannt und …«
Lord Aubrey war kalkweiß geworden und winkte ihr flehend zu, nicht weiterzureden. Er sackte in die Polster zurück und fuhr sich mit zitternder Hand über den kahlen Schädel.
Miß Clark sprang auf und zog an der Klingelschnur. Nettleship hatte direkt vor der Tür gestanden, um das seltsame Trio stets im Auge zu behalten, das dicht nebeneinander auf einer Bank im Entree saß, und kam nun sofort ins Zimmer.
»Verzeihen Sie mir meine Vermessenheit, Lord Aubrey, aber ich bin der Meinung, daß Sie eine Stärkung nötig haben«, sagte Miß Clark und warf Nettleship einen bedeutsamen Blick zu. Dieser reagierte äußerst zuvorkommend.
»Einen Brandy, Sir? Vielleicht möchten die Damen auch eine kleine Erfrischung zu sich nehmen?«
»Ja, natürlich, wie unaufmerksam von mir«, stammelte Lord Aubrey.
Nettleship trat an die Anrichte und brachte gleich darauf den Damen eine Limonade und Lord Aubrey einen Brandy. Dieser trank ihn mit der Entschlossenheit eines Mannes, der eine verordnete Arznei einnimmt und felsenfest an deren Heilwirkung glaubt.

»So ist's recht, Mylord«, sagte Miß Clark ermutigend. »Trinken Sie aus, und gleich werden Sie sich so munter wie ein Fisch im Wasser fühlen. Leider hat Miß Montressor Ihnen alles in überaus melodramatischer Art und Weise geschildert. Sie ist sehr jung und läßt ihren Gefühlen zu sehr freien Lauf.«
Letty schaute sie gekränkt an, was Miß Clark einfach übersah. Da Nettleship merkte, daß die Situation bestens von Miß Clark gehandhabt wurde, verließ er mit einer Verbeugung das Zimmer, um vor der Tür wieder Posten zu beziehen.
Letty wollte etwas sagen, fing aber einen so vernichtenden Blick von Miß Clark auf, daß sie wohl oder übel weiterhin schwieg und nur einen ganz winzigen Seufzer der Ungeduld ausstieß. Lord Aubrey trank den letzten Schluck und stellte das Glas beiseite. Nachdem er einige Sekunden ins Kaminfeuer gestarrt hatte, richtete er sich mit sichtlicher Anstrengung auf und straffte die Schultern.
»Ich muß mit Harry sprechen«, sagte er barsch.
»Sicher wird er Ihnen voll zur Verfügung stehen, sobald es irgendwie möglich ist, Sir. Unglücklicherweise fiebert er heute etwas. Doch das ist nicht weiter besorgniserregend«, fügte Letty rasch hinzu, da Lord Aubrey sichtlich erschrak. »Es ist eine ganz natürliche Reaktion, da ihm die Kugel aus der Schulter operiert wurde und er trotzdem darauf bestand, Sie gleich danach aufzusuchen. Er hat ziemlich viel Blut verloren und ist geschwächt. Aber der Arzt versicherte mir, daß Harry schon nach wenigen Tagen Bettruhe wieder ganz in Ordnung sein wird. Bestimmt sind Sie dann der erste, den er sehen will.«
»Nein, es muß gleich sein. Ich gehe zu ihm.« Lord Aubreys Tonfall ließ keinen Widerspruch zu.

Letty dachte gar nicht daran, sich einschüchtern zu lassen. »Aber Sir, draußen wartet Grün. Sie haben sein Geständnis noch nicht gehört. Ich hole ihn und Sascha herein und …«
Lord Aubrey erhob sich. »Das kann warten. Zuerst muß ich Harry sprechen. Hoffentlich verzeihen Sie mir die Unhöflichkeit, ausgerechnet dann auszugehen, wenn Sie mich besuchen. Aber ich möchte gleich los.«
»Wenn Sie darauf bestehen, dann können wir genausogut gemeinsam aufbrechen. Wir leben alle bei Harry, müssen Sie wissen, und Miß Clark und ich würden Sie gern in unserer Kutsche mitnehmen.«
»Sie leben bei Harry!« rief Lord Aubrey schockiert.
»Unter meiner Aufsicht, Lord Aubrey«, konterte Miß Clark kämpferisch. Er sollte es nur wagen und sich vorstellen, daß Parthenope Clark in irgendeine Situation verwickelt sein könnte, die nicht äußerst schicklich war. Ein kaum merkliches Zucken des Mundwinkels und eine leichte Verbeugung signalisierten, daß Lord Aubrey voll zustimmte. »Mit der Zeit wird mir alles klarwerden«, sagte er abschließend und bedeutete den Damen, ihm zur Tür voranzugehen.

15

Der Baron berührte sachte die Hand, die auf der Bettkante lag. »Harry. Harry, mein Lieber.«
Die grauen Augen öffneten sich langsam. »Was ist los, Max?«
»Es tut mir leid, daß ich dich stören muß, Harry, aber ich halte es trotzdem für unbedingt nötig. Dein Onkel ist hier.«

»Marius hier? Zum Teufel, was soll das?«
»Nein, ich habe mich falsch ausgedrückt. Es handelt sich um deinen Großonkel. Hoffentlich habe ich es jetzt richtig gesagt. Lord Aubrey.«
Diese erstaunliche Nachricht ergab für Harrys fiebrigmattes Hirn zunächst keinerlei Sinn. »Wahrscheinlich geht's um diesen verdammten Brief«, sagte er dann schließlich etwas gereizt. »Ich hätte es mir ja denken können, daß er herkommt und wutentbrannt eine Erklärung fordert.«
»Ich kann natürlich nicht die Hand dafür ins Feuer legen, aber ich empfinde sein Auftreten keineswegs als wutentbrannt. Er war sehr ruhig und hat höflich darum gebeten, mit dir sprechen zu dürfen. Ich finde, daß du ihn empfangen mußt, Harry. Er ... er sieht reichlich elend aus. Sein Gesicht ist fahl, seine Hände zittern und ...«
»Genug damit«, protestierte Harry schwach. »Bring ihn herauf, obwohl es mir eigentlich nicht paßt, einen derart starken Gegner zu konfrontieren, wenn ich flach auf dem Rücken liege.«
»Meiner Meinung nach bist du ihm immer noch über, aber das Kräfteverhältnis ist nun wenigstens ein bißchen gerechter verteilt«, erwiderte der Baron trocken, bevor er das Zimmer verließ.
Harry richtete sich mühsam etwas höher auf und strich sich nervös die feuchten Locken aus der fieberheißen Stirn. »Muß das sein, verdammt noch mal, du starrköpfiger alter Kauz«, fluchte er stumm und hilflos.
Dann öffnete sich die Tür, und der alte Kauz kam herein. Lord Aubrey humpelte auf gichtigen Beinen zum Bett, stützte sich schwer auf seinen Stock und blickte Harry an, ohne etwas zu sagen. Sein Körper war zwar verkrüppelt, doch seine Sehkraft war noch in Ordnung,

und ihm entging nicht, wie gerötet Harrys Gesicht war und wie unnatürlich die grauen Augen glänzten, die ihn aber dennoch offen anschauten.
»Harry, es betrübt mich, dich in einem solchen Zustand zu sehen. Wie konntest du nur so töricht sein und in mein Hotel kommen, obwohl dir erst kurz zuvor eine Kugel aus der Schulter operiert wurde? Nein, gib dir keine Mühe, es abzustreiten. Das junge Mädchen hat mir die ganze Geschichte erzählt. Schon gestern war mir klar, daß mit dir irgend etwas nicht stimmt.«
»Kein Grund zur Besorgnis, Großonkel. Morgen früh bin ich wieder ganz wohlauf. Aber ich muß zugeben, daß mich dein Besuch überrascht. Falls es sich um diesen verdammten Brief handelt ...«
»Nein«, wiedersprach Lord Aubrey vehement. »Vergiß den Brief. Ich ..., ich ...« Er brach jäh ab und schien außerstande weiterzusprechen. Harry musterte das hagere, zerfurchte Gesicht und empfand wieder jene tiefe Liebe zu ihm wie früher.
Diese lange Reise hat er trotz seiner angegriffenen Gesundheit gemacht, nur weil ihm ein Gerücht zu Ohren kam, daß es einen Brief gibt, der meinen Namen wieder reinwaschen kann, dachte Harry. Und welchen Dank hat er dafür bekommen? Ausweichende Antworten von mir und Lügen von Marius. Ich war wirklich ein stures, egoistisches Ekel. Wenn diese Reise ihn umbringt, werde ich's mir nie im Leben verzeihen. »Großonkel, ich möchte Ihnen sagen ...«, begann er impulsiv.
»Nein, mein Junge. Zuerst muß ich sprechen. Das schulde ich dir, und weit mehr, ja, weit mehr. Du hattest recht. Als du mir versichert hast, daß du unschuldig bist, hätte ich dir glauben müssen, ganz egal, wie übel die Sache auch aussah. Du hattest mich noch nie angelogen, und trotzdem ...«

»Bitte, sagen Sie nichts weiter«, bat Harry, ganz bestürzt darüber, daß sein Großonkel so demütig wirkte.
»Es muß heraus, Harry, nachdem ich einmal damit begonnen habe. Ich möchte dich um Verzeihung bitten.«
Harry ergriff die Hand seines Großonkels, die immer noch fest den Stockknauf umklammerte. »Großonkel, bitte hören Sie auf. Auch mir ist schließlich klar, daß die Beweise erdrückend waren, und jeder hätte geglaubt …«
»Das mag ja für alle anderen gelten, aber nicht für mich. Du hast mir dein Wort gegeben, und das hätte mir genügen müssen. Wie ich unter ähnlichen Umständen ja auch erwartet hätte, daß du mir glaubst.«
»Sir, wollen Sie sich nicht setzen und über ein anderes Thema reden«, bat Harry.
»Nein, mein lieber Junge. Ich werde dich jetzt allein lassen, denn ich bin noch hell genug im Kopf, um zu erkennen, daß du vor allem Ruhe brauchst. Vielleicht werden deine … Bewacher mir gestatten, daß ich dich heute abend noch einmal besuchen darf.«
Harry lächelt matt. »Sind sie etwa unsanft mit Ihnen umsprungen?«
»Aber woher denn! Sie waren äußerst höflich, das kannst du mir glauben. Aber sie empfinden sich sehr als deine Beschützer. Du hattest schon immer Glück mit deinen Freunden, Harry.«
Er wandte sich abrupt um und humpelte ohne ein weiteres Wort aus dem Zimmer. Harry schaute ihm nach, bis die Tür sich hinter ihm schloß. Dann fielen ihm die Augen zu, und sein Gesicht wirkte auf einmal sehr jung.

Das ängstliche Grüppchen in der Halle unten – Letty, Sascha, der Baron und Miß Clark – reagierte bestürzt auf Lord Aubreys Miene. Sein böse verspannter Mund ließ Unheil ahnen. Harrys Freunde hatten die ganze Zeit beratschlagt, wieso Lord Aubrey darauf bestanden haben mochte, seinen Großneffen sofort zu sprechen. Lord Aubrey klärte die Wartenden auch nun nicht auf, sondern bat mit leiser Stimme – sie stand in krassem Widerspruch zu seinem Gesichtsausdruck und erinnerte Letty verblüffend an Harry in seinen übelsten Momenten–, ob jemand so freundlich wäre, Sir Marius zu benachrichtigen, daß sein Onkel ihn unverzüglich sehen wolle.
Sascha erklärte, daß er persönlich dafür sorgen würde, und machte sich sogleich auf den Weg. Der Baron geleitete Lord Aubrey in sein Büro und ließ Brandy für Seine Lordschaft servieren.
Letty wollte den beiden folgen, doch der Baron schüttelte den Kopf, zwar lächelnd, doch ausgesprochen bestimmt. Obwohl Letty am liebsten noch lange mit Lord Aubrey über Harrys Schuldlosigkeit gesprochen hätte, wagte sie keinen Widerspruch. Sie war jedoch tief entrüstet. Schließlich war sie doch der eigentliche Drahtzieher bei der ganzen Angelegenheit gewesen, oder etwa nicht? Wie durfte es dann sein, daß sie aus dem Zimmer gewiesen wurde, wenn es zur entscheidenden Aussprache kam? Die Tür schlug man ihr vor der Nase zu! Nicht nur Harry behandelte sie so despektierlich, sondern alle anderen ebenfalls. Selbst Lord Aubrey, der ohne ihre Einmischung jetzt gar nicht hier wäre, war in der Halle an ihr vorbeimarschiert, als hätte er sie noch nie gesehen.
Woher sollte sie ahnen, daß der Baron über ihre Gefühle sehr wohl Bescheid wußte? Natürlich war ihm ihr fassungsloses und verletztes Gesicht nicht entgangen,

als er ihr abwinkte, Lord Aubrey ins Geschäftszimmer zufolgen. Aber so zauberhaft Letty auch war, der Baron hielt sie im Augenblick für ungeeignet, Lord Aubrey auf angenehme, ruhige Weise Gesellschaft zu leisten.
Er rückte seinem Gast einen Sessel zurecht, und der alte Herr ließ sich matt hineinsinken. Als der Brandy serviert wurde, richtete er sich jedoch mit entschlossener Miene auf und nahm einige kleine Schlucke.
»Sobald Sie sich etwas erfrischt haben, möchte ich mich Ihnen gern formell vorstellen, wenn Sie erlauben«, sagte der Baron. »Ich fürchte, daß unsere liebe Letty bei Ihrer Ankunft viel zu aufgeregt war, um dies korrekt zu tun. Ich bin Max von Bergheim, Harrys Partner, und stehe Ihnen ganz zu Diensten.«
»Ihr Diener, Sir«, erwiderte Lord Aubrey und deutete im Sessel eine Verbeugung an. »Soweit ich mich erinnere, hat die junge Frau Sie als Baron vorgestellt. Ist dies Ihr Titel?«
Der Baron verbeugte sich statt einer Antwort, und Lord Aubrey gab sich damit zufrieden. Er hatte einen Blick für Qualität und sah, daß der Baron sie in ganz beträchtlichem Maße besaß. »Vielleicht sind Sie so freundlich, Sir, mich darüber aufzuklären, was die Großnichte der Gräfin Dacres hier eigentlich tut? Sie hat mir erzählt, daß sie hier lebt; natürlich mit Miß Clark als Chaperon«, fügte er hinzu, und in seinen Augen glomm zum erstenmal ein Funke der Belustigung auf.
Baron von Bergheim informierte ihn über alle Fakten, die Letty betrafen, und Lord Aubrey nickte. »Ja, das klingt ganz nach der Art von Patsche, in die Harry sich so gern hineinmanövriert. Wir müssen unbedingt überlegen, was wir für das Kind tun können«, fügte er spontan hinzu und trank noch einen Schluck Brandy. Anscheinend fühlte er sich inzwischen wieder etwas ge-

kräftigt, denn er stellte das Glas beiseite und hielt eine kleine Ansprache an den Baron.

»Ich möchte Sie um Ihre Hilfe bei dieser mysteriösen Briefangelegenheit bitten, Sir. In London erhielt ich eine anonyme Information über diesen Brief. Als ich Sir Marius damit konfrontierte, gab er seine ... hm, Kenntnis des Briefes zu, ud Miß Montressor hat den Brief in etwas verwirrendem Zusammenhang genannt. Harry leugnete wiederum, irgend etwas davon zu wissen. Falls Sie mir einige Aufschlüsse geben könnten, wäre ich Ihnen für immer zu Dank verpflichtet. Ich möchte aber gleich hinzufügen, daß ich den Brief nicht mehr als Beweis für Harrys Unschuld brauche. Dies wurde mir heute morgen klar, als mir Miß Montressor erzählte, daß auf Harry geschossen worden war. Da erkannte ich endlich, welch blinder dummer und alter Griesgram ich gewesen war. Wie konnte ich in meinem Urteil über Harrys Unbescholtenheit nur schwankend werden, bloß weil einige angebliche Beweise existierten! Harry ist ein Ehrenmann, wie es nur wenige gibt. Das war er früher und wird er immer bleiben.«

»Ganz meine Meinung, Lord Aubrey. Hier ist der Brief.« Der Baron zog ihn aus der Brusttasche und reichte ihn kommentarlos Lord Aubrey, der ihn aufmerksam durchlas. Zornesröte stieg ihm ins Gesicht, doch viel erschreckender war die fahle Blässe, die gleich darauf folgte. Baron von Bergheim stieß einen Laut aus und wollte Lord Aubrey zu Hilfe eilen, doch dieser hob gebieterisch die Hand.

»Ich fühle mich ausgezeichnet, Baron von Bergheim, keine Angst. Doch selbst wenn es mir nicht gutginge, würde ich diese Unterredung mit Marius um keinen Preis aufschieben. Da ich zu der Überzeugung gelangt bin, daß Harry sich nichts von dem zuschulden kommen ließ, dessen er angeklagt wurde, muß ich nicht lang nach demjenigen suchen, der für die falschen Beweise gesorgt hat. Ich bin tief betrübt, daß der Sohn meines Bruders John zu einem solch heimtückischen Streich fähig war. Mein einziger Trost ist, daß der liebe gute John seit Jahren tot ist und nicht mehr darunter leiden muß. Aber selbst dieser niederträchtige Plan, so abscheulich er auch ist, wird fast unbedeutend, wenn man ihn mit einem Mordversuch vergleicht.«

Die Tür öffnete sich bei diesem lautstark geäußerten Satz, und Sir Marius kam völlig atemlos herein, gerade noch rechtzeitig, um den entsetzten Tonfall seines Onkels zu vernehmen.

»Nein wahrlich, Sir! Zuerst erhalte ich eine überaus dringliche Aufforderung, und nun muß ich solch unheilvolle Worte hören. Ich hoffe, Sie haben keine schlimmen Nachrichten für mich«, keuchte Sir Marius. Er hatte offensichtlich keinen Moment gezögert, die Bitte seines Onkels zu erfüllen und zu Harrys Etablissement zu eilen. Marius war überzeugt, daß Harry inzwischen an seiner Wunde gestorben war. Weiter vermutete er, daß Harrys verschreckte Freunde Lord Aubrey aufgefordert hatten, die Leiche seines Verwandten fortschaffen zu lassen. Er bezähmte mühsam sein Triumphgefühl und versuchte seinem Gesicht einen angemessen ernsten Ausdruck abzuringen.

»Jedenfalls nicht die schlimmen Nachrichten, die du meiner Ansicht nach erwartest, Marius«, erwiderte Seine Lordschaft ruhig.

»Er ist nicht ...« Marius brach abrupt ab und verfluchte sich innerlich für diesen unentschuldbaren Schnitzer. Blitzschnell versuchte er sich wieder zu fangen und schärfte sich ein, ja vorsichtig zu sein, da sein Onkel von Natur aus argwöhnisch war.

»Ich meine … Harry ist gar nicht hier?« verbesserte er sich. »Oder hat er seinen Geschäftspartner gebeten, ihn zu vertreten. Man weiß ja, wie beschäftigt Harry immer zu sein scheint.«

»Soll ich mich zurückziehen, Lord Aubrey?« fragte der Baron diskret.

»Ich wäre Ihnen dankbar, wenn Sie blieben, Baron. Es wird zwar unerfreulich werden, das wissen Sie genausogut wie ich, aber es wäre mir doch sehr lieb.«

»Mit dem größten Vergnügen, Mylord«, gab ihm Baron von Bergheim mit besonderem Nachdruck zurück.

»Falls es sich um eine Privatunterhaltung handeln sollte, Onkel, so muß ich gestehen, daß ich mich ein wenig über Ihre Wahl des Treffpunkts wundere.« Sir Marius lachte gekünstelt. »Auf jeden Fall aber würde ich es begrüßen, mich nicht in Anwesenheit eines Mannes unterhalten zu müssen, der in drei Kontinenten als Falschspieler bekannt ist. Ich halte es nicht für schicklich …«

»Du wagst es, von schicklich zu sprechen?« erkundigte sich Lord Aubrey grimmig. »Du, der du vor nichts haltmachst, um dir etwas zu verschaffen, was dir nicht rechtmäßig zusteht. Ich habe den Brief, den du deinem Komplizen geschrieben hast, und meiner Ansicht nach gibt es keinerlei Zweifel an seiner Echtheit …«

»Aber ich habe Sie doch bereits über diese Fälschung aufgeklärt, Onkel. Erinnern Sie sich bitte.« Marius schlug den nachsichtigen Tonfall eines Erwachsenen einem Kind gegenüber an.

»Da es dir nicht gelang, den Brief deinem Komplizen wieder abzunehmen«, fuhr Seine Lordschaft fort, als hätte Marius gar nichts geäußert, »bist du nicht davor zurückgeschreckt, diesem Mann zu befehlen, Harry zu ermorden. Deinen eigenen Neffen!«

»Ich? Wer hat Ihnen eine derart absurde Lüge aufgebunden? Harry kannn unmöglich Beweise dafür haben.«
»Soweit ich weiß, ist dein Komplize, dieser Grün, hier im Haus. Wir werden ihn befragen, wenn Sie so freundlich sein wollen, ihn hereinzuholen, Baron.«
Baron von Bergheim öffnete die Tür und fand dort schon Sascha vor, der den halb zusammengesackten Grün in festem Griff hatte. Sascha zog Grün am Kragen hoch und schubste ihn ins Zimmer.
Lord Aubrey musterte Grün mit unverhohlener Überraschung von oben bis unten. Wie konnte sich Marius nur mit einem derart unappetitlichen Exemplar der menschlichen Gattung zusammentun?
Sir Marius gebärdete sich äußerst gekonnt wie jemand, der etwas überaus Ekliges unter einem Stein entdeckt, und wandte sich angewidert ab, vermied es allerdings sorgfältig, irgend jemanden in die Augen zu schauen.
»Sie ... Sie ... haben versucht, Harry umzubringen?« erkundigte sich Lord Aubrey in ungläubigem Ton.
Grün sah tatsächlich wie das sprichwörtliche Häufchen Elend aus, als er sich von Lord Aubrey gemustert fühlte. Seine sonstige geschniegelte Eleganz hatte sich nach einer durchwachten Nacht in denselben Kleidern in zerknitterte Schlampigkeit verwandelt. Seine dicken Pausbacken waren tränenverschmiert und erweckten den Eindruck, als habe man ihnen die Luft abgelassen.
»Erlauchter Herr!« rief er jammernd, stürzte sich vor Lord Aubrey auf die Knie und hob die gefalteten Hände flehend zu ihm auf. »Bitte hören Sie mir einen winzigen Augenblick zu, nur einen winzigen Augenblick. Mehr verlange ich gar nicht. Es war eine ruchlose Tat, das gebe ich sofort zu, aber ich konnte nicht anders. Er hat mich dazu gezwungen. Er drohte, mich zu ermor-

den, falls ich nicht ...« Grüns Stimme wurde immer schriller. »Ich tat's nur, um mein Leben zu retten, verstehen Sie! Um mein Leben zu retten!«
»Wer hat Ihnen befohlen, Harry zu töten?« fragte Lord Aubrey barsch.
Sir Marius schaute Grün drohend an, doch Grün bemerkte es gar nicht, denn er war voll auf Lord Aubrey konzentriert. Sein Instinkt sagte ihm, wo seine besten Überlebenschancen lagen.
»Es war Sir Marius«, rief Grün und ließ seinen Tränen freien Lauf. »Obwohl ich ihm erklärte, daß ich's nicht tun würde und auch nicht tun könnte! Aber er sagte, daß mir nichts anderes übrigbliebe, wenn ich mein Leben behalten wolle, und warf mich aus dem Haus.«
»Nein, wirklich, Onkel. Ich muß Einspruch einlegen. Wie können Sie es zulassen, daß ich mir derart ungeheuerliche Anschuldigungen von einem solchen ... Subjekt ... einem Ausbund an ...«
»Ich werde mich dir sofort widmen, Marius. Aber nun sei still«, erwiderte Lord Aubrey, ohne sich die Mühe zu machen, ihn dabei anzusehen. Dann setzte er seine Unterhaltung mit Grün fort. »Sie haben Sir Marius in Spanien bei einem Komplott geholfen, in das mein Großneffe Harry Tyne verwickelt war, stimmt's?«
»Ich habe lediglich die gezinkten Karten in seiner Kleidung versteckt«, plapperte Grün sofort los. »Sir Marius hat die Tropfen in sein Getränk gemischt, Eure Hoheit. Glauben Sie mir. Ich habe nur eine unbedeutende Rolle gespielt ...«
»Sind aber sicher sehr gut dafür bezahlt worden«, fügte Lord Aubrey scharf hinzu.
»Keineswegs so gut, wie er's mir versprochen hatte, Mylord«, widersprach Grün indigniert. »Er bot mir zuerst ...«

Lord Aubrey unterbrach ihn wieder. »Vermutlich kamen Sie deshalb auf die Idee, ihn zu erpressen, oder?«
Baron von Bergheim wunderte sich im erstem Moment darüber, woher Lord Aubrey wohl all diese genauen Informationen hatte. Doch dann fiel ihm ein, daß der Lord ja mit Letty in der gleichen Kutsche zurückgefahren war.
»Aber nein! Zu einer solchen Gemeinheit wäre ich nie fähig, Mylord. Ich versuchte ihm nur klarzumachen, daß er mir das zahlen muß, was er mir schuldete, was er mir geboten hatte.«
»Ist dies der Brief, den Sie dazu verwendeten, um ... äh, das Ihnen geschuldete Geld einzutreiben?« Lord Aubrey hielt Grün den Brief unter die Nase.
»Dies ist mein Eigentum, edler Herr, aus meinem eigenen Haus entwendet von diesem ... diesem gemeinen Dieb!« Grün deutete anklagend auf Sascha, der ihn vergnügt angrinste.
»Erhielten Sie diesen Brief von Sir Marius, als Sie beide in Spanien weilten?« fragte Lord Aubrey. Grün nickte und schaute gierig den Brief an, als hielte er ihn trotz aller Geschehnisse immer noch für eine legitime Einkommenquelle. »Schaffen Sie diesen Menschen jetzt bitte weg«, bat Lord Aubrey mit deutlichem Widerwillen.
Grün fuhr erschreckt zusammen und riß die Augen auf. »Sie lassen mich doch nicht etwa verhaften? Ich bitte Sie, edler Herr, tun Sie's nicht!« Er brach ab, und seine Augen nahmen einen verschlagenen Ausdruck an. »Sonst sehe ich mich gezwungen, der Polizei zu enthüllen, daß Sir Marius Tyne mir befahl ...«
»Kein Wort mehr. Sie sind frei, aber ich warne Sie. Falls Sie Harry oder mir noch einmal in die Quere kommen sollten, wird es Ihnen übel ergehen. Gleich bei meiner

Rückkehr nach England werde ich die entsprechenden Behörden auffordern, Sie als unerwünschten Besucher zu klassifizieren. Von nun an werden Sie auf legale Weise keinen Fuß mehr auf englischen Boden setzen können. Gehen Sie mir aus den Augen!« Lord Aubrey wandte sich ab, und Grün warf einen furchtsamen Blick in die Runde, um sich davon zu überzeugen, daß auch kein anderer ihn aufhalten werde. Dann hastete er aus dem Zimmer, gefolgt von dem immer noch grinsenden Sascha, der sichergehen wollte, daß Grün das Haus auch tatsächlich verließ.

»Onkel, es ist unfaßlich für mich, daß Sie so etwas auch nur im entferntesten glauben können ...«

»Tja, Marius, nun werde ich mich mit dir befassen«, unterbrach ihn Lord Aubrey mit düsterer Miene. »Du hast nichts für dich vorzubringen, also spar dir die Mühe. Ich kann dich nicht daran hindern, nach England zurückzukehren, obwohl ich es nur zu gerne täte, wenn es in meiner Macht läge, denn ich finde dich um keinen Deut besser als deinen Komplizen. Immerhin kann ich dir verbieten, je wieder eines meiner Besitztümer zu betreten. Noch heute werde ich einen Wiener Anwalt aufsuchen und mein Testament zu Harrys Gunsten ändern. Schließlich ist dir ja durchaus zuzutrauen, daß du einen Mörder auf mich hetzt, um eine Testamentsänderung zu verhindern, bevor ich nach London gelangen kann. Andere Schritte werde ich gegen dich nicht unternehmen, da ich vermeiden will, daß unser Namen durch diese eklige Geschichte in den Schmutz gezogen wird. Zerbrich dir übrigens nicht den Kopf mit weiteren ruchlosen Plänen, Marius. Ich werde es in meinem Testament völlig klarstellen, daß du unter keinen Umständen je einen Penny von meinem Vermögen erbst. Ich habe dir nichts mehr zu sagen, weder jetzt noch in Zu-

kunft, und ich möchte von nun an nichts mehr von dir hören außer dem Zuschlagen der Tür hinter dir.«
Damit drehte sich Lord Aubrey um und trat ans Fenster, wo er hochaufgerichtet stehenblieb und seinem Neffen unerschütterlich den Rücken zuwandte. Sir Marius hatte den Mund noch immer zum Protest geöffnet, den er nicht hatte äußern dürfen, rote Zornesflecken verunstalteten seine Stirn und Wangen, und er bemühte sich verzweifelt, Worte zu formulieren, brachte aber keinen Ton zustande. Er wirkte wie ein Boxer, dem es nach einem Hieb unter die Gürtellinie den Atem verschlagen hat.
Baron von Bergheim ging zur Tür und hielt sie einladend auf. Als er merkte, daß Sir Marius diese Aufforderung nicht zu begreifen schien, trat der Baron zu ihm, faßte ihn beim Arm und führte ihn aus dem Zimmer. Dann schloß er leise, aber nachdrücklich die Tür hinter ihm.

16

Als Harrys Kammerdiener am nächsten Morgen das Schlafzimmer seines Herrn betrat, versuchte dieser gerade, sich einhändig ein Paar taubengraube Unaussprechliche anzuziehen.
»Sir! Was tun Sie denn da?« rief der Diener entsetzt.
»Was zum Teufel werde ich schon tun?« erwiderte Harry vergnügt. »Helfen Sie mir lieber dabei.«
»Sie dürfen nicht einmal im Traum daran denken, schon heute das Bett zu verlassen, Sir. Der Arzt hat ausdrücklich angeordnet, daß Sie sich einige Tage ruhighalten sollen. Was wird er dazu sagen?«

»Genau das, was man von solch einem altweiberhaften Umstandskrämer erwartet. Geben Sie mir das Hemd.«
Der Diener verschränkte die Arme. »Ich werde nichts dergleichen tun, Mr. Tyne, auch wenn ich deshalb meine Stellung verliere. Statt dessen werde ich den Baron und Miß Clark holen.«
»Nicht nötig, Crofts, hier bin ich schon«, erklang die Stimme des Barons von der Tür her. »Was hast du bloß angestellt, Harry, um Crofts derart aufzubringen?«
»Ich werde ihn gleich die Treppe runterwerfen, wenn er nicht tut, was ihm befohlen wird, und mir ins Hemd hilft.«
»Ich werde dir mit deinem Hemd behilflich sein, mon cher, und Crofts wird dir dein Frühstück bringen.«
»Wunderbar! Ein dickes Beefsteak, Crofts. Ich bin nämlich halb verhungert«, sagte Harry.
Crofts verschwand, tat zuvor jedoch noch sein Mißfallen mit einem kräftigen Schnauben kund.
»Mein Freund, ich werde dir ins Hemd hineinhelfen, nicht aber ins Jackett. Nein, nein, probier deinen unwiderstehlichen Charme nicht an mir aus«, sagte der Baron schmunzelnd, als Harry ihn gewinnend anlächelte und offenbar etwas äußern wollte. »Ich unterstütze dich auf keinen Fall dabei, etwas Unvorsichtiges zu tun, wodurch sich die Wunde wieder öffnen könnte. Du weißt ebensogut wie ich, daß all deine Jacketts so knapp sitzen, daß Crofts große Mühe hat, dich überhaupt hineinzuzwängen. Es mit dieser bandagierten Schulter zu versuchen, wäre schierer Wahnsinn, und dazu gebe ich mich nicht her. Du kannst deinen Morgenrock anziehen, da du ja heute sowieso nicht hinuntergehst.«
»Hör mit diesem Getue auf. Es ist für mich einfach gräßlich, ständig umsorgt zu werden. Wie geht's meinem Großonkel heute morgen?«

»Wahrscheinlich ist er nach den Anstrengungen des gestrigen Tages reichlich erschöpft. Mon Dieu, er war einfach prachtvoll! Zuerst hat er Grün erledigt und dann Marius in kleine Stücke zerlegt. Nachdem er beide verabschiedet hatte, ließ er einen Anwalt kommen und ein neues Testament aufsetzen. Danach bestand ich darauf, daß er ins Bett ging. Ich hatte ein Zimmer für ihn herrichten lassen und schickte seinen Diener ins Hotel, um seine Koffer herzubringen. Nettleship – trotz dieses fürchterlichen Namens ein bemerkenswerter Mann – hatte ihn im Nu warm zugedeckt und servierte ihm noch einen Teller Haferbrei.«

»Bleibt er heute im Bett?«

»Aber nicht die Spur. Er ist schon seit Stunden auf und sitzt im Augenblick mit Letty im hinteren Salon.«

»Großer Gott!« rief Harry.

»Ich weiß, aber da war nichts zu machen. Außerdem ist es nur gerecht, Harry. Schließlich ist sie ja auch zu ihm gegangen ...«

»Zu ihm gegangen? Dürfte ich vielleicht erfahren, wieso sie auf die Idee kam ...«

»Du kannst dich meinetwegen gerne aufregen, mein Freund, aber es ist eine Tatsache, daß du mit deinem alten Großonkel nur deshalb ausgesöhnt bist, weil sie ihn aufsuchte. Ganz zu schweigen davon, daß sie es war, die Sascha dazu überredete, den Brief zu beschaffen.«

Da Crofts in diesem Moment mit einem hochbeladenen Frühstückstablett hereinkam, blieb es Harry erspart, dem Baron zustimmen zu müssen. Er gab lediglich eine Art Knurrlaut von sich und wandte sich dann ab. Baron von Bergheim lächelte verständnisvoll.

Im Salon auf der ersten Etage plapperte Letty munter drauflos und weihte den gebannt lauschenden Lord Aubrey in alle Einzelheiten der riskanten Briefbeschaffung

ein. Großmütig schrieb sie den Erfolg allein Saschas Geschicklichkeit zu.
»Und dann haben Sie mir nach London geschrieben, nicht wahr?« kam Lord Aubrey ihr zu Hilfe, als sie kurz Atem holte.
»Nein, obwohl ich's natürlich hätte tun sollen. Aber ich kam gar nicht auf die Idee. Ninette war so schlau. Übrigens hätte ich gar nicht gewußt, wie ich Ihnen die Information übermitteln sollte, ohne daß die kaiserlichen Polizeibeamten sie lesen und an Sir Marius weiterleiten. Aber Ninette ist sehr klug und kennt unheimlich viele Männer. Sie ist die berühmteste Kurtisane von ganz Wien.«
»Die berühmteste ...!« schrie Seine Lordschaft mit hervorquellenden Augen. »Diese ... diese Frau ist eine Freundin von Ihnen?«
»Ja, sie hat sogar behauptet, daß es nichts gibt, was sie nicht für mich täte. Sie ist sehr ... theatralisch, aber auch sehr, sehr nett. Das war nämlich so ... Harry war furchtbar wütend, weil die Diamanten falsch waren und folglich Ninettes Spielschulden nicht deckten. Tja, und da habe ich, oder vielmehr der alte Baron und ich haben sie vor Harry beschützt und ihm klargemacht, daß Ninette solche Steine nie tragen würde, wenn sie wüßte, daß es sich dabei um Schund handelt. Wir sagten Harry, daß er viel eher eine Wut auf Sir Marius haben müßte.«
»Auf Sir Marius?« stieß Seine Lordschaft fast ebenso atemlos vom Zuhören hervor, wie Letty es vom Erzählen war.
»Ja, denn er hat Ninette die Diamanten gegeben, damit sie seine ... seine Geliebte wird.« Letty hatte einen winzigen Moment gezögert, da sie wußte, daß es Lord Aubrey schockiern würde, ein solches Wort von den Lippen eines jungen Mädchen zu hören. »Ich weiß über all

diese Dinge Bescheid, weil meine Tante jeglichen Klatsch leidenschaftlich liebte und mir alles erzählte«, erklärte Letty dem alten Herrn, der sie bestürzt musterte, und redete dann wie ein Wasserfall weiter.
»Natürlich war Ninette sehr zornig auf Sir Marius und schwor Rache. Als ich so traurig war, nachdem Harry das erste Mal angegriffen wurde, was in gewisser Weise meine Schuld war, da ich ja Sascha dazu bewog, Grün den Brief zu stehlen, was wiederum Sir Marius auf die Idee bracht, Harry umbringen zu lassen, bevor er Ihnen den Brief übergeben kann – übrigens war Harry so eigensinnig und dumm, daß er sich nicht einverstanden erklärte, Ihnen den Brief zu schicken, aber das nur nebenbei – tja, also da erklärte Ninette, daß sie Ihnen die Information übermitteln würde.« Letty hatte ihren Bericht mit halsbrecherischer Geschwindigkeit heruntergespult und mußte nun notgedrungen mal wieder Atem schöpfen.
Lord Aubrey starrte sie fasziniert an und versuchte den Wust an Mitteilungen zu verdauen. »Ich möchte ihr danken, dieser Miß ...?« sagte er schließlich.
»Forel. Mademoiselle Forel.«
»Haben Sie ihre Adresse?«
»Oh, das dürfte kein großes Problem sein.«
»Ich bin der Meinung, daß ein hübsches Collier, am besten aus Diamanten, meinem Dank angemessenen Ausdruck geben könnte. Was halten Sie davon?«
»O Sir! Wie wunderbar, wie großartig von Ihnen«, hauchte Letty, umklammerte seine Hand und schaute ihn mit großen dunklen Augen geradezu schwärmerisch zu ihm auf. Lord Aubrey war der Meinung, noch nie ein bezaubernderes Mädchen gesehen zu haben. Sie ist ja sogar noch schöner, als es Amelia Dacres früher war, dachte er bewundernd.

In einen üppig gemusterten indischen Morgenrock gekleidet, tauchte Harry gerade in diesem Moment auf, in dem Letty und sein Großonkel in gegenseitiger Bewunderung schwelgten.
»Welch rührender Anblick«, konstatierte er in eisigem Ton. »Ich hoffe doch sehr, daß du keine weitere Entführung planst, Letty.«
»Harry, was fällt dir ein, nicht im Bett zu bleiben?« wollte Letty wissen und hüpfte vom Schemel zu Füßen Lord Aubreys hoch. In einer Wolke aus zitronengelben Musselinrüschen lief sie durchs Zimmer.
»Ich erfuhr, daß du hier mit meinem Großonkel zusammen bist, und eilte sofort herbei, um ihn aus deinen Klauen zu befreien. Was hast du ihm erzählt?«
Letty wurde brennend rot, als ihr die volle Bedeutung von Harrys erster Bemerkung aufging.
»Du bist wirklich ein Ekel, Harry. Ich hasse dich.«
»Ja, ich weiß. Nun lauf zu Miß Clark und ...«
»Warum mußt du immer ...«, begann Letty aufsässig, wurde jedoch durch eine laute weibliche Stimme unterbrochen, die durchs Treppenhaus heraufschallte.
»Nicht gesund? Wieso, was fehlt ihm denn? Am besten laufe ich rasch selbst hinauf und sehe nach.« Ein schwach geäußerter Protest wurde sofort erstickt. »Bah! Unsinn! Natürlich gehe ich hinauf. Nein, sparen Sie sich die Mühe, mich anzumelden. Ich finde meinen Weg auch allein ...«
»Großer Gott«, stöhnte Harry resigniert.
Eilige Schritte waren zu hören, und dann erschien Lady Hester in der Türöffnung, atemberaubend schön in weinrotem Samt und Zobel.
»Harry, mein Liebling. Es heißt, du seist krank. Was ist passiert?«
»Nichts von Bedeutung, wie du ja selbst siehst.«

»Aber du bist sehr blaß.«
»Das kommt von einer kleinen Magenverstimmung. Großonkel, ich möchte Ihnen gerne Lady Hester Luddington vorstellen. Hester, mein Großonkel, Lord Aubrey.«
Lady Hester schenkte ihm ein strahlendes Lächeln und versank in einem anmutigen Knicks. »Entzückt, Sie zu sehen, Lord Aubrey. Ich kam sofort her, als ich erfuhr, daß Sie hier sind.«
»Wo zum Teufel hast du das denn erfahren?« erkundigte sich Harry irritiert.
»Aber das weiß doch schon die ganze Stadt, Harry, mein Liebster. Hotelbedienstete klatschen nun einmal liebend gern.«
»Na gut. Aber wieso bist du nun hier?«
»Sei nicht grob, mein Lieber, aber ich verzeihe dir, weil du ja krank bist«, erwiderte sie mit reizendem Schmollen. »Übrigens ist es doch ganz klar, wieso ich hier bin. Wegen deines Großonkels. Ich war der Meinung, daß ich ihm natürlich sofort meine Aufwartung machen muß.« Ihre zarte Anspielung auf eine engere Beziehung zwischen ihnen, die es absolut erforderlich machte, daß sie seinen Onkel so schnell wie möglich kennenlernte, hätte selbst ein etwas beschränkter Geist verstanden. Lord Aubrey musterte sie aufmerksam und wandte sich dann mit neugierigem Interesse Harry zu, der sich ein anerkennendes Lächeln über ihre draufgängerische Art nicht verkneifen konnte.
»Oh, und hier ist ja auch das hübsche Kind«, fuhr Lady Hester fort. »Harry, du mußt ihr wirklich verbieten, so finster dreinzuschauen. Warum macht sie immer solch ein Gesicht, wenn sie nicht gerade singt? So unliebenswürdig!« Sie tätschelte Lettys brennend rote Wange. »Wir müssen uns nette Vergnügungen für das süße Din-

gelchen ausdenken, damit sie mal lächelt«, fügte sie in so leutseligem Ton hinzu, daß es zum Wahnsinnigwerden war.

Letty war vor ohnmächtigen Zorn ganz blaß geworden, kehrte Lady Hester absichtlich auf so unhöfliche Weise wie nur möglich den Rücken zu und marschierte hochaufgerichtet aus dem Zimmer. Sie hörte Lady Hesters perlendes Gelächter und dann die Bemerkung: »Was für ein Temperament! Und keine Manieren. Vielleicht würde eine andere Erzieherin …« Bei diesem Wort erreichte Letty ihre Schlafzimmertür und ließ sie krachend hinter sich ins Schloß fallen.

Sie zitterte vor Zorn, und der ganze Raum schwamm wie in einem roten Neben, während sie schnurstracks zu ihrer Waschkommode in der Ecke ging, den Krug hochhob und mit aller Kraft durchs Zimmer schleuderte. Er traf auf die weiche Tagesdecke ihres Bettes und fiel von dort fast lautlos auf den dicken Teppich.

Letty traute zuerst ihren Augen kaum, doch dann packte sie die Waschschüssel und warf sie gegen den Kamin, wo sie höchst zufriedenstellend in tausend Scherben zersprang. Dann ließ Miß Montressor sich in einen Sessel sinken und brach in Tränen aus. In ihrem Kopf überstürzten sich förmlich die Verwünschungen gegen die abscheuliche Lady Hester Luddington und auch gegen Harry. Wie konnte er dastehen und auf diese ekelhaft nachsichtige Art grinsen, wütete Letty innerlich. Er schien von dieser gräßlichen Frau geradezu verhext zu sein. Was fand er bloß so bewundernswert an ihrer gekünstelten Art und dieser … überreifen Figur? Ekelhaft! Alle Männer sind widerwärtig, und ich werde niemals heiraten. Niemals! Mehr noch, ich werde mit Harry Tyne kein Wort mehr reden, solange ich lebe. Sie hörte Harrys Stimme im Korridor und setzte sich aufrecht hin, um besser lauschen zu können, wobei sie sich wie ein Kind beide Augen mit den Fäusten rieb. Lady Hester flötete Lord Aubrey ein Adieu zu, dann erfolgte ein leiser, vertraulich wirkender Wortwechsel zwischen ihr und Harry, unterbrochen von heiterem, hellem Lachen, bevor sie leichtfüßig die Treppe hinunterstieg. Harry stieg in den Salon zurück und schloß hinter sich die Tür.

Letty öffnete ihre eigene einen Spaltbreit und spähte hinaus. Niemand war zu sehen. Als ob sie von einem Magneten angezogen würde, schlich sie auf Zehenspitzen den Gang entlang, und preßte schamlos ihr Ohr an die Tür zum Salon.

»...gutaussehende Frau. Um ehrlich zu sein, Harry, nichts würde mir mehr Freude machen, als dich verheiratet zu sehen. Ich wüßte gern, daß du einen Sohn hast, bevor ich von dieser Welt abtrete. Sie wird dir eine gute Frau sein, kommt aus hervorragender Familie. Meiner Meinung nach war sie auch lange genug Witwe, um wieder die Freuden des Ehebetts genießen zu wollen.«

Letty fuhr zurück, als sei sie gestochen worden, und rannte mit flammendrotem Gesicht zu ihrem Zimmer zurück, gefolgt von Harrys herzhaftem Gelächter. Sie warf sich aufs Bett, brach aber nicht in Tränen aus, denn ihre Verzweiflung war dafür zu groß. Die belauschte Unterhaltung hatte ihre langgehegten Befürchtungen bestätigt. Doch es war sogar noch schlimmer. Es reichte schon, daß Harry Lady Hester liebte, doch nun gab Lord Aubrey auch noch hocherfreut seinen Segen dazu. Letty erkannte nun endlich, daß sie jede Hoffnung aufgeben mußte, Harrys Liebe eines Tages doch noch zu erringen. Ob die Welt wohl für immer so grau aussehen würde?

Wenn Letty noch einen Augenblick länger auf ihrem schmachvollen Horcherposten ausgeharrt hätte, wäre

die Welt durch Harrys nächste Worte im Nu wieder rosenrot geworden.
»Hester? Hester heiraten? Das können Sie unmöglich ernst meinen, Großonkel. Du liebe Güte, ich müße sie im Schlafzimmer einsperren, um sicher zu sein, daß die Kinder auch von mir sind. Außerdem kann ich Ihnen versichern, daß Hester auf keinerlei Freuden des Bettes verzichtet hat. Jedenfalls nicht im letzten Jahr, wie ich ganz genau weiß.«
»Oh. So verhält es sich also. Aber bedenke folgendes, mein Junge. Du hast ihre Gunst genossen, und sie scheint fest damit zu rechnen, daß du sie heiratest. Also kannst du wohl kaum ...«
»Kann ich nicht? Ich bitte Sie, Sir, fallen Sie nicht auf ihren Auftritt herein. Natürlich möchte sie gern wieder verheiratet sein und hätte wohl auch nichts dagegen, Mrs. Harry Tyne zu werden, aber ich bin hoffentlich kein solches Mondkalb, daß ich in eine so offensichtliche Falle gehe.«
Seine Lordschaft kicherte. »Nun, ich muß dir ja wohl glauben, Harry. Aber ich meine es ernst damit, daß ich dich gern verheiratet sähe. Wann kann ich dich übrigens in England begrüßen?«
»Sobald Sie selbst dort sind, Sir, denn ich habe vor, Sie zurückzubegleiten.«
»Harry, das ist überaus freundlich von dir, aber ich kann nicht verlangen ...«
»Es hat nichts mit verlangen zu tun. Ich habe mich heute nacht dazu entschlossen, denn hier hält mich nichts. Meinen Anteil am Etablissement werde ich dem Baron überschreiben – es steckt sowieso nur sein Geld in diesem Unternehmen – und Sie dann wohlbehalten nach Hause bringen.«
Lord Aubrey wandte sich ab und schluckte etwas

krampfhaft. Dann zog er ein großes Taschentuch heraus und schneuzte sich kräftig.
»Ich muß gestehen, daß ich sehr froh über deine Begleitung sein werde, mein Junge. Sehr froh«, sagte er barsch. »Was wird eigentlich aus dem jungen Mädchen?«
»Letty? Sie kommt selbstverständlich mit nach England. Max ist viel zu hilflos, um sie unter Kontrolle zu halten. Außerdem brachte ich sie hierher und halte es folglich für meine Pflicht, sie in England gut unterzubringen. Glaubst du, daß Tante Hermione sie bei sich aufnehmen kann, bis ich einen Mann für sie gefunden habe?«
»Darüber läßt sich reden. Aber es wird nicht leicht sein, einen geeigneten Ehemann für ein Mädchen zu finden, das keinen Penny Mitgift hat.« Er versank in Nachdenken. »Natürlich gibt's da noch St. John Champreys«, sagte er dann. »Er hat so viel Geld, daß er nicht weiß, was er damit anfangen soll, und ist nicht auf Mitgift aus, sondern nur auf einen Erben.«
»Du schlägst doch nicht etwa im Ernst vor, daß dieses unschuldige Kind einen solch alten Knacker heiraten soll. Man stelle sich vor, er trägt sogar ein Korsett. Ganz zu schweigen von der hübschen Knabenschar, die er immer um sich hat.«
»Aber sie bräuchte ihm nur einenSohn gebären, und er würde ihr alles geben und sie von da an in Ruhe lassen. Halt, ich habe eine noch bessere Idee. Sie bekommt ein paar tausend Pfund von mir, die sie wahrlich verdient, wenn man überlegt, was sie alles für dich getan hat. Mit ihrem Aussehen und einer Mitgift wird sie eine brillante Partie machen.«
»Verzeihen Sie mir, Sir, aber ich muß jetzt ins Bett zurück. Max hatte also doch recht, als er mir prophezeite, daß ich mich schon nach einer Stunde danach sehnen

würde. Das tue ich jetzt nämlich.« Harry marschierte zur Tür. »Heute abend bin ich sicher wieder ganz auf dem Damm. Am besten speisen wir hier oben zusammen. Soll ich Ihnen Nettleship reinschicken?«
»Ja, das wäre nett, mein Junge. Ruh dich aus«, erwiderte Lord Aubrey zerstreut, denn er grübelte gerade darüber nach, ob er wohl etwas geäußert hatte, das Harry so uangenehm fand, daß er nicht weiter darüber sprechen wollte. Lord Aubrey kam schließlich zu dem Ergebnis, daß es sich um nichts dergleichen handeln konnte.

17

Lord Aubreys Karosse war zwar gut gefedert und mit gelbbraunen Samtpolstern ausgestattet, rüttelte bei Unebenheiten der Straße aber dennoch ihre Insassen unangenehm durcheinander. Miß Clark stöhnte immer wieder leise auf, Kanarienvogel Alexander zirpte aufgeregt in seinem zugedeckten Käfig am Boden, und Letty konnte sich nur unter Aufbietung aller Willenskraft davon abhalten, ihrem Unbehagen Ausdruck zu geben. Nach der langen Fahrt quer durch Europa und den Qualen einer stürmischen Überquerung des Ärmelkanals waren sie alle so erschöpft, daß sie den letzten Teil der Reise nach London nur mit apathischer Resignation ertrugen.
Lord Aubreys Kopf sackte ihm auf die Schulter, als er ihn unruhigen Schlummer fiel, worauf Letty sich in die Polster zurücklehnte und die brennenden Augen schloß. Sie hatte es sich zur Pflicht gemacht, Lord Aubrey gegenüber liebevoll und aufmerksam zu sein, wie schlecht sie sich auch fühlen mochte. Sie tat dies in er-

ster Linie, weil er immer nett zu ihr war und sich ganz offensichtlich nicht bester Gesundheit erfreute. Aber es gab noch einen anderen Grund. An jenem Tag, an dem sie seine Unterhaltung mit Harry belauschte, hatte sie beschlossen, daß niemand je erfahren sollte, wie tief seine Worte sie getroffen hatten. Die Erkenntnis, daß Harry für sie verloren war, hatte ihr das Herz gebrochen. Sie mochte zwar nur über ein Spatzenhirn verfügen, wie Harry es so verletzend ausdrückte, war aber jedenfalls zu stolz, um mit trübseligem Gesicht herumzuschleichen und sich von allen bedauern zu lassen. Schließlich war sie eine Montressor, ein Name, der zu den besten und ältesten von ganz England zählte.
Lediglich beim Abschied von Sascha und dem alten Baron wurde sie schwach – Miß Clark leistete ihr dabei kräftig Gesellschaft – und vergoß heiße Tränen. Diese Tränen waren jedoch verzeihlich, da sie vom Kummer herrührten, sich von Freunden trennen zu müssen, die für sie zur Familie geworden waren. Der Baron und Sascha versprachen ihr zum Trost, sie im Frühling in England zu besuchen. Dieses Versprechen hielt sie sich immer wieder vor, wenn der Liebeskummer ihre Durchhaltekraft zu zermürben drohte. Die beiden sind nun auch meine Freunde, und ich werde nie mehr ganz allein sein, was die Zukunft auch für mich bringen mag …
Während der Reise hatte sie viel über diese ungewisse Zukunft gegrübelt. Was sollte aus ihr werden? Warum ließ Harry sie nicht in Wien bei Baron von Bergheim bleiben, der sie liebgewonnen hatte und gern bei sich behielte? Allerdings hatte er kein Hehl daraus gemacht, daß er es besser fände, wenn sie in ihre Heimat zurückkehrte.
»Aber dort ist nichts, wofür es sich lohnt zrückzukommen«, hatte sie heftig widersprochen. »Höchstens Mr.

Sludge, obwohl selbst der mich inzwischen wohl nicht mehr nehmen würde.«

»Etwas mehr Haltung, wenn ich bitten darf«, fuhr Harry sie an. »Das ist ja lächerlich. Natürlich fährst du nach England zurück und Schluß damit. Ich habe keine Lust, länger darüber zu diskutieren.« Harry machte sich nicht einmal die Mühe, von seinen Geschäftsbüchern aufzusehen.

»Aber ich! Ich möchte darüber diskutieren. Schließlich bin ich nicht deine Sklavin, die du nach Lust und Laune von Kontinent zu Kontinent schleppen kannst. Ich habe das gute Recht, ein entscheidendes Wort dabei mitzureden, was aus mir wird, und ich bleibe lieber hier, wo ich mich selbst durchbringen kann.«

»Womit?« erkundigte er sich höhnisch.

»Nun, ich finde, daß mir eigentlich ein Honorar zusteht. Selbst du mußt zugeben, daß viele Leute herkommen, um mich singen zu hören, und ich könnte etwas mehr verdienen als bloß mein Abendessen, wenn ich dem Spielsalon Gäste bringe«, erwiderte Letty hitzig.

»Sei nicht albern. Du kannst ungefähr ebensogut für dich sorgen wie Hesters Schoßhund«, sagte Harry vernichtend. »Sobald Max dir den Rücken zukehrt, sitzt du auch schon in der Klemme oder läßt dir wieder von irgendeinem feschen Offizier den Kopf verdrehen«, fügte er augenzwinkernd hinzu. »Aber jede weitere Diskussion erübrigt sich. Ich lasse dich auf keinen Fall hier in Wien.«

»Aber was soll ich bloß in England anfangen?«

»Du lebst bei meiner Tante Hermione und wirst ein anständiges englisches Mädchen.«

Mit dieser Antwort mußte sie sich wohl oder übel zufriedengeben, denn etwas anderes war ihm nicht zu entlocken. Auch der Baron, Sascha und Miß Clark bete-

ten Harrys Worte wie eine Litanei herunter, die keiner weiteren Erklärung bedurfte. Miß Clark schwebte im siebten Himmel, da sie in Gesellschaft eines angesehenen Lords nach England zurückkehrte, bei Letty bleiben durfte, die sie inzwischen sehr gern mochte, und vor allem ihr geliebtes London wiedersehen würde.
Bis zum heutigen Tag hatte jede Phase der Reise Miß Clark in wahre Begeisterung gestürzt, doch nun war selbst sie unfähig, sich weiterhin an der frostigen Schönheit der englischen Winterlandschaft zu ergötzen. Lord Aubrey hatte zwar immer die besten, manchmal sogar luxuriösen Unterkünfte gewählt, doch Miß Clark sehnte sich nach Miß Hermione Tynes Haus im Belgrave Square mit der ganzen leidenschaftlichen Sehnsucht eines fanatischen Moslems, der sich Mekka nahe weiß. Sie schwor sich – natürlich nur insgeheim, denn es wäre unverzeihlich, Lord Aubrey gegenüber eine Klage laut werden zu lassen –, daß sie zumindest während der nächsten beiden Wochen keinen Fuß in ein Gefährt setzen würde.
Letty dachte über dieses Thema ganz anders. Sie hatte den Verdacht, daß man sie schleunigst loswerden wollte und deshalb in das düstere Haus einer ältlichen Verwandten verbannte, wo Harry sie im Nu vergessen haben würde. Sie grübelte ständig darüber nach, wieso Harry ihr nicht gestattete, in Lord Aubreys Londoner Haus zu leben. Schließlich hatte sie ja Miß Clark als Chaperon, so daß niemand die Nase darüber rümpfen könnte. Aber all ihre Grübeleien gipfelten für sie in der traurigen Feststellung, daß Harry zweifellos darauf aus war, sich wieder als vollwertiges Mitglied der gesellschaftlichen »crème« zu etablieren, bevor er Lady Hester Luddington, geborene Ranceford, einen Antrag machte. Ranceford! Wahrlich eine gute alte Familie!

Eine Familie von Verschwendern und Wüstlingen, wie ihre Großtante sie häufig genug bezeichnet hatte.
Letty verspürte nicht die geringste Lust, bei Miß Tyne anzukommen, obwohl sie es natürlich gründlich satt hatte, sich in dieser Kutsche herumschütteln zu lassen. Sie seufzte gereizt und öffnete die Augen. Als erstes sah sie Harry, der vor der Karosse einhertrabte. Nach dem ersten Tag hatte er sich fürs Reiten entschieden statt mit den anderen zu fahren und war bei jeder Rast geradezu widerlich fröhlich und ausgelassen, was Letty nur noch mehr verbitterte. Wie fest ihr Entschluß auch war, ihre wirklichen Gefühle vor jedermann zu verbergen, sie brachte es nicht fertig, mit Harry normalen Umgang zu pflegen. Sie beschränkte sich auf einsilbige Antworten, wenn er sie direkt anredetet, begann aber von sich aus niemals eine Unterhaltung mit ihm. Er tat so, als fiele ihm nichts Besonderes auf, und grinste nur bei ihren eisigen Erwiderungen.
Es kam ihnen wie eine Ewigkeit vor, bis sie Lord Aubrey schließlich adieu sagen konnten, der als erster bei seinem Haus abgesetzt wurde. Er versprach, daß sie sich noch vor dem Wochenende bei einem gemeinsamem Essen wiedersehen würden, und wünschte Letty einen angenehmen Aufenthalt in London. Dann eskortierte Harry Miß Clark und Letty zu seiner Tante Hermione Tyne.
Miß Tyne war eine winzige, heitere Dame, die trotz ihres fortgeschrittenen Alters hurtig vor ihren Gästen in den Salon eilte, um dort herumzuhüpfen, unaufhörlich zu reden und Stühle zu verrücken oder Kissen aufzuschütteln. Sie machte auf Letty den Eindruck eines flinken Vogels, der zwischen den Zweigen herumflattert.
»Mein liebes Kind«, sagte sie und führte Letty zu einem Stuhl. »Was für tiefe Schatten unter diesen herrlichen

Augen. Nein, wirklich, Harry, sie ist von erstaunlicher Schönheit und wird enormen Erfolg haben, sobald sie … Sills, nehmen Sie doch diesen … Käfig. Nein, so etwas, es ist tatsächlich ein kleines Vögelchen. Keine Angst, meine Liebe, Sills wird sich rührend um den Piepmatz kümmern. Aber jetzt setzen Sie sich hier ans Feuer zum Aufwärmen und Sie hier auf die andere Seite, Miß Clark, Sie müssen ja fast umgekommen sein, doch Sills wird gleich köstlich heißen Tee bringen. Oh, Harry, mein liebster Junge!« rief sie dann plötzlich und warf sich mit ihrem ganzen zierlichen Körper in die Arme ihres Neffen und umarmte heftig seine Taille, da es für sie völlig unmöglich war, ihn zu umhalsen, selbst wenn sie sich auf die Zehenspitzen stellen würde. »Ich kann dir gar nicht sagen, wie glücklich ich bin, ich habe diese gräßliche Geschichte von Anfang an nicht geglaubt und begriff überhaupt nicht, wieso Augustus sich ausgerechnet von Marius so betören ließ. Selbst als kleiner Junge war er nämlich schon durchtrieben und falsch. Ich habe ihn nie gemocht. Aber nun ist ja alles zu einem glücklichen Ende gekommen, und ich … ich … ach, du meine Güte!« Sie brach in Tränen aus. Harry lachte, drehte ihr tränennasses Gesicht von seiner Hemdbrust weg und hielt sie auf Armeslänge von sich ab. »Liebe Tante, wie können Sie behaupten, glücklich zu sein, und trotzdem weinen?«

»Tränen des Glücks, lieber Junge«, erwiderte sie und fummelte vergeblich nach einem Taschentuch. Miß Clark erhob sich und stellte ihr eigenes blütenweißes Taschentuch zur Verfügung.

»Vielen Dank, Miß Clark, wie reizend von Ihnen. Wir werden sicher gute Freunde werden, und Sie müssen mir viel von Wien erzählen. Ich kann's kaum erwarten, alles über Metternich und die Herzogin von Sagan zu hören. Stimmt es eigentlich, daß sie... Oh, da ist ja endlich Sills. Harry, möchtest du auch Tee trinken oder lieber etwas Stärkeres?«

»Weder noch, danke. Ich werde mich gar nicht erst hinsetzen, da ich von der Reise reichlich schmutzig bin. Außerdem will ich mich gleich mit eigenen Augen davon überzeugen, daß Großonkel die Reise unbeschadet überstanden hat.«

»Aber mein lieber Junge! Nach so vielen Monaten, die ich dich nicht sah, und wir haben noch kaum ein Wort gewechselt«, protestierte Miß Tyne.

»Ich besuche dich morgen früh, und dann unterhalten wir uns so lange, wie du willst. Wir müssen ja auch noch Pläne für Miß Montressors Zukunft schmieden.«

Letty trank lethargisch heißen Tee und starrte blicklos ins Feuer. Sie war zu erschöpft, um Harry einen vernichtenden Blick zuzuwerfen. Sie hatte nur den einen Wunsch, daß er sie endlich von seiner beunruhigenden Gegenwart befreien möge, damit sie sich völlig den mütterlichen Zuwendungen Miß Tynes überlassen konnte.

Nachdem Harry sich verabschiedet hatte, brachte Miß Tyne ihre Gäste zu ihren Zimmern. Sie schien zu ahnen, daß Letty zu keiner Antwort mehr fähig war, so daß sie all ihre Bemerkungen an Miß Clark richtete, während diese scheinbar unermüdliche Person Letty aus dem Reisekostüm half und ein Nachthemd überstreifte. Letty schlüpfte unter die Bettdecke und fiel in tiefen Schlaf, noch bevor die Tür hinter den beiden Frauen ins Schloß fiel.

Miß Clark leistete pflichtbewußt ihrer Gastgeberin bei »weiteren Erfrischungen« und einem tüchtigen Schwatz über das skandalöse Treiben auf dem Wiener Kongreß Gesellschaft.

Als Letty am nächsten Morgen endlich wieder zur Oberfläche ihres Bewußtseins auftauchte, war es schon ziemlich spät. Sie merkte dies sofort, obwohl die Vorhänge noch fest zugezogen waren, so daß der Raum im Dunkeln lag. Der laute Straßenverkehr signalisierte ihr, daß man sie weit länger hatte schlafen lassen, als es normalerweise üblich war. Sie dehnte sich wohlig, fühlte sich wunderbar ausgeruht und sprang mit einem Satz aus dem Bett, um die Vorhänge zu öffnen.
Gerade in diesem Moment kam Miß Clark mit einer Tasse heißer Schokolade herein. »Ich wollte Sie gerade aufwecken, Kindchen. Wie schön, daß Sie wieder wohl und munter aussehen. Schlüpfen Sie noch einmal unter die Decke und trinken Sie ein paar Schlucke. Inzwischen klingle ich nach dem Mädchen, damit es Feuer macht. Bisher habe ich es nicht erlaubt, da ich Angst hatte, Sie würden dadurch wach.«
»Wie lieb von Ihnen, Miß Clark. Vielen Dank. Hoffentlich fühlen Sie sich auch besser.« – »Und wie! Miß Tyne hat mir ein äußerst behagliches Zimmer zugewiesen. Ich weiß schon jetzt, daß sie die Güte in Person ist.«
Miß Clark war es nicht entgangen, daß ihr Zögling sich unglücklich fühlte, doch sie war viel zu diskret, um ein Wort darüber zu verlieren. Da sie annahm, daß Letty sich vielleicht unnötige Sorgen über ihren Empfang bei Miß Tyne machte, wollte sie sie in dieser Hinsicht beruhigen.
»Ja, ich wußte auch gleich, daß ich sie sehr liebgewinnen würde. Viel mehr, als für mich gut ist«, fügte Letty nachdenlich hinzu. Als sie einen verwunderten Blick von Miß Clark auffing, wechselte sie rasch das Thema. »Wann wird Harry eigentlich erwartet?«
»Mr. Tyne war bereits hier, ist aber längst wieder fort. Er setzte sich mit uns um halb neun Uhr zum Frühstück.«

»Was hatte er zu sagen? Neue Anordnungen?«
»Nein, nur Liebenswürdigkeiten. Er erkundigte sich sehr freundlich, ob ich gut geschlafen hätte, und fand es wunderbar, daß Sie sich so lange ausruhen. Dann berichtete er von Lord Aubrey, der die Reise einigermaßen überstanden hat, allerdings unter einem Gichtanfall leidet ...«
»Oh, ich kann mir gut vorstellen, daß er vor Charme und Höflichkeit förmlich strotzte. Aber ich wollte eigentlich wissen, was er über meine Zukunft geäußert hat.«
»Nun, ich glaube, dem bisher Gesagten ist nichts hinzuzufügen. Sie sollen hier bei seiner Tante leben und eine respektable ...«
»... junge Engländerin werden. Ja, das weiß ich längst. Aber ich finde, o gütiger Himmel, müssen Sie denn so sklavisch sein, Miß Clark? Er ist schließlich nicht Gott.«
»Letty, bitte keine Blasphemie. Ich muß schon sagen, Sie sind heute morgen ziemlich unleidlich. Außerdem mangelt es Ihnen sehr an Dankbarkeit für all das, was Mr. Tyne für Sie tut.«
»Ich habe ihn nicht aufgefordert, etwas für mich zu tun. Er rannte mich mitten auf der Straße fast um, weigerte sich, mir die Richtung zu weisen, als ich ihn höflich darum bat, und schleppte mich dann nach Wien, ohne auch nur ›mit Verlaub‹ zu sagen.« Letty steigerte sich immer mehr in Zorn. »Und nun will er mich irgendwo hübsch unterbringen und endlich los sein, als wäre ich ein Möbelstück. Aber ich lasse mich nicht länger so behandeln. Schließlich bin ich kein Kind mehr.«
»Leider sehe ich mich gezwungen, Ihnen zu sagen, daß Sie sich sogar reichlich kindisch aufführen. Solche Hysterie steht einer guterzogenen jungen Frau schlecht zu Gesicht«, rügte Miß Clark ernst. »Miß Tyne möchte Sie gleich bei sich sehen. Trödeln Sie also bitte nicht so

lange herum. Ich werde Ihnen jemanden schicken, der Ihnen beim Ankleiden hilft. Dabei fällt mir ein, daß ich mit Mr. Tyne wegen einer Zofe für Sie reden muß.«

»Warum möchte Miß Tyne mich gleich bei sich sehen?«

»Vermutlich hat Mr. Tyne ihr einige Anweisungen gegeben, die Sie betreffen, als die beiden nach dem Frühstück allein waren, und diese möchte sie Ihnen mitteilen«, erwiderte Miß Clark und verließ mit diesem letzten Treffer das Zimmer.

Letty setzte sich empört auf und schüttete dabei den Rest der Schokoloade über ihr Nachthemd. Anweisungen!

Ihr Zorn war nicht versiegt, sondern im Gegenteil geradezu aufgelodert, als sie ins Erdgeschoß hinunterstapfte. Sobald Miß Tyne ihre so gar nicht damenhaften schweren Tritte auf der Treppe hörte, kam sie aus dem Salon geflattert, um sie zu begrüßen.

»Liebes Kind. Da sind Sie ja endlich, und wie wohl Sie heute aussehen. Wollen Sie jetzt Ihr Frühstück oder vielleicht lieber ein Mittagessen, ach du liebe Güte, was für ein schwieriger Zeitpunkt ...«

»Ich möchte mich dafür entschuldigen, so viele Unannehmlichkeiten zu machen«, begann Letty förmlich.

»Aber Miß Montressor – oder darf ich Sie Letty nennen, wie auch Harry es tut? –, wie können Sie nur so etwas sagen. Ich mache mir lediglich Gedanken darüber, was zu dieser Tageszeit verführerisch für Ihren Gaumen sein könnte. Ein interessantes Problem. Will man sein gewohntes Frühstück haben, ganz egal, wie spät es ist, oder nicht? Höchst kompliziert, finden Sie nicht?« meinte Miß Tyne und faltete dabei ihre winzigen Hände.

Letty wurde sofort weich. »Liebe Miß Tyne, bitte machen Sie sich doch darüber keine Gedanken. Ich bin so

hungrig, daß mein Appetit schon durch den Anblick einer Serviette angeregt wird. Natürlich sollen Sie mich Letty nennen«, fügte sie dann liebevoll hinzu.
»Was sind Sie doch für ein hübsches Wesen! Wir werden uns sicher blendend miteinander amüsieren. Kommen Sie.« Miß Tyne ging ins Frühstückszimmer voran und befahl Sills, Miß Montressor etwas aufzutischen, das im Nu zubereitet werden konnte, und Miß Clark zu fragen, ob sie sich ihnen nicht zugesellen wolle. »Wie wunderbar, daß es Harry gelang, in Wien eine Frau von solchem Kaliber für Sie aufzutreiben, mein Kind. Oh, da sind Sie ja schon, Miß Clark.« Miß Tyne blieb wie angewurzelt stehen, als sie zu ihrer Überraschung Miß Clark am Tisch vorfand, die gerade für Letty einen Toast mit Butter bestrich. »Ich befahl Sills gerade, für Letty etwas zu servieren und Sie zu holen, aber Sie sind mal wieder viel schneller als ich.«
Letty verputzte in Windeseile mehrere pochierte Eier und einige Scheiben kalten Braten. Miß Tyne beobachtete diesen Vorgang mit großen Augen. »Letty, ich befürchte, daß es Ihnen übel bekommen wird, das Essen derart hinunterzuschlingen«, rügte Miß Clark ziemlich verlegen.
»Oh, junge Leute scheinen keine Probleme mit der Verdauung zu haben, wie es bei uns der Fall ist. Ich finde es wunderbar, welch herzhaften Appetit das Kind hat, und Letty muß tüchtig essen, denn Harry möchte, daß sie in die Londoner Gesellschaft eingeführt wird, Gleichaltrige kennenlernt und sich nach Kräften amüsiert. Wir werden also viel zu tun haben. Sie ahnen ja nicht, wie aufgeregt ich über diese Aussicht bin. Ich liebe Gesellschaften und Bälle, habe aber seit langem keine Einladungen angenommen, da ich nicht gern allein hingehe, und in meinem Alter reißen sich die Gent-

lemen nicht mehr um einen Tanz mit mir.« Sie kicherte vergnügt, doch in ihrer Stimme klang ein sehnsüchtiger Unterton mit, der Letty rührte. Dies wiederum verringerte ihre instinktive Antipathie gegen sämtliche Pläne, die von Harry vorgeschlagen wurden.

»Wir müssen uns gemeinsam Ihre Garderobe anschauen, Letty«, fuhr Miß Tyne fort. »Harry bat mich, alles Nötige besorgen zu lassen, fügte aber hinzu, daß Sie seiner Meinung nach bereits sehr viele Abendkleider besitzen.«

»Tja, falls ich auf jedem Ball in einem schlichten weißen Gewand und einem Blumenkranz erscheinen soll, hat er recht. Ich fände es allerdings reichlich affektiert, mich so theatralisch aufzuputzen«, sagte Letty bissig.

»Da bin ich ganz Ihrer Ansicht, mein Liebes. Es wäre äußerst unangenehm, wenn die Leute Sie für exentrisch hielten. Ich lasse Mademoiselle Berthe so rasch wie möglich kommen. Sie ist jetzt große Mode und sehr teuer, aber Harry sagte mir, daß Geld keine Rolle spiele …«

»… bei der Einkleidung des Opferlamms«, murmelte Letty bitter.

»Pardon, ich habe nicht verstanden«, sagte Miß Tyne verwirrt.

»Mir kommt es so vor, als ob ich geschmückt an den Meistbietenden verkauft werden soll, obwohl für Harry vermutlich der Erstbietende auch der Beste sein wird.«

»Letty, Sie betrüben Miß Tyne mit solche unpassenden Bemerkungen. Ich finde, daß Ihre Laune heute morgen sehr zu wünschen übrigläßt. Was meinen Sie eigentlich …?«

»Ich meine, daß Harry mich möglichst rasch verheiraten und damit loshaben will. Dabei weiß ich gar nicht, wieso er sich für zuständig hält, mein Leben für mich zu arrangieren. Ich habe ihm ganz gewiß nie die Erlaubnis dazu gegeben.«

Bei diesem Gefühlsausbruch preßte Miß Clark mißbilligend die Lippen aufeinander. Doch bevor sie ein Wort äußern konnte, sprang Miß Tyne schon auf und eilte um den Tisch an Lettys Seite. »Oh, mein liebes Kind, das dürfen Sie nicht glauben, ich versichere Ihnen, daß Harry nicht vorhat … nichts dergleichen … er hat nur …« Sie brach mit Tränen in den Augen ab und streckte Letty flehend die Hände entgegen.

Voller Gewissensbisse stieß Letty ihren Stuhl zurück und umarmte Miß Tyne stürmisch. »Was bin ich doch für ein Scheusal, daß ich Sie zum Weinen bringe … und dabei sind Sie so lieb gewesen. Ich bin ein undankbares Wesen und bitte Sie, mir zu vergeben.«

Miß Tyne stellte sich sofort auf die Zehenspitzen und gab Letty einen Kuß auf die Wange. »Aber natürlich, liebes Kind. Ich will doch nur, daß Sie glücklich werden. Solch eine schreckliche Kindheit … Harry hat mir davon berichtet. Das muß wieder wettgemacht werden. Wir werden wunderschöne Zeiten miteinander erleben, oh, es gibt ja so viel zu sehen, und Harry bat mich, Ihnen alles zu zeigen. Wir werden Wests Wachsfigurenkabinett und Miß Linwoods Handarbeitsladen aufsuchen, und dann gibst da noch Chunee, den Elefanten an der Exeter Börse. Er kann nämlich zählen, stellen Sie sich das mal vor.«

»Miß Tyne«, unterbrach Letty die alte Dame sanft. »Hat Harry vorgeschlagen, daß Sie mir diese Kindervergnügen bieten sollen?«

»Nun ja, er meinte, daß all das Ihnen Spaß machen würde, da Sie niemals …«

»Da irrt er sich sehr«, widersprach Letty mit Nachdruck.

Dabei wäre sie liebend gern zu solchen Veranstaltungen gegangen, wenn nicht ausgerechnet Harry sie vorgeschlagen hätte. »Mich interessieren ganz andere Dinge. Ich würde gerne ...« Sie zögerte, da sie eigentlich gar nicht so genau wußte, worauf sie Lust hatte. Doch dann kam ihr eine Eingebung. »Ich würde mir gern einige musikalische Darbietungen anhören.«
»Musikalische Darbietungen? Nun, ich ...«, stammelte Miß Tyne verdutzt.
»Ja, ich möchte Sänger und Sängerinnen in Konzerten oder ... oder auf der Opernbühne hören«, sagte Letty triumphierend. Sie hatte dabei die köstliche Vorstellung, am Ende eines Aktes als Gräfin in »Figaros Hochzeit« förmlich mit Blumen überschüttet zu werden. Schließlich beherrschte sie ja eine dieser Arien ...
»Wenn das Ihr Herzenswunsch ist, werden wir ihn natürlich erfüllen«, versicherte Miß Tyne liebevoll. »Möchten Sie jetzt vielleicht ein bißchen herumfahren und frische Luft schöpfen? Es ist zwar kalt, aber solch ein herlich klarer Tag.«
»Nichts täte ich lieber!« rief Letty begeistert.
»Begleiten Sie uns, liebe Miß Clark?«
Miß Clark schauderte gekonnt und lehnte dankend ab mit der Erklärung, einige Briefe schreiben zu müssen. Letty und Miß Tyne holten sich ihre Capes und Hauben. Als sie wieder zur Halle hinunterstiegen, hörte Miß Clark Letty mit verräterisch kindlicher Stimme eine Frage stellen.
»Könnten wir vielleicht auch mal zum Hafen fahren, Miß Tyne? Ich würde ihn zu gern sehen.«
Miß Clark runzelte einen winzigen Augenblick die Stirn, verdrängte dann jedoch energisch alle beunruhigenden Gedanken und ging in den Salon zurück, wo sie den neuesten Roman von Walter Scott entdeckt hatte.

Mit dieser Lektüre gedachte sie ihren Nachmittag zu verbringen.

18

Letty betrachtete ihr Spiegelbild und wünschte sich inständig, daß Harry sie in diesem Moment sehen könnte. Dieser sehnsüchtige Gedanke wurde gleich darauf unnachgiebig unterdrückt. Schluß damit, sagte sie sich energisch. Romantische Tagträume sind kindisch, und von nun an muß ich auf vernünftige Weise vorausplanen, wenn ich mein Leben selbst bestimmen will. Nachdem sie sich diesen Entschluß förmlich eingehämmert hatte, wandte sie sich wieder dem Spiegel zu. Das zart orangenfarbene Seidenkleid stand ihr ausnehmend gut und glich in keinster Weise den schmucklosen weißen Hängern, die sie für ihre Auftritte in Wien getragen hatte. Der Ausschnitt war zwar im Vergleich mit den tiefen Dekolletés gewisser eleganter Damen züchtig, trotzdem aber der gewagteste, den sie bisher hatte tragen dürfen. Eingefaßt war er mit Spitzenrüschen und einem Samtband in etwas dunklerem Orange. Das gleiche galt für die kurzen Puffärmel. Der glockenförmige Rock war mit drei Samtvolants geschmückt, der Saum reichte bis knapp über die Knöchel. Kurz, es war ein Kleid, um jedes Jungmädchenherz zu beglücken.
Bis auf den flüchtigen sehnsüchtigen Moment kurz zuvor war Letty jedoch völlig unbewegt und brachte es nicht fertig, sich von dem Enthusiasmus der anderen Damen anstecken zu lassen, die bei dieser letzten Anprobe zugegen waren. Es handelte sich um Miß Tyne, die unzusammenhängend vor sich hin zirpte, um die

nickende und lächelnde Miß Clark und um Mademoiselle Berthe, die stolzgebläht ihr Meisterwerk begutachtete. Selbst das melancholische Nähmädchen, das auf den Knien lag, um den Saum abzustecken, bekundete mit einem scheuen Lächeln seine Anteilnahme. Schuld an der gewissen Distanziertheit, die Letty ausstrahlte, war ein Plan, den sie bis ins letzte Detail ausgearbeitet hatte. Falls sich eine günstige Gelegenheit böte, würde sie schon in wenigen Tagen weit weg von Bällen, Tänzen und heiratsfähigen jungen Männern sein, auf die dieses Kleid Eindruck machen sollte.
Letty hätte ihre Pläne am liebsten schon längst in die Tat umgesetzt, doch sie hielt es für ausgesprochen herzlos, die liebe Miß Tyne um diesen ersten Ball zu bringen, auf den sie sich schon derartig freute. Lady Mortimers Ball, bei dem deren älteste Tochter in die Gesellschaft eingeführt wurde, galt in eleganten Kreisen als das wichtigste Ereignis der Vorweihnachtszeit, und für Miß Tyne war es die Krönung einer Woche mit Besuchen, Einladungen zum Tee, Hauskonzerten und Dinnerpartys, an denen sie teilnahm, um Miß Montressor allen möglichen wichtigen Leuten vorzustellen. Miß Tyne hatte voll Vergnügungen die Einladungen zu kommenden gesellschaftlichen Ereignissen studiert, die sich auf ihrem Sekretär zu einem beachtlichen Stapel türmten. Letty hatte sie schuldbewußt dabei beobachtet, da sie ja wußte, daß sie die warmherzige alte Dame schon bald dieser langersehnten Vergnügungen berauben würde. Sie verbot sich jedoch, darüber nachzudrübeln, da sie sich zu einem Entschluß durchgerungen hatte. Sobald wie möglich nach Lady Mortimers Ball – dies war das einzige Zugeständnis, daß ihr Gewissen zuließ – würde sie Miß Tyne verlassen.
Letty vertraute darauf, daß sie nur den Direktor von Co-

vent Garden sprechen müsse, um ihre Zukunft zu sichern, da sich gerade jetzt Opernaufführungen und Konzerte besonderer Beliebtheit erfreuten. Sie hatte in der vergangenen Woche zwei musikalische Darbietungen erlebt und hielt sich für ebenso versiert wie die Sängerinnen, die aufgetreten waren.
Harry war mit diesen Konzerten durchaus einverstanden gewesen, hatte sich allerdings nicht angeschlossen. Ja, er hatte sogar noch andere Veranstaltungen vorgeschlagen, die sie vielleicht interessieren könnten. Wäre Letty nicht felsenfest davon überzeugt gewesen, daß Harry ihren Plan unmöglich kennen konnte, so hätte sie ihn im Verdacht gehabt, sie aus irgendwelchen höchst egoistischen Gründen zu unterstützen.
Er stattete täglich einen Besuch am Belgrave Square ab, war stets guter Laube, machte sich auch immer Gedanken um die Gesundheit und das Amüsement der anderen, verriet allerdings über seine eigenen Betätigungen keine Silbe. Seine Besuche erfolgten nicht zu festgesetzten Zeiten. Manchmal erfuhren Miß Tyne und Letty bei ihrer Rückkehr von einer Ausfahrt, daß Harry dagewesen war und sich mit Miß Clark unterhalten hatte. »Welch leutselige Art, welch perfektes Benehmen. Eine Zierde der Gesellschaft, ja wirklich«, schwärmte Miß Clark. Diese Lobpreisungen hatte sie in Harrys Anwesenheit Lord Aubrey gegenüber zwei Abende zuvor wiederholt, als sie alle bei ihm speisten. Lord Aubrey hatte äußerst huldvoll darauf reagiert.
»Miß Clark ist auf dem besten Weg, mir völlig den Kopf zu verdrehen«, flüsterte Harry Letty halblaut zu. Sie musterte ihn mißtrauisch von der Seite, da sie eine Spur von Selbstgefälligkeit herauszuhören glaubte. Doch er schaute sie so spitzbübisch an, daß für einen Augenblick die kalte Leere in ihr erwärmt wurde und sie ihm

spontan zulächelte. Doch dann rief sie sich streng zur Ordnung und wandte sich mit weit mehr Eifer und Enthusiasmus ihrem Hummer zu, als sie in Wirklichkeit empfand.

»Ich fürchte, dafür ist es längst zu spät«, erwiderte Letty kalt auf Harrys Bemerkung, was ihr einen scharfen Blick von ihm eintrug, den sie nicht zu bemerken vorgab. Sie hatte starkes Herzklopfen wegen ihrer schnippischen Antwort und aus Furcht, daß er sie mit einer seiner verletzenden Bemerkungen vor den anderen bloßstellen würde. Harry musterte jedoch nur flüchtig ihr abgewandtes Gesicht, bevor er sich wieder an der allgemeinen Unterhaltung beteiligte. Letty war tief enttäuscht. Inwzischen war sie ihm also schon so gleichgültig geworden, daß er sich nicht einmal mehr die Mühe machte, sie für ihre Frechheiten zur Rede zu stellen. Die eisige Leere in ihrem Inneren machte sich wieder bemerkbar, worauf sie stolz den Kopf hob und ein strahlendes, wenn auch mechanisches Lächeln aufsetzte, damit ja keiner zu denken wagte, sie sei etwas nicht hochzufrieden mit dem Stand der Dinge.

»Letty, bitte lächeln Sie Lady Mortimer nicht so künstlich an, das steht Ihnen gar nicht gut«, ertönte gleich darauf Miß Clarks Stimme. Letty fühlte sich ruckartig in die Gegenwart zurückversetzt und mußte insgeheim zugeben, daß Miß Clark vernichtendes Urteil über ihr bemühtes Lächeln vermutlich mehr als berechtigt war.

In der Ballnacht war Lettys Lächeln jedoch genauso, wie es sein sollte, denn sie hatte vor, sich in diesen letzten unbeschwerten Stunden ihres alten Lebens zu amüsieren. Da sie in Zukunft auf der Bühne stehen wollte, hielt sie es außerdem für sehr vernünftig, alle Menschen als eventuelle Zuhörer zu betrachten, die sich dann später

daran erinnern würden, ihr auf einem Fest begegnet zu sein, wo sie ganz die wohlerzogene junge Dame aus gutem Hause gewesen war.
»Du liebe Güte, was für ein Gedränge! Lady Mortimers Einladungen sind immer ein großer Erfolg«, flüsterte Miß Tyne vergnügt, während sie langsam die breite überfüllte Treppe zum Ballsaal hinaufstiegen, der förmlich von Gästen überquoll.
Als Letty mit Miß Tyne hereinkam, erstarb zwar nicht jede Unterhaltung, doch Letty registrierte viele interessierte Blicke und hoffte nur, daß dieses Interesse groß genug war, um ihr die Demütigung zu ersparen, den ganzen Abend als Zuschauerin herumsitzen zu müssen. Erst jetzt wurde ihr klar, wie sehr ihr Wiener Erfolg sie verwöhnt hatte. In Begleitung des rasanten Grafen Radoczy als die »neueste Wiener Sensation« auf einem Ball zu erscheinen, war schon etwas ganz anderes, als am Arm von Miß Tyne einen Saal mit lauter Fremden zu betreten, die noch nie etwas von ihr gehört hatten.
Doch Letty unterschätzte Miß Tyne. Sobald sie sich ihren Weg zu einem Sofa an der Wand gebahnt hatten und sich setzten, marschierte eine stattliche Parade von Matronen vor ihnen auf, in ihrem Schlepptau mehrere Söhne in allen Graden von Unreife bis Reife. Die Matronen waren ausgesprochen erpicht darauf, ihre Sprößlinge Miß Montressor vorstellen zu dürfen. Letty wurde klar, daß all diese Ladies in der vergangenen Woche besucht worden waren, jede einzelne von Miß Tyne offensichtlich »handverlesen« als Mutter eines heiratsfähigen Sohnes. Bevor die Musiker den ersten Akkord spielten, war Letty schon für weit mehr Tänze versprochen, als sie sich merken konnte. Obwohl keiner ihrer Partner ansehnlich genug war, um in ihr romantische Träumereien zu wecken, lächelte sie jedem von ihnen strah-

lend vor Dankbarkeit zu. Sie wischte alle Gedanken an ihre ungewisse Zukunft beiseite und gestattete sich, Teil der fröhlichen, gutgelaunten Tänzerschar zu sein.

Letty wurde eben vom dem errötenden Sproß einer Adelsfamilie, dessen Vermögen seine gesellschaftliche Stellung noch bei weitem übertraf, verehrungsvoll dem Schutz von Miß Tyne zurückgegeben, als es zum ersten schwierigen Moment des Abends kam.

Der junge Mann bat gerade um Erlaubnis – dabei war nur eine schwache Andeutung seines sonst üblichen Stotterns zu bemerken –, am nächsten Tag vorsprechen zu dürfen, als ihn eine wohlvertraute gedehnte Stimme unterbrach.

»Na, so was, Allardyce, mir scheint, Sie beginnen endlich dem Zauber des schönen Geschlechts zu erliegen.« Letty drehte sich um, und Harry lächelte sie gut gelaunt an. Ihr junger Kavalier eilte auf ihn zu und ergriff seine Hand. »Tyne! Wie wunderbar! Ich kann Ihnen gar nicht sagen, wie froh … nie hab' ich diese … Verleumdung geglaubt, nein, nie!«

»Danke, Allardyce«, erwiderte Harry ruhig, doch man merkte ihm an, daß ihn die Aufrichtigkeit rührte. Letty schloß aus dieser kurzen Unterhaltung, daß all jene, die in der Gesellschaft eine Rolle spielten, Harrys Verwandlung vom schwarzen Schaf zum verlorenen Sohn akzeptiert hatten.

Harry begrüßte seine Tante und wandte sich dann an Letty. »Nachdem du mit Königlichen Hoheiten in Laxenburg getanzt hast, muß dir dieses Fest ja reichlich lahm vorkommen. Hoffentlich amüsierst du dich trotzdem ein wenig.«

»Ungemein«, versicherte ihm Letty mit gespielter Gelassenheit. Sie schaute in eine andere Richtung und fächerte sich heftig Luft zu, um eine gewisse Atemlosigkeit zu verbergen, die sie bei seinem Anblick empfand. Er sah mit seinen dunklen Haaren, die durch das weiße Halstuch und den eleganten schwarzen Frack noch betont wurden, aber auch wirklich unverschämt gut aus.

»Was führt dich eigentlich her?« erkundigte sie sich, nachdem sie ihre Fassung wiedergewonnen hatte. »Du hast doch oft genug betont, wie sehr du solche Feste verabscheust.«

»Na, hör mal! Ich hielt es selbstverständlich für meine Pflicht, bei deinem ersten Londoner Ball anwesend zu sein und dafür zu sorgen, daß es dir nicht an Tanzpartnern mangelt.«

Letty erklärte ihm voller Genugtuung, daß sie sich in dieser Hinsicht nicht beklagen könne. »Prima«, erwiderte er. »Da du so gut ohne mich auskommst, werde ich mich dem Kartenspiel widmen. Das liegt mir weit mehr, wie du ja weißt. Vielleicht hast du später einen Tanz für mich frei.« Er verbeugte sich und schlenderte davon.

Letty versuchte ihr Herz gegen die bohrende Enttäuschung zu wappnen, wandte sich dem jungen Mann zu, der gerade herantrat, um sie aufzufordern, und lächelte ihn so hinreißend an, daß es ihm die Sprache verschlug und er sie stumm auf die Tanzfläche führte.

Sie verbot sich zwar, in der Menge nach Harry Ausschau zu halten, wußte aber trotzdem ganz genau, daß er mindestens eine Stunde lang nicht im Ballsaal sein würde. Als ein schmächtiger Jüngling sie gerade zum Tanzen führte, dessen Nase das fehlende Kinn mehr als wettmachte, erlebte Letty den zweiten unangenehmen Augenblick dieses Abends. Ein schallendes, verhaßtes Lachen, das sie nie vergessen würde, ließ sie in der Bewegung erstarren. Ihr Partner prallte gegen sie; doch als sie sich entschuldigen wollte, merkte sie, daß er an dem kleinen Zusammenstoß ebenso schuld war wie sie, da er den Kopf zur Tür hin verdrehte. Resigniert schaute auch Letty dorthin. Lady Hester Luddington hatte geschafft, was keine andere Frau in dieser Nacht fertigbrachte. Alle Blicke wandten sich ihr zu, und die Unterhaltung verstummte schlagartig.

Lady Hester hing auf mehr als freundschaftliche Weise an Harrys Arm und lachte zu ihm hinauf. Sie trug ein weißes Seidenkleid von raffinierter Schlichtheit, dessen einziger Schmuck in einer Borte aus gestickten Pailletten am Saum bestand, die durch ihr Gewicht den schimmernden Stoff in schöne, wie gemeißelte Falten legte. Das knappe Mieder brachte ihren üppigen Busen voll zur Geltung, und ein großer Brillant an einer Perlenkette blitzte bei jedem ihrer Atemzüge auf und verzauberte mit seinen gleißenden Strahlen den ganzen Ballsaal. Letty erging es nicht anders.

Nach einem Moment riß sie sich jedoch zusammen und zog den jungen Mann am Arm. Sie schritten auf die Tanzfläche, und diese Bewegung schien den Bann zu brechen, der nur wenige Sekunden gewirkt hatte, obwohl es allen viel länger vorgekommen war. Die Ballgäste nahmen ihre Gespräche wieder auf.

Letty kochte innerlich vor Zorn, während ihr Partner sie ungeschickt nach der Melodie herumschubste. Wie schlau von Lady Hester, nach London zurückzuhetzen und hier sofort ihr »Besitzrecht« auf Harry zu demonstrieren, um etwaigen Debütantinnen einen Strich durch die Rechnung zu machen, die vielleicht den Wunschtraum hegten, die künftige Lady Aubrey zu werden.

Mitten in diesen wütenden Überlegungen kam Letty plötzlich der niederschmetternde Gedanke, daß kein Mensch mehr Recht darauf hatte, Harry zu folgen, als

Lady Hester. Vermutlich hatte Harrys sie sogar auf Drängen Lord Aubreys zur Rückkehr gedrängt. Schließlich war Lord Aubrey erpicht darauf, daß Harry heiratete und seßhaft wurde, und Harrys Brautwahl war ganz nach seinem Geschmack.

Ich darf nicht darüber nachdenken, sagte sich Letty. Es geht mich nichts an, und ich muß die beiden nie wiedersehen, außer vielleicht über das Rampenlicht hinweg.

Da als nächstes ein Walzer an die Reihe kam, war Letty gezwungen, ihn auszulassen. Sie war nämlich noch nicht von den Damen bei Almacks begutachtet worden, deren Zustimmung nötig war, bevor ein junges Mädchen in der Öffentlichkeit Walzer tanzen durfte. Deshalb mußte sie den Anblick Harrys ertragen, der mit der rasanten Lady Hester durch den Saal walzte. Sie wandte sich schroff ab und erklärte Miß Tyne, daß sie todmüde sei und am liebsten gleich nach Hause fahren würde.

Miß Tyne war offensichtlich erleichtert. »Liebes Kind, natürlich fahren wir gleich heim. Ich muß gestehen, daß ich mich in der letzten Stunde nur mit Not und Mühe am Einschlafen hindern konnte. Es liegt an der späten Uhrzeit; daran bin ich einfach nicht mehr gewöhnt. Und die Hitze, vermutlich ... die vielen Menschen, das macht schläfrig, aber so wundervoll ... ich weiß nicht, wann ich mich je so gut amüsiert habe. Sie waren ein großer Erfolg, meine liebe Letty, dazu muß ich Ihnen wirklich gratulieren ... und Sie hatten das zauberhafteste Kleid von allen, das steht für mich fest.«

Aber Letty war da anderer Meinug. Verglichen mit Lady Hester fühlte sie sich ausgesprochen unelegant. Sie starrte mißmutig aus dem Kutschenfenster und bereute es, auf den Ball mitgegangen zu sein. Sie hatte Miß Tyne

eine Gefälligkeit erweisen wollen um sich für all ihre Güte zu revanchieren, und der Erfolg war, daß sie sich unnötig einer wahren Seelenfolter ausgesetzt hatte.
Aber damit war nun Schluß. Schon morgen oder übermorgen würde sie weggehen, sobald sich die Gelegenheit dazu ergab. Am besten war es wohl, sich bei Tag fortzustehlen. Nachts würde man sie auf keinen Fall allein vor die Tür lassen, und außerdem wäre es besonders schwierig und gefährlich, sich in der Dunkelheit zurechtzufinden.
Am nächsten Nachmittag schützte sie Erschöpfung und leichte Kopfschmerzen vor, um Miß Tyne nicht bei mehreren Besuchen begleiten zu müssen. Sie hatte lustlos an ihrem Frühstück herumgeknabbert und über Müdigkeit geklagt. Dann hatte sie alle miterleben lassen, wieviel Anstrenung es sie kostete, sich mit all den jungen Männern zu unterhalten, die schon sehr früh und in beachtlicher Zahl ihre Aufwartung machten. Als auch der letzte Besucher fort war, schleppte sie sich mit der Miene eines Menschen die Treppe hinauf, der seine letzte Energie verbraucht hat, und verkündete, zu Bett gehen zu wollen. Miß Clark und Miß Tyne machten sich große Sorgen, und letztere wollte sogar einen Arzt rufen lassen. Letty wurde klar, daß sie ihre Rolle zu gut gespielt hatte, und trug nicht mehr ganz so dick auf. Sie konnte die beiden davon überzeugen, daß es ihr nach einem ausgedehnten Mittagsschlaf wieder gutgehen würde. Daraufhin erklärte Miß Clark, sie würde sich ans Fenster setzen, während Letty schlief, und aufpassen, ob sie nicht doch etwas Fieber bekäme. Miß Tyne müsse aber auf jeden Fall ihre Verabredung einhalten …
»Sie dürfen Miß Tyne nicht allein fahren lassen«, protestierte Letty hastig. »Außerdem könnte ich kein Auge zutun, wenn Sie hier herumsitzen und mich beobach-

ten. Seien Sie so lieb und begleiten Sie Miß Tyne, die Sie viel mehr braucht als ich.«

Da Miß Clark den Roman von Walter Scott ausgelesen hatte und da die zwei Wochen vorüber waren, in denen sie keinen Fuß in eine Kutsche setzen wollte, ließ sie sich schließlich überreden und fuhr mit Miß Tyne weg.

Letty blieb einige Minuten still liegen und freute sich am Prasseln des Kaminfeuers und an dem bläßlichen Sonnenschein, der einen hellen Streifen auf ihre Steppdecke malte. Der Kanarienvogel Alexander begann zu jubilieren, während Letty aufstand und sich ihre wärmsten Sachen anzog – ein dunkelgrünes Kleid aus Merinowolle mit passendem Umhang, der mit Schwanendaunen verziert war. Dann verstaute sie in ihrer Hutschachtel Unterwäsche, einen Morgenrock und eines jener weißen Gewänder aus Wien mit den passenden Seidensandalen und dem Kranz aus silbernen Blättern. Ihre Kehle zog sich schmerzhaft zusammen, doch sie schluckte ein paarmal energisch und zog dann die Schutzdecke über den Vogelkäfig. Der ekstatische Vogelgesang verstummte jäh.

19

Miß Tyne stützte sich auf Miß Clarks Arm, als sie aus der Kutsche stieg, und die beiden Damen betraten munter plaudernd das Haus. Es war für sie ein durchaus befriedigender Nachmittag gewesen, und sie befanden sich in vollkommener Eintracht. Beide hatten es genossen, daß Letty von vielen Ladies förmlich in den Himmel gehoben wurde, und beide hatten sich an harmlosen Klatschereien über die Manieren und Sitten einiger Gäste auf Lady Mortimers Ball beteiligt.

»Ehrlich gesagt, Miß Clark, glaube ich, daß ich mir einen kleinen Sherry genehmige, bevor ich mich zum Dinner umziehe. Leisten Sie mir Gesellschaft?«

»Mit Vergnügen, liebe Miß Tyne. Ich laufe nur schnell hinauf, sehe nach Letty und nehme meine Haube ab. Dann komme ich zu Ihnen.«

Gleich darauf kam sie aufgeregt zurückgerannt. »Letty ist nicht mehr im Bett, Miß Tyne. Wo mag sie wohl sein?«

»Nicht im Bett? Vielleicht sitzt sie im hinteren Salon.«

Sie eilten gemeinsam quer durch die Halle, doch der Salon war leer. Einen Augenblick blieben sie ratlos stehen.

»Läuten Sie nach Sills«, schlug Miß Clark schließlich vor.

Doch Miß Tyne rief bereits mit etwas schriller Stimme nach Sills. Als er kam, war sie viel zu sehr durcheinander, um ihn ausfragen zu können, so daß Miß Clark diese Aufgabe übernahm. Sills erwiderte ruhig, daß die Miß den ganzen Nachmittag in ihrem Zimmer geblieben sei und schlafe, soweit er wisse. Er setzte eine leicht indignierte Miene auf, als er aufgeklärt wurde, daß Miß Montressor nicht dort war. Die anderen Dienstboten wurden herbeigerufen, doch keiner von ihnen hatte eine Ahnung, wo die Miß sein mochte, wenn sie sich nicht in ihrem Zimmer aufhielt. Lettys Zofe berichtete, daß sie einige private Besorgungen gemacht hätte, da Miß Clark ihr ja verboten habe, die Miß zu stören. Nach ihrer Rückkehr habe sie im Dienstbotenzimmer mit den anderen zusammen Tee getrunken.

Miß Tyne und Miß Clark schauten sich stumm an: die erstere mit bleichem Gesicht, die letztere um Fassung bemüht.

»Es ist durchaus möglich, daß Letty sich nach dem Aufwachen viel wohler fühlte und folglich beschloß, einen Spaziergang zu machen. Wir dürfen nicht in Panik geraten, Miß Tyne, denn das verschlimmert die Lage nur noch«, sagte Miß Clark in strengem Gouvernantenton. Doch sie erzielte bei Miß Tyne keinerlei Wirkung.

»Harry muß sofort herkommen«, stieß sie mit zitternder Stimme hervor.

»Ich halte es nicht für nötig, daß ...«

»Aber er hat sie meiner Obhut anvertraut. Ich werde mich voll verantwortlich fühlen, falls ihr etwas zustößt. Sills, schicken Sie gleich jemanden zu Lord Aubrey. Mr. Harry soll sofort herkommen. Falls er nicht zu Hause ist, muß sein Diener sich schleunigst auf die Suche nach ihm machen.«

Ungefähr zwanzig Minuten später stürmte Harry völlig außer Atem herein. Offensichtlich hatte er nicht einmal gewartet, bis seine Kutsche vorgefahren wurde, sondern war die ganze Strecke zu Fuß gerannt.

»Was ist los?« erkundigte er sich, als er die beiden Damen hilfesuchend in der Halle vorfand. »Der Junge behauptet, daß Letty aus ihrem Bett verschwunden sei.«

»Ach, Harry, wir hätten natürlich nicht ausgehen dürfen, aber sie bestand ja förmlich darauf und schien so erschöpft von der ganzen Tanzerei gestern abend und ...«

»Unsinn! Sie ist jung und gesund und hätte dreimal so lang tanzen können, ohne die geringste Ermüdungserscheinung zu zeigen. Außerdem ging sie ja schon weg, ehe der Abend halb vorbei war. Davon kann man doch nicht erschöpft sein«, widersprach Harry aufgebracht.

»Aber so war es nun mal, Harry. Schon beim Frühstück konnte sie kaum ... ich habe doch recht, nicht wahr, Miß Clark?« flehte Miß Tyne.

»Ja, sie erweckte diesen Eindruck«, gab Miß Clark nachdenklich zu. »Aber bei genauerer Überlegung kommt es mir auch etwas seltsam vor. Schließlich war sie in Wien daran gewöhnt, bis spät in die Nacht aufzubleiben, und es schien ihr nichts auszumachen.«

»Ganz meine Meinung. Sie hat Sie beide aus irgendeinem Grund hinters Licht geführt. Was für einen Streich heckt sie nun schon wieder aus?« sagte Harry verdrossen. Mit gerunzelter Stirn marschierte er zwischen Tür und Fenster hin und her. »Ist sie von irgendwelchen jungen Knilchen belagert worden?« fragte er dann.

»Aber Harry! Natürlich nicht, denn sie ist ja erst vorige Woche hier angekommen. Auf dem gestrigen Ball hat sie zwar einige junge Männer kennengelernt, die heute morgen ihren Besuch machten, doch sie verhielt sich allen gegenüber gleichgültig. Nicht wahr, Miß Clark?«

»Wenn ich mich nicht sehr täusche, dann hat Miß Montressor keinerlei Interesse an diesen Gentlemen, Mr. Tyne«, sagte Miß Clark mit Nachdruck.

»Fehlt etwas aus ihrem Zimmer? Kleidung oder sonstige Sachen? Ist das schon überprüft worden?« fragte Harry.

Die beiden Damen schauten sich kummervoll an und eilten dann im Gleichschritt die Treppe hinauf. Doch Harry nahm zwei Stufen auf einmal, langte als erster vor Lettys Tür an, stieß sie auf und ließ seine Blicke durchs Zimmer schweifen. Es war ordentlich aufgeräumt, doch er konnte nicht beurteilen, ob etwas fehlte, da er es nie zuvor gesehen hatte.

Miß Clark tauchte als nächste auf, während die keuchende Miß Tyne sich noch auf der Treppe abmühte. Dort hörte sie Miß Clarks Aufschrei. »Alexander! Sie hat den Kanarienvogel mitgenommen, was mir bisher gar nicht aufgefallen war. Sie ist weggelaufen.« Miß Tyne brach in Tränen aus.

Harry mußte eine halbe Stunde warten, bis seine Pferde vor die Kutsche gespannt und zu ihm gebracht wurden. Dann schwang er sich auf den Kutschbock und entfernte sich in zügigem Tempo vom Belgrave Square. In der Zwischenzeit hatte er sich nach Kräften bemüht, seine Tante und Miß Clark zu beruhigen und sich mit dem Problem auseinanderzusetzen. Er brauchte nicht lange zu der Entscheidung, wo am besten mit der Suche zu beginnen war. Es gab eigentlich nur zwei Möglichkeiten, und die eine davon schloß er gleich aus, da er sicher war, daß Letty nicht zu ihren unliebenswürdigen Verwandten zurückkehrte, die wohl kaum davor zurückschrecken würden, sie zu einer Ehe mit einem anderen Mann zu zwingen.

Damit blieb nur die Kinderfrau übrig, die auf einem Schleppkahn hauste. Harry fuhr in Windeseile zum Hafen und war finster entschlossen, jeden dort verankerten Kahn zu durchsuchen, bis er sie fand. Wenn er sie gefunden hatte, dann ... Harry knirschte vor Zorn mit den Zähnen. Kleine Idiotin! Ohne ein Wort wegzulaufen und allen einen Todesschrecken einzujagen! Natürlich mußte sie sich ausgerechnet den Hafen aussuchen, das Viertel von London, wohin ein junges Mädchen ohne Begleitung nie einen Fuß setzen sollte. Falls nun aber der Schleppkahn gar nicht da war? Was dann? Wohin würde sie sich bei anbrechender Dunkelheit wenden? Sein Herz schlug schneller, als ihm immer neue Gefahren einfielen, die auf Letty lauern konnten. Er konzentrierte sich krampfhaft auf die Möglichkeit, daß sie ihre alte Kinderfrau gefunden hatte und in Sicherheit war. Denk jetzt an nichts anderes, beschwor er sich. Zuerst müssen die ganzen Kähne durchsucht werden. Leichter gesagt als getan. Das wurde ihm klar, sobald er sein Ziel erreicht hatte. Entsetzt starrte er die lange

Reihe von Flußschiffen an, die am Ufer vertäut waren und sich bis ins Unendliche fortzusetzen schienen. Eine gigantische Aufgabe, sich alle vorzunehmen, nein, im Grunde war diese Aufgabe nicht zu bewältigen. Er würde Tage dafür brauchen, und dabei gab es keinerlei Garantie, daß sich Lettys Kinderfrau und deren Mann überhaupt hier befanden. Zu allem Übel kannte er den Namen des Mannes nicht, den Lettys Kinderfrau geheiratet hatte. »Ein sehr umgänglicher Mensch«, hörte er Lettys Stime in der Nacht ihrer ersten Begegnung sagen. »Man stelle sich bloß vor, das ganze Leben als eine Mrs. Sludge zu verbringen! Deshalb bin ich von zu Hause weggelaufen und will zu Nora.« Nora, ja, das ist der richtige Name, dachte Harry triumphierend. Doch dann schüttelte er resigniert den Kopf. Was nützte ihm das? Vermutlich gab es auf diesen Schleppkähnen mindestens zwanzig Noras.
Vielleicht war es vorschnell von ihm gewesen, ganz allein loszupreschen. Es wäre klüger gewesen, einige Dienstboten mitzunehmen, die ihm bei der Suche helfen konnten. Aber woher hatte er denn ahnen können, da es so viele Schiffe gab? Verdammt noch mal, dieses Mädchen! Na warte, ich werde dir eine solche Standpauke halten, daß dir eine Woche lang die Ohren dröhnen! Neuerwachter Zorn trat an die Stelle seiner vorherigen Mutlosigkeit, und er sprang aus der Kutsche, band die Pferde fest und lief zum nächsten Kahn hinüber. Sicher hatte auch Letty sich hier zuallererst erkundigt.
Die frühe Dämmerung und der Abendnebel, der über dem Wasser hing, verliehen der Szenerie etwas eisig Trostloses, nur hin und wieder aufgehellt durch die kleinen gelben Vierecke erleuchteter Kabinenfenster. Leichtfüßig balancierte Harry über die Laufplanke und klopfte an die niedrige Kajütentür. Sie wurde von ei-

nem kleinen Kind geöffnet, das Harry knapp bis zu den Knien reichte. Es war in ein kurzes Hemd und sonst kaum etwas gekleidet, ein Junge, wie Harry mit unterdrücktem Grinsen konstatierte.

Der Kahnführer, seine Frau und eine verblüffende Vielzahl von Kindern jeglichen Alters waren in der winzigen Kajüte zusammengepfercht. Sie musterten voller Erstaunen den modisch aufgeputzten Herrn, der sich bückte, um ins Innere spähen zu können. Warme, stikkige Luft, schwer mit Rauch und Essengerüchen, drang Harry entgegen, als er höflich den Hut vor der Dame des Hauses oder vielmehr des Schleppkahnes zog und sein Anliegen vorbrachte.

»Oh ... aha ... das Mädchen, he? Isse verwandt mit Sie?« fragte der Mann und beäugte Harry argwöhnisch.

»Sie haben sie also gesehen?« erkundigte sich Harry eifrig, doch der Schiffer gab keine Antwort, sondern sah ihn weiterhin unverwandt an. Harry wurde klar, daß er eine Antwort auf seine Frage erwartete. Also tat Harry ihm den Gefallen. »Nein sie ist nicht mit mir verwandt, sondern mein ... Mündel. Sie hat keine Familie, die sich um sie kümmert, und deshalb habe ich sie einer Tante anvertraut. Ich wäre Ihnen sehr verbunden, wenn Sie mir verraten würden, wo sich Noras Lastschiff befindet.«

»Die Dartles liegen droben in Bristol«, sagte der Schiffer lakonisch.

»Oh, mein Gott! Wohin haben Sie das Mädchen denn geschickt?«

»Hehe, Mister, wir ham sie nicht rumgeschickt. Die Kleine kommt runter und fragt, wo Dartles sind. Redet geziert, aber nicht hochnäsig, als sag ich, die Dartles sind drüben in Bristol, und nicht gelogen. Sie sagt hübsch danke und verzieht sich.«

»Sie hätten sie unbedingt aufhalten müssen. Man stelle sich vor! Ein junges Mädchen bei Dunkelheit hier im Hafen!« rief Harry.

»Ist nicht meine Sache, der Kleinen sagen, was sie tun soll. War verdammt sicher, die Kleine, geht zum Ufer rüber, als weiß sie genau, wo sie hinwill. Dann hab' ich sie nicht mehr gesehen.«

Harry wußte, daß es sinnlos war, das Gespräch fortzusetzen, da aus dem Schiffer nicht mehr herauszuholen war. Also entschuldigte er sich dafür, die Familie beim Essen gestört zu haben, bedankte sich höflich für die Auskunft und verließ das Schiff.

Es war inzwischen völlig dunkel, und seine innere Unruhe machte ihn ungeschickt, als er die Pferde losbinden wollte. Mit einem unterdrückten Fluch zerrte er heftig an den Zügeln, sprang in die Kutsche und fuhr dann rasch am Ufer entlang. Dabei schaute er angestrengt in jede Seitenstraße. Doch er konnte kaum etwas sehen, denn in diesem Teil Londons hatten sich die Gaslaternen noch nicht verirrt, so daß die engen gewundenen Gassen nur durch eine offene Haustür oder ein Fenster erhellt wurden. Die meisten dieser Gäßchen mit Kopfsteinpflaster waren zu eng für eine Kutsche, und selbst Harry war nicht gerade erpicht darauf, sich als Fußgänger hineinzuwagen. Er hoffte inständig, daß Letty ebenso vorsichtig gewesen war. Sobald er zu einer breiteren Straße gelangte, fuhr er sie schnell hinauf und dann wieder zurück zum Fluß. Auf diese Weise erforschte er mehrere Straßen, ohne Letty zu Gesicht zu bekommen. Nach einiger Zeit kam er notgedrungen zu der Einsicht, daß dies alles verlorene Liebesmüh war. Er hielt an und grübelte darüber nach, was nun zu tun war. Wie würde Letty reagieren, wenn sie erfuhr, daß ihre Nora nicht in London war? Wohin würde sie sich wenden? Halt, die richtige Frage lautete anders. Wohin konnte sie sich wenden? An die Nichte der alten Gräfin oder an Tante Hermione? Kurzentschlossen nahm er die Zügel und trieb damit die Pferde an. Seiner Meinung nach würde sie zum Belgrave Square zurückkehren.

Auf halber Strecke dorthin entdeckte er sie schließlich. Sie ging ein ganzes Stück vor ihm gerade unter dem Lichtkegel einer Gaslaterne hindurch. Zwar hatte er anfänglich noch gewisse Zweifel, ob das schlanke Persönchen wirklich Letty war, doch das änderte sich schlagartig, als er den Umriß eines Vogelkäfigs erkannte, der durch sein Gewicht ihre linke Schulter herunterzog. Auch die andere Schulter schien durch eine Hutschachtel schwer belastet zu sein, die offenkundig weit mehr enthielt als nur einen Hut. Trotzdem marschierte Letty mit energischen Schritten und hocherhobenem Kopf geradeaus und blickte nicht nach rechts oder links. Harry hielt die Pferde an, blieb einen Moment unbeweglich sitzen und schaute ihr nach, während sich seine ganze aufgestaute Angst in wundervolle Entspannung auflöste. Aus schierer Erleichterung hätte er am liebsten laut herausgelacht.

Er lächelte immer noch vor sich hin, als eine gedrungene Gestalt aus dem Häuserschatten auftauchte und mit einer wahren Pratze nach Lettys Schulter griff. Harrys Herz machte förmlich einen Satz, und seine Nerven gerieten vor lauter Schrecken in Aufruhr. Er sprang auf, um ihr zu Hilfe zu eilen. Doch Letty war schneller. Ohne lange zu überlegen, wirbelte sie herum, und ihre schwere Hutschachtel landete mit einem widerwärtig dumpfen Laut auf der Nase des Mannes. Laut heulend taumelte der Kerl rückwärts und setzte sich unsanft hin, beide Hände an die blutende Nase gepreßt. Letty näherte sich mit drohend erhobener Hutschachtel, worauf er mühsam auf die Beine kam und flüchtete. Nach ein paar Metern warf er noch einen angstvollen Blick über die Schulter zurück.

Der ganze Zwischenfall war in knapp einer Minute vorbei, so rasch, daß Harry immer noch halbaufgerichtet dastand, als alles längst vorbei war. Er sackte auf seinen Sitz zurück, in seinem Kopf herrschte Aufruhr. Blinde Wut auf jeden, der es wagte, sie auch nur anzurühren, Zorn auf Letty, weil sie sich in solche Gefahr begeben hatte, Erleichterung, daß sie in Sicherheit war, und unumschränkte Bewunderung für ihren Mut. Fort mit allen Bedenken, ich muß unbedingt ... doch genau dieser Gedanke brachte ihn wieder zur Vernunft. Es ist zu früh dafür, viel zu früh! Harry setzte sich auf, zog seine Weste glatt, nahm die Zügel und fuhr hinter Letty her. Als sie das Räderrollen hörte, begab sie sich sofort an den Straßenrand, schaute sich aber weder um, noch verlangsamte sie ihre Schritte.

»Ich nehme an, daß du dich entschlossen hast, wieder nach Hause zu kommen«, sagte er im Plauderton, als er auf gleicher Höhe mit ihr war.

Sie schrak zusammen und schaute ihn entgeistert an. »Nur für diese Nacht«, erwiderte sie nach einem Moment ruhig.

Er musterte sie schweigend, während er die unausgesprochenen Folgerungen ihrer Antwort verdaute. Da er sich momentan nicht in der Lage fühlte, näher darauf einzugehen, ignorierte er sie einfach. »Hast du dir schon eine Entschuldigung für dein langes, unerklärliches Fernbleiben ausgedacht?« erkundigte er sich mit einer Stimme, der man seine Gereiztheit kaum anmerken konnte.

»Ich werde behaupten, daß ich Alexander ein bißchen

an die frische Luft bringen wollte und mich dabei verirrte«, erwiderte sie schnippisch.
»Steig ein«, befahl er abrupt.
Sie warf ihm einen langen forschenden Blick zu, bevor sie wortlos zur Kutsche trat und ihm Hutschachtel und Vogelkäfig reichte. Dann kletterte sie hinein und übersah dabei geflissentlich seine hilfreich ausgestreckte Hand. Nach einigen Minuten angespannten Schweigens hielt Harry es nicht mehr aus. »Ich möchte bloß wissen, welche Verrücktheit dich dazu trieb, so etwas Hirnrissiges zu tun?« polterte er los.
»Falls du mich beschimpfen willst, steige ich sofort aus«, verkündete Letty prompt. »Dann gehe ich lieber zu Fuß.«
»Ich hätte gute Lust, dir eine Tracht Prügel zu verabreichen, die du für eine solche Idiotie wahrlich verdienst. Also rate ich dir gut, mich nicht noch weiter zu provozieren«, warnte er sie.
»Mir kannst du keine angst machen«, gab sie temperamentvoll zurück. »Wenn du mich anrührst, werde ich schreien, und zwar sehr laut. Was fällt dir überhaupt ein, mir zu drohen? Ich werde ja wohl noch das Haus verlassen dürfen, ohne dich erst um Erlaubnis bitten zu müssen. Bisher nahm ich an, daß ich nicht als Gefangene in Miß Tynes Haus lebe.«
»Da du es anscheinend noch nicht begriffen hast, werde ich dir gern erklären, daß du ihr Gast bist. Selbst du wirst zugeben müssen, daß sie dich sogar wie einen Ehrengast behandelt hat. Und wie bedankst du dich dafür? Indem du ihr Sorgen und Aufregungen bereitest. So etwas kann nur ein kindisches Spatzenhirn wie deines …«
»Sag nicht, daß ich ein Spatzenhirn habe. Ich verabscheue diesen Ausdruck und lasse mich von dir nicht mehr so verunglimpfen. Dir scheint der Gedanke ja

noch nie gekommen zu sein, daß ich bei der Planung meiner Zukunft ein Wörtchen mitreden möchte. Nein! Du hast selbstherrlich entschieden, ich solle von nun an bei deiner Tante leben. In Wien hast du entschieden, daß ich dir von Nutzen bin, hast mich dann aber wieder fortgekarrt, ohne mich auch nur zu fragen. Du behandelst mich immer so, als ob ich ein ... ein Gegenstand wäre. Noch nie habe ich ein Wort der Anerkennung oder des Lobes gehört, ganz zu schweigen von Dankbarkeit.«

»Aha, es geht also um Dankbarkeit. Ich glaubte, alles wieder wettzumachen, was du für mich getan hast. Aber ich merke schon, daß schöne Kleider, Bälle und neue Freunde nicht genug für dich sind.«

»Ein schlichtes Dankeschön hätte vollauf gereicht«, widersprach sie ruhig. »Allerdings bezweifle ich, daß du dieses Wort je über die Lippen bringst, was ich übrigens für einen schweren Charakterfehler von dir halte. Sicher hängt das irgendwie mit deinem übermäßigen Stolz zusammen. Falls die Kleider und alles Sonstige als eine Art Rückzahlung gedacht waren, so danke ich dir, aber ich bin kein Kind mehr, dem man Belohnungen geben muß, weil es brav und folgsam war. Ich lasse mich jedenfalls nicht mehr auf diese Weise von dir behandeln. Es tut mir ehrlich leid, wenn ich deiner Tante und Miß Clark Kummer bereitet habe, aber ich konnte ihnen meine Pläne ja nicht kundtun, denn dann hätten sie mich nicht fortgelassen.«

»Aber warum willst du überhaupt fort? Warst du nicht umgeben von alledem, was Liebe, Fürsorglichkeit und Geld bieten können? Was willst du eigentlich? Ich wäre sehr zufrieden, wenn du mir einen vernünftigen Grund nennen könntest, warum du all das plötzlich so unangenehm fandest, daß du fortlaufen mußt.«

»Ich war der Meinung, daß es Zeit für mich ist, meinen eigenen Weg ins Leben zu gehen«, erwiderte Letty spontan.
»Deinen eigenen Weg im Leben gehen? Ist das etwa erreicht, wenn du mit deiner alten Kinderfrau auf einem Frachtschiff lebst?« erkundigte er sich mit beißender Ironie.
»Dort wäre ich nur so lange geblieben, bis ich eigenes Geld verdiene. Morgen früh wollte ich mich in Covent Garden um eine Gesangsprobe bemühen. Hoffentlich überschätze ich mich nicht, aber ich bin der Ansicht, daß ich mindestens so gut singe wie die Damen, die ich mir in der letzten Woche anhörte.« Letty erklärte all das mit kriegerisch vorgeschobenem Kinn. Wehe, er machte ihr Gesangstalent nun schlecht, nachdem es in Wien für seine Zwecke gut genug gewesen war!
»Du bist sogar besser als die meisten von ihnen. Aber diese Art von Leuten paßt nicht zu dir. Du bist viel zu unschuldig, um dich zwischen all diesen egoistischen Künstlern und Theaterleuten durchboxen zu können.«
»Ich würde es sicher lernen. Außerdem ist alles besser als abzuwarten, bis du mich endlich verheiratet hast«, rief sie und hatte sich mal wieder dazu hinreißen lassen, viel mehr zu verraten, als sie eigentlich wollte.
»Dich verheiraten? Was für Hirngespinste hast du dir denn nun schon wieder zusammengereimt?« fragte er in seiner unangenehm spöttischen Art, die sie seit jeher verabscheut hatte. Wutentbrannt ließ sie jede Vorsicht außer acht. »Oh, spar dir die Mühe, es abzuleugnen. Schließlich hast du deiner Tante gesagt, daß sie mich herausputzen und in der Stadt herumführen soll, als ob ich eine Zuchtstute auf einer Viehauktion wäre. Warum das Ganze? Nur, damit du mich endlich los bist und deiner Wege gehen kannst. Ich habe es satt, mich wie ein

Schreckgespenst zu fühlen, das man unbedingt loswerden will. Ich habe es satt, daß alle mich verheiraten wollen. Ich will nicht verheiratet werden. Na los doch, geh und heirate deine heißgeliebte Lady Hester und bilde dir nicht ein, irgendwelche Verpflichtungen mir gegenüber zu haben. Ich wünsche dir viel Glück!«

»Hester heiraten? Vielen Dank für deine Glückwünsche, aber sie sind ganz überflüssig, denn ich werde Hester nicht heiraten.«

»... und wenn du mich fragst, dann finde ich ...« Letty redete einen Moment wie ein Wasserfall weiter, bevor ihr die Bedeutung seiner Worte klar wurde. Sie brach mitten im Satz ab, machte den Mund zu und gleich danach wieder auf. »Warum hast du dann ...?« begann sie, sprach aber die Frage nicht aus, die ihr auf den Lippen brannte. Nein, sie würde ihm nicht den Gefallen tun und ihm verraten, wieviel ihr daran lag, ob und wen er heiratete. »Hoffentlich hast du nicht vor, mich die ganze kalte Nacht hindurch hier sitzen zu lassen?« erkundigte sie sich statt dessen schroff. »Es geht nicht um mich, aber ich fürchte, daß der arme Alexander sich eine Erkältung holt. Er ist an Nachtluft nicht gewöhnt.«

»Zum Teufel mit Alexander! Wir bleiben hier, bis ich sicher sein kann, daß du wieder zur Vernunft gekommen bist, und du mußt mir versprechen ...«

»Ich verspreche dir gar nicht. Warum auch? Du willst ja doch nur, daß ich brav mit gefalteten Händen wie ein guterzogenes englisches Mädchen herumsitze, bis deine Tante einen Ehemann für mich geangelt hat. Ich angle mir lieber selbst einen Mann, wenn du nichts dagegen hast.«

»Nicht im geringsten. Hast du schon einen bestimmten im Auge?« fragte er höflich. Sie wandte den Kopf von ihm ab und starrte mißmutig in die Dunkelheit hinaus.

»Hör gut zu, Letty«, sagte Harry etwas freundlicher. »Ich werde Hester nicht heiraten. Doch selbst wenn ich's täte, wäre das noch lange kein Grund, dich an einen Mann zu verschachern. Hör doch bitte damit auf, dich wie in einer Cheltenham-Tragödie aufzuführen, und sei vernünftig.«
Letty verharrte in ihrer abweisenden Haltung, ließ sich aber immerhin dazu herab, das Gespräch fortzusetzen. »Nun, ich weiß aber zufällig genau, daß dein Großonkel sehr erpicht darauf ist, dich verheiratet zu sehen, denn ich habe es ihn in Wien sagen hören. Ich hörte weiter, daß Lady Hester seiner Meinung nach eine prächtige Ehefrau für dich wäre«, sagte Letty gespielt ruhig, obwohl ihr ein Kloß im Hals saß.
»Wenn du dein Ohr einen Augenblick länger an die Tür gepreßt hättest, würdest du auch meine Erwiderung gehört haben. Das geschieht dir ganz recht! Wie kann man nur anderer Leute Gespräche belauschen! Nein, nein, spar dir deinen verletzten unschuldigen Blick, denn ich erinnere mich sehr wohl an diese Unterhaltung mit meinem Großonkel, bei der du ganz eindeutig nicht zugegen warst.«
Sie ging nicht darauf ein und hoffte, daß die Dunkelheit ihre Schamröte gnädig verbarg. »Dann hast du ihn jetzt vermutlich gebeten, in der besten Gesellschaft nach einer würdigen Braut für dich Ausschau zu halten«, sagte sie so verachtungsvoll wie nur möglich.
»Dabei brauche ich keinerlei Hilfe, besten Dank. Ich habe meine Wahl nämlich schon getroffen.«
»Sicher wird sie das Paradepferd der diesjährigen Saison sein und sich vor Dankbarkeit kaum fassen können, daß sie von dir erwählt wurde. Nein, wirklich, du bist der arroganteste ...«
»Und du hast die spitzeste Zunge ...«

»Wer ist sie?« schrie Letty, alle Vorsicht vergessend.
»Du bist's, du Dummkopf«, schrie er zurück, bis zur Weißglut gereizt.
Seine Worte dröhnten ihr in den Ohren, waren unbegreiflich und brachten sie ganze zehn Sekunden zum Schweigen, bevor sie zu stammeln anfing. »Du ... aber du bist doch nicht ... seit wann ... du ...«
Er schaute ihr schönes Gesicht an, das auf die gleiche Weise zu ihm hochgewandt war wie in jener ersten Nacht, als sie sich begegnet waren, und wußte, daß es um ihn geschehen war. Er hatte sehr behutsam mit ihr umgehen wollen, um ihr Zeit zu lassen, andere Männer kennenzulernen. Doch nun war ihm diese Vorstellung unerträglich.
»Seit langem schon, glaube ich, aber ich habe es nicht richtig erkannt, wollte es wohl auch nicht. Das letzte, was ich in meinem Leben noch brauchen konnte, war diese Art von Komplikation.«
»Du mußt nicht so tun, als ob es etwas derart Abscheuliches wäre«, widersprach Letty indigniert. »Außerdem kann ich's nicht fassen, wieso du keinen Ton davon verraten hast. Du warst die ganze Zeit über so ... so ekelhaft.«
»Was hätte ich denn sonst tun sollen? Schließlich war ich in der üblen Situation eines Mannes, der seinen Lebensunterhalt mit Kartenspiel verdiente und dem der Zugang zu jedem besseren Salon in London verwehrt war. Wie sollte ich da einem jungen unschuldigen Mädchen den Hof machen, das keine Familie hat, die es schützen könnte?«
»Aber Harry! Was hast du doch ein ... Spatzenhirn! Als ob mir das etwas ausgemacht hätte!«
»Genau das habe ich befürchtet.«
»Wann hast du es denn ganz sicher gewußt?« Letty

wollte unbedingt die Antwort auf diese erste und wichtigste Frage aller Liebenden wissen.
»Nachdem du mit diesem Luftikus von Radoczy durchgebrannt bist.«
»Erst dann«, sagte sie gedehnt. »Ich wußte es schon lange vorher. Aber wieso hast du noch gewartet, nachdem dein Großonkel kam und alles wieder in Ordnung war?«
»Was ich hauptsächlich dir zu verdanken habe. Du bist schon ein zäher kleiner Terrier, wenn du dich erst mal in etwas verbissen hast.«
Sie wischte seine Bemerkung beiseite, da sie an Dankbarkeit nicht mehr im geringsten interessiert war. »Also sag, wieso du dann immer noch abgewartet hast!«
»Ich besprach es mit meinem Großonkel, der ganz meiner Meinung war, daß du noch sehr jung bist und bisher keine Chance hattest, das Leben zu genießen oder andere Männer kennenzulernen. Wir hielten es für fair, dir eine schöne Zeit in der Londoner Gesellschaft zu ermöglichen, solange du noch ungebunden warst.«
»Aber ich wollte ja gar nicht mehr ungebunden sein«, unterbrach sie ihn eifrig. »Jedenfalls ab dem Moment nicht mehr, sobald wir in Wien waren.«
»Dazu paßt aber nicht, wie schnell du Radoczys Antrag angenommen hast«, widersprach er etwas bitter.
»Und wie steht's um deine letzte Nacht mit Lady Hester? Sicher war ich nicht die einzige beim Ball, der die Vermutung kam, binnen einer Woche von eurer Verlobung zu erfahren.«
»Warum mußt du ständig Hester aufs Tapet bringen? Man kann dich nicht einmal um deine Hand bitten, ohne etwas über Lady Hester zu hören«, beklagte er sich.
»Du hast mich nicht um meine Hand gebeten«, verbesserte sie ihn sofort. »Außerdem hast du niemals die lei-

sesten Anstalten unternommen, meine Gefühle zu ermutigen. Folglich …«

Er packte sie beim Handgelenk. »Es ist mir ein Rätsel, wo du solch geziertes Gerede gelernt hast. Jetzt aber Schluß damit. Küß mich«, befahl er und zog sie an sich.

»Du hast mir noch keinen Antrag gemacht und mir nicht einmal gestanden, daß du mich liebst …«

Er küßte sie stürmisch, wodurch jeder Protest verständlicherweise erstickte. Das Schweigen wurde nur durch ein leises Stöhnen von seiten Lettys unterbrochen, als ihre Lippen sich bebend öffneten. Es war ein so ganz anderes Erlebnis als die Kußszene mit Graf Radoczy.

Trotzdem riß sie sich schließlich von Harry los und redete – allerdings reichlich atemlos – weiter, als hätte es überhaupt keine Unterbrechung gegeben. »Und ich will, daß du's mir sagst!«

Er wollte sie wieder an sich ziehen, doch sie stemmte ihre Hände gegen seine Brust. »Sag's mir!«

»Es muß dir nicht erst lange gesagt werden, Miß Schnippisch, denn du weißt es gut genug«, murmelte er und versuchte sie erneut zu küssen.

»Aber ich muß es hören«, erklärte sie unerbittlich.

»Oh, gütiger Himmel! Letty, du weißt genau, daß ich dich anbete! Ich liebe dich! Ich liebe dich! Wirst du mich jetzt endlich küssen«, rief er.

Letty blieb wie verzaubert sitzen, als die wundervollen Worte von den Häusern widerhallten. Bevor das letzte Echo verklungen war, erfüllte sie gehorsam und überschwenglich glücklich seinen Wunsch.

Alexander steckte den Kopf unter den Flügeln hervor und piepste mißbilligend über diese Störung, wurde jedoch total ignoriert. Da es gleich darauf ganz still wurde, setzte er sich wieder behaglich zurecht und schlief ein.